世界靈異現象終結者

法月綸太郎短篇傑作選

法月綸太郎 著　李彥樺 譯

名探偵傑作短篇集　法月綸太郎篇

目錄

出版緣起　駭High，在推理的迷宮中　編輯部　004
過往的玫瑰……　007
背信的交點　051
世界靈異現象終結者　119
Return the gift　199
都市傳說解謎遊戲　287
縊心傳心　333
解說　巽昌章　386

出版緣起

駭High，在推理的迷宮中

編輯部

推理小說到底有什麼魅惑之力，能夠讓世界上無數的熱愛者為之痴狂？是鬥智、解謎的樂趣？是抽絲剝繭，終於揭露眞相時豁然開朗的暢快？是驚嘆於陽光之外人性潛伏的深沉危機與社會百態的詭譎複雜？還是感佩於作家布局的巧思或高超的說故事功力？

好的小說只有一個評斷標準——好不好看（用文言一點的說法是「引人入勝」）。有的小說好看得讓人不忍釋卷，廢寢忘食，非一口氣讀完不可；有的則是讓人捨不得立刻讀完，寧可一個字一個字細細地咀嚼品味。

好的推理小說更是如此。

在台灣，歐美推理和日本推理各擅勝場，各有忠實的讀者群。推理小說是日本大眾文學的兩大顯學之一，也可說是日本大眾文學極致發展最具代表性的成熟類型閱讀，不但各大出版社都闢有「Mystery」系列，培養出眾多匠心獨運、各領風騷，甚或年年高踞納稅排行榜前茅的大師級作者，如松本清張、橫溝正史，赤川次郎、西村京太郎、宮部美幸、東野圭吾、小野不由美等，創作出各種雄奇偉壯、趣味橫生、令人戰慄驚嘆、拍案叫絕、甚或影響深遠的傑作；同時也一代又一代地開發出無數緊緊追隨、不離不棄的忠實讀者。而台灣，在日本知名動漫畫、電視劇及電影的推波助瀾下，也有愈來愈多人愛上日本推理小說的明快節奏與豐富的情報功能，閱讀日本小說的熱潮儼然成形。

二〇〇四年伊始，商周出版（獨步文化前身）推出「日本推理名家傑作選」系列以饗讀者，不但引介的作家、選入的作品均爲一時精粹，更堅持以超強的譯者及顧問群陣容，給您最精確流暢、最完整的中文譯本與名家導讀，眞正享受閱讀推理小說的無上樂趣。

如果，您是個不折不扣的推理迷，歡迎進入更豐富多元的日本推理迷宮；如果，您還是推理世界的新手讀者，正好奇地窺伺門內的廣袤世界，就讓「日本推理名家傑作選」引領您推開推理迷宮的大門，一探究竟。從一根毛髮、一個手上的繭、一張紙片，去掀開一個角，去探尋、挖掘、對照、破解，進到一個挑逗您神經與腎上腺素的玄奇瑰麗世界！

過往的玫瑰……

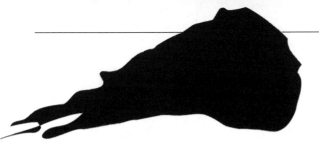

1

一個年約三十歲的嬌小女人走進了閱覽室。她以雙手將三本書緊緊抱在胸前，宛如懷抱著尚未斷奶的嬰兒。上半身穿著女用罩衫，外頭披了一件深紅色的針織外套，下半身穿著印花布長裙，腳下踩著平底鞋。乾癟無光澤的頭髮只胡亂紮了個馬尾，垂掛在背上。五官雖然端正秀麗，但有些過於削瘦的下巴及左右眼下的細紋，除了知性美之外還流露出一絲神經質，皮膚也有些過於白皙而無血色。

「就是她？」

法月綸太郎對著參考服務區（註）的圖書館員澤田穗波低聲問道。穗波默默點頭。

女人一踏進門內，立刻將三本書放在借還書櫃檯上，辦起了還書手續。櫃檯內的館員忙著核對書名時，女人在閱覽室內左右環視，表情帶了些許茫然。星期一的下午，閱覽室裡還有三分之二左右的空位。暖洋洋的陽光照進室內，雖然還只是三月上旬，性急的館員卻已開開心心地打開了所有窗戶，但沒有一個讀者傻傻地脫掉外套。

「好了。」

館員將借書證還給女人，女人輕輕點頭，將借書證塞進針織外套的口袋裡，邁開了步伐。從女人的走路方式，不難看出她早已把閱覽室內的圖書擺放位置記得一清二楚。她的頭連抬也沒抬，就這麼走進了書架之間。

綸太郎一見女人的身影消失在書架後方，立即朝穗波使個眼色，緩緩站了起來。綸太郎將雙手插在外套口袋裡，自座位區的旁邊通過，假裝若無其事地走向文學區。自架上書本的縫隙間，可隱約看見女人的深紅色針織外套。女人在英語文學區停下了腳步。

綸太郎裝出隨意瀏覽的模樣，緩步繞過一座書架，也走向女人所站的那一區。爲了不讓女人起疑，綸太郎不敢靠得太近，故意與女人相隔一座書架就不再前進。女人的臉色異常凝重，簡直像著了魔一樣，目光在翻譯書的書背上游移。綸太郎隨手抽出一本《白鯨記》的導讀書，假裝隨意翻看，眼角餘光卻緊盯著女人伸向書本的手指。

女人的手指抵在一本書的書背頂端，將書勾出一半，讓書的上半部往自己的方向傾斜。但女人只是朝上側書口輕瞥一眼，甚至沒有看書本的封面，就將勾出一半的書本推回原位。綸太郎只看出那是一本紅褐色的硬皮書，但看不見書名。

或許有些讀者不明白「上側書口」是什麼意思，在此稍作解釋。所謂的「書口」，是一本書除了書背之外的上、前、下三個側邊斷面的統稱，還可細分爲上側書口、前側書口及下側書口。但一般當提到「書口」的時候，指的大多是前側書口。至於上下兩側的書口，則爲了作出區隔，常被稱爲「天口」及「地口」。對了，一本書不僅有嘴巴（書

註：參考服務區：指圖書館內專門爲讀者提供資料文獻查找服務的空間，即英文的reference corner。

口），而且還有喉嚨。頁面的裝訂處及附近的空白區塊，就稱爲「書喉」。

女人將書推回原位後，並沒有放下手腕，立即又將手指抵在隔壁另一本書的上頭，以相同的動作勾出書本的上半部，朝上側書口看了一眼。這本書似乎引起了女人的興趣，她將書本從架上抽出來，夾在腋下。但女人在做這一連串動作時，表情相當冷淡，簡直像在對陳列架上的商品進行抽樣檢查。女人並沒有將書翻開，彷彿對書的內容絲毫不感興趣。綸太郎很好奇女人拿的是什麼書，但她將書夾在身體另一邊的腋下，從綸太郎的角度看不到書名。

女人一取走書，立即轉身離開該區。綸太郎於是將梅爾維爾（Herman Melville）的導讀書塞回書架上，走向女人剛剛所站的位置。雖然目前無法確認女人取走了什麼書，但至少可以確認女人沒有取走什麼書。綸太郎毫不猶豫地抽出那本紅褐色的硬皮書，那原來是愛爾蘭作家弗蘭·奧布萊恩（Flann O'Brien）的《第三警察》。

綸太郎朝上側書口看了一眼，上頭只蓋著區立圖書館的藏書印，此外並沒有醒目的特徵。綸太郎將書放回原位，轉身面對參考服務區的方向，朝澤田穗波聳了聳肩膀。穗波緊閉雙唇，以手指告知了女人的現在位置。

女人移動到了國文學區，正在物色下一本適合下手的書本。綸太郎低調地朝女人靠近，在不被女人察覺的前提下仔細觀察女人的一舉一動。以「下手」來形容女人的動作，是因爲女人的眼神實在不太對勁，那簡直像是竊盜慣犯的眼神。女人就跟剛才一樣，一本本勾出書本的上半部，查看上側書口。女人看上了其中一本，將書從架上抽出，但這次她依然沒有將書翻開。雖然沒有明確的犯罪證據，但女人的舉動實在令人起疑。

女人身上帶著兩本書，再度改變了位置。這次她來到了散文區的書架前。一如綸太郎的預期，女人在這裡又重複了相同的動作。從女人的動作看來，顯然她並不是以書背上的書名作爲挑選書的基準。她只是胡亂伸出手，摸到了哪一本書，就查看哪一本書的上側書口。她挑選書的基準，必定是某種出現在（或沒有出現在）上側書口的特徵。

最後女人帶著三本書，走向借書櫃檯。從她走進閱覽室到辦理借書手續，只過了不到五分鐘。要找到自己想看的書，這樣的時間顯然太短了。在女人辦理借書手續的期間，綸太郎在國文學區及散文區的書架上仔細查看，抽出每一本女人看了之後沒有取走的書，確認上側書口的狀況。但每一本書的上側書口都只蓋著區立圖書館的藏書印，除此之外沒有任何明顯特徵。

綸太郎迅速在心中思考合理的解釋。如果依照最簡單的消去法來判斷，女人選書的基準是藏書印的有無。換句話說，女人所挑上的書都是因爲某些理由而沒有蓋上區立圖書館藏書印的書。

驀然間，女人剛剛那有如竊盜慣犯的表情浮上了綸太郎的心頭。沒錯，女人一定是想把借來的書拿到中古書店賣掉吧。如果書上蓋著藏書印，任何店家都會察覺那是偷來的贓物。

綸太郎將視線移回借書櫃檯，卻已看不見女人的蹤影。女人似乎已經辦完借書手續，離開閱覽室了。穗波正指著閱覽室門口，沒有發出半點聲音，以肢體語言催促綸太郎。綸太郎趕緊也奔出了閱覽室。要揭開女人的行動之謎，就得釐清女人的行動範圍。

綸太郎一面奔下樓梯，一面環視整個一樓大廳，尋找那名身穿深紅色針織外套的女人。那女人站在圖書館大門正前方的一整排置物櫃前，正在打開置物櫃的門。她從中取出一個大型帆布手提袋，將三本書放進袋裡。除了那個袋子之外，女人沒有其他隨身行李，但那袋子高高鼓起，看起來相當沉重，顯然裡頭還放了其他物品。

女人提著袋子走出區立圖書館，步伐相當自然，並沒有流露出絲毫焦躁感。綸太郎空著雙手，裝出散步的模樣，保持適當距離跟在後頭。像這種天氣晴朗的日子，確實很適合散步，綸太郎的跟蹤行爲應該是沒有破綻。

女人來到大馬路上，沿著道路走了一會，在公車站牌邊停下腳步。這一站的公車站名是「區民中心前」，沒有其他等車的乘客，綸太郎心想總不能緊貼在女人背後，只好放慢了腳步。這時剛好從另一頭走來一群老人，裡頭有男有女，全都穿著相同的制服，帶著槌球的球桿。綸太郎看他們在公車站旁排成了一排，顯然是要搭公車，趕緊走過去站在隊伍的最後頭，利用這群老人擋住自己的身體。至少到目前爲止，女人應該沒有發現綸太郎在跟蹤。

等了不到兩分鐘的時間，公車來了。女人跟那群制服上印著「九品佛皐月會」的老人陸續上車，綸太郎也跟著進入車內。公車裡沒什麼乘客，女人坐在大約中間的位置，綸太郎故意坐在車尾，觀察著女人的背影。

女人在「尾山台車站前」按了下車鈴，綸太郎跟在女人身後下了公車。女人下車之後穿過平交道，沿著車站前的商店街往南方前進，走了大約兩百公尺，進入人行道右手邊的一棟建築物內。綸太郎稍微等了片刻，才跟著走進建築物。此時綸太郎的心情已是有如丈二金剛摸不著腦袋。

因爲門口看板上寫著「尾山台圖書館」。

2

「……然後呢？」

穗波問。

「然後她在那裡做了一模一樣的事情。她那袋子裡放了好幾間圖書館的書。」

此時的場景又回到了區立圖書館的參考服務區。從綸太郎跟蹤女人離開閱覽室到現在，過了大約一小時。綸太郎皺起眉頭，歪著腦袋說道：

「她在尾山台圖書館也辦過借書證。她一走進去，先歸還了之前借的書，然後在閱覽室的開放式書架區走來走去，又挑了三本書。這三本書的種類完全不同，而且她對書的內容似乎一點也不感興趣，就跟在這裡一樣，她在乎的只是書本的上側書口。她挑好了書，拿到櫃檯辦了借書手續，將書放進袋子裡，就離開了圖書館，完全沒有逗留。」

穗波輕輕搖頭，視線彷彿正凝視著自己的鼻尖。

「沒想到她在尾山台也做了相同的事情。」

「更令人吃驚的還在後頭。她離開尾山台的圖書館後，從尾山台車站搭上大井町線的電車，在自由之丘下了車。出了車站之後，她走向綠之丘二丁目的方向，妳猜她接下來要去哪裡？」

「……綠之丘二丁目？該不會是綠之丘圖書館吧？」

「答對了！」

穗波嘆了口氣，以鬱悶的口氣說道：

「接下來的事情，你不用說，我已經猜到了。她在綠之丘圖書館也幹了相同的事吧？先歸還之前借的書，然後在開架圖書區隨意抽出書本，查看上側書口，連翻也沒翻，就挑了三本毫不相關的書，辦理借書手續，帶著書離開圖書館，對吧？」

「沒錯。」

「離開綠之丘之後，接下來她去了哪裡？應該是奧澤圖書館吧？那兩間圖書館很近，走路就能到。」

穗波這麼一問，綸太郎紅著臉搖頭說道：

「我太大意，在綠之丘圖書館裡被她發現我在跟蹤。她躲了起來，我察覺她不見了，趕緊跑到館外尋找。後來我想到她可能躲在圖書館的廁所裡，又急急忙忙回到館內，但已找不到她了。如果我當時知道附近還有另一間圖書館，一定會去碰碰運氣，可惜我是現在才知道。」

「眞是沒用的偵探。」

「我自己也覺得很慚愧。」

綸太郎訕訕地垂下了頭，接著說道：

「再怎麼說，我至少應該要查出她住在哪裡才行。跟蹤了老半天，我還是不知道她的身分。而且她今天發現有人跟蹤，心裡也會提高警覺，短時間裡應該是不會再來了。現在我們要確認她的身分，恐怕不是件容易的事。」

「倒也沒那麼慘。至少我們知道她住在深澤，名叫本間志織。」

綸太郎冷冷地搖頭說道：

「妳說的是借書證上的資料，對吧？一來那不見得是她本人的借書證，二來她在辦借書證的時候可能用了假名。」

「不，那是她本人沒錯。本間小姐在出版業界是小有名氣的書籍裝幀師，我從以前就認得她的臉。去年我們圖書館舉辦了一場以自費出版爲主題的講座，還請她來擔任過書籍設計的講師，而且她跟館長私底下也有一些交情……」

「等等……」

綸太郎打斷了穗波的話，說道：

「這麼說來，妳叫我跟蹤她，不是爲了查出她的底細？」

「是啊。」

「既然是這樣，爲什麼妳不早點說清楚？我還以爲她是個竊賊，以假名到圖書館借書，然後拿去賣掉呢。」

「你爲什麼會這麼認爲？」

綸太郎聽穗波這麼問，於是說出了「挑選書的條件可能是有無藏書印」的推測。沒想到穗波哈哈一笑，徹底否定了這個推測。

「我跟你說，放在開架式圖書區的書，絕對不可能有哪一本忘了蓋藏書印。每一家圖書館在這方面的管理都很嚴謹，不管是我們圖書館，還是其他圖書館，都不可能發生這種蠢事。」

既然身爲圖書館員的穗波這麼說，應該是不會有錯。但綸太郎會這麼誤解，倒也是情有可原。

「但我還是不明白，既然是這樣的話，爲什麼妳不早點把她的名字告訴我？而且妳爲什麼會希望我跟蹤她，到現在妳還是沒有詳細說明理由。關於這一點，妳是不是該給我個交代？」綸太郎說。

「我當初拜託你跟蹤本間小姐的時候，還無法確定她的行爲是不是眞的有什麼古怪，所以不想讓你知道她的名字。但多虧了你今天的跟蹤，我才確定她在其他圖書館也有相同的神祕行為……這件事肯定並不單純。」

「神祕行為？妳指的是除了我觀察到的現象之外，她還做了其他匪夷所思的事情？」

穗波一臉嚴肅地點了點頭，說道：

「沒錯，所以我才拜託你跟蹤她……這件事在這裡不方便說，而且我有點東西想讓你看，你跟我到辦公室來。」

「你猜這是什麼？」

穗波將一疊長方形的紙片放在辦公室的桌上。每一張紙片的大小都是四公分乘十三．五公分，數量多達數十張，以橡皮筋捆住。綸太郎取下橡皮筋，將紙片一張張拿起來檢視。紙質是頗厚的日本和紙，上頭以紅綠兩色的墨水印著玫瑰花圖案，玫瑰花的周圍環繞著一排黑體的英文字母：

ROSE IS A ROSE IS A ROSE IS A ROSE.

（玫瑰是玫瑰是玫瑰是玫瑰。）

那是美國作家葛楚．史坦（Gertrude Stein）的經典名言。

若站在日本的圖書及美術愛好者的觀點來看，像這樣一枚小小的日本和紙，上頭印著看起來像某種標誌的版畫及類似座右銘的詞句，任何人的第一個直覺反應，都會認爲這是一枚藏書票。但綸太郎認爲要作出這樣的結論，恐怕有些操之過急。首先，以藏書票而言，這些紙片的形狀有點過於狹長。再者，這些紙片上並沒有「EX-LIBRIS」字樣。尤其是後者，可以說是個相當重大的疑點。倘若是歷史相當久遠的藏書票，或許還能找到一些例外。但以現代的藏書票而言，藏書票裡除了圖案及票主名之外，還必須具備「EX-LIBRIS」字樣，才能算是一枚正式的藏書票。因此就這點而言，這些紙片並不具備作爲藏書票的資格。

對了，EX-LIBRIS一詞原本是拉丁文，如今已成爲全世界的通用字符，其字面上的原意是「來自某某人的藏書」。顧名思義，所謂的藏書票，是伴隨著書籍而存在，以宣示書籍所有者的一種美術小紙片（通常使用版畫）。一般而言，這種印有美麗圖案及所有人名字的紙片，會被黏貼在珍藏書籍的封面內側的蝴蝶頁（或稱環襯）上，以宣示該書的所有權。但不管是日本還是其他東洋國家，自古以來就有使用藏書印的習慣。藏書印是一種相當便利的工具，現代的圖書館也依循這個傳統。而所謂的藏書票，說穿了就類似西洋版的藏書印。

好了，閒話休提。事實上只要不賣弄這些知識或鑽牛角尖，站在最單純的角度來推測，任何人應該都能猜出這些狹長紙片的眞正用途。聽到「四公分乘十三．五公分」這種形狀，每個人腦中應該都會浮現那個與書本有著密切關係的工具。

「這應該是書籤吧？設計得這麼精緻的自製書籤，倒是很少見。」綸太郎說道。

「你也覺得這是書籤？」

穗波似乎原本期待綸太郎會說出完全不一樣的答案，露出了掃興的神情。綸太郎不耐煩地問道：

「別再賣關子了，這一大堆書籤和本間小姐的神祕行爲有什麼關聯？難不成因爲她叫志織，這只是個諧音的哏（註）？」

「我沒那麼無聊。」

穗波冷冷地說道：

「昨天我檢查了本間小姐歸還的書，發現每一本裡都夾了一枚這種紙片。然後是這個……你看一下。」

「這次又是什麼？」

「這是書本裡夾了這種紙片的書名清單。你看看，每一本都是她在最近半個月之內借過的書。直到我昨天檢查之前，這些書裡的紙片都沒有被人發現，書就這麼被放回書架

註：諧音的梗：本間志織的「志織」（しおり）與書籤的日文（しおり）發音相同。

上。」

穗波解釋得拐彎抹角，簡單來說就是本間志織這半個月來借過的書籍清單。事實上在正常情況下，圖書館員不能擅自作出這種侵犯讀者隱私權的行爲，更不能將讀者的借書或閱覽紀錄擅自洩漏給第三者知道。但以這次的事件而言，讀者是自己留下了不特定多數的圖書館利用者都能接觸得到的線索，因此館員的應對方式也就無法依循既定原則。

綸太郎拿起清單一看，不禁傻住了。

「半個月就借了這麼多書？」

「她每天都來借三本書，而且每次都會歸還前一天借的書。扣掉休館的日子，她在這兩星期就借了四十本書，這看書的速度實在不是一般人可以做到。」

「嗯，不過如果是看書速度非常快的人，倒也不是絕無可能。」

「倘若只是一天三本，或許還說得過去。」

穗波強調：

「但如果我猜得沒錯，再加上在尾山台及綠之丘圖書館借的書，本間小姐每天手上至少有九本書在流動。假如她還去了奧澤或其他圖書館，那數量可就更多了。」

「原來如此，那就絕對不是一天能讀完的量了。」

綸太郎重新低頭檢視那張書籍清單。正如同穗波的說明，本間志織從二月底到今天爲止，每天都來借三本書，從來沒有一天缺席。事實上三本已是每個人一次能借的本數上限。

雖然借書的行爲勤勞又規律，但若仔細檢視每本書的書名，不難發現本間小姐借書的條件不分新書或舊書，書籍種類也沒有一致性，完全無法從中研判出本間小姐的讀書傾向。當然若單看某一天所借的書，確實會出現像今天這樣三本全都是文學類，或是三本全都是社會科學類、或是藝術類的情況。而且某一些書雖然種類並不完全相同，卻是頗爲相近。但在綸太郎的眼裡看來，那單純只是因爲書架的排列位置比較近而已。換句話說，這種關聯性帶有隨機性質，而且不會橫跨兩天。除此之外，整張清單的書籍種類可說是相當紊亂，看不出其他任何特別的規則。

本間志織多半只是在書架之間隨意走動，拿到什麼書就借什麼書，此外從這張清單已無法看出任何訊息。然而這樣的結論，就跟綸太郎當初剛開始觀察本間小姐時的第一印象如出一轍，沒有任何新的線索。

「……看出了什麼？」穗波問。

綸太郎搖頭說道：

「我投降了。既然借書的目的不是爲了看書，爲什麼要在半個月之內借那麼多書？我實在想不出個所以然來。不過爲了保險起見，我想確認一點，這張清單上的每一本書，她都在隔天就歸還了，一本也沒有遺漏？」

「那當然。除了今天借的那三本之外。」

「她所歸還的那些書，有沒有什麼異狀？會不會是像『切割狂』那件案子一樣，書本被割掉了幾頁，或是寫上了一些字？」

穗波不耐煩地說道：

「我原本也這麼懷疑，所以昨天和其他同事分工合作，把所有她所借過的書詳細檢查了一遍。結果證明她是清白的，沒有任何一本書遭到毀損。」

「上側書口呢？有沒有什麼異狀？」

「什麼也沒有。」

綸太郎嘆了口氣，說道：

「要不然，就是她把這些書都拿去影印了。」

「借書櫃檯的同事剛開始也這麼猜。畢竟本間小姐是一位書籍裝幀師，或許有蒐集各種書籍封面影本的習慣。但如果只是要影印封面，大可以利用館內的影印機，根本沒有必要借出去。而且本間小姐在挑選書本的時候，看起來根本不在意封面及裝幀，對吧？從這張毫無規則可言的借書清單，也可以說明她不是爲了影印封面。」

「唔……這確實是個棘手的難題。」

綸太郎不禁陷入了沉思。穗波翻開館內電話簿，開始打電話到附近的每一間公立圖書館。每一間都問了一些問題之後，穗波重新抬起頭來，說道：

「……總而言之，我已經向尾山台、綠之丘、奧澤這三間圖書館確認過了。雖然對方都說基於保密原則，不方便透露詳情，但至少可以肯定這兩星期以來，本間小姐在那三間圖書館也幹了類似的事情。」

「她在那些圖書館裡借的書，每一本裡也都有書籤？」

「沒錯。」

穗波從桌上的紙片中捻起一枚，舉到綸太郎面前，說道：

「就跟這些一模一樣。」

綸太郎歪著腦袋凝視那枚書籤。本間志織刻意在書裡留下這些證物，一定有什麼特別的原因吧。

（玫瑰是玫瑰是玫瑰是玫瑰。）

難道這句話的意思，就是在暗示她所借的書籍毫無規則可言（註一）？

——她應該不會那麼無聊吧。

綸太郎實在想不出頭緒，只好一直默不作聲。驀然間，一個男人開門走進了辦公室。那男人的模樣，儼然像是縮水版的梅格雷探長（註二）。

註一：毫無規則可言：此處爲一語雙關。「玫瑰」的日文爲「ばら」，若將兩個玫瑰疊在一起，就會變成「ばらばら」，意思是「淩亂、毫無規則」。

註二：梅格雷探長（Jules Maigret）：推理小說作家喬治・西默農（Georges Simenon）筆下的神探。

3

「澤田，我剛剛聽說了。關於本間小姐那件事，有沒有什麼進展？」

那男人正是這間圖書館的館長。穗波還沒有答話，館長已瞥見了綸太郎。他皺起眉頭，粗魯地說道：

「又是你。」

「午安，澤田館員委託我調查本間小姐這件案子，我正在回報調查結果。」

「那可眞謝謝你三天兩頭就伸出援手……澤田，我說妳啊……」

館長朝穗波甩了甩下巴，以彷彿故意要讓綸太郎聽見的音量說道：

「妳愛找他幫忙，我是無所謂，但他每次都把我們圖書館遇上的麻煩事寫進小說裡，實在讓我很頭痛。雖然他沒有寫出我們圖書館的名稱，但一些微不足道的描述，還是有可能讓讀者發現小說裡的圖書館就是我們這裡。要是打壞了我們的名聲，在使用者之間傳出負面評價，那該如何是好？」

「館長，上次好像有個人還很開心，直說這也算是一種宣傳？」

館長當然知道穗波指的人是誰，但他決定充耳不聞，沒有回答這個問題。他對綸太郎擠出虛僞的微笑，拉了張空椅子坐下，接著一臉嚴肅地朝穗波問道：

「總而言之，本間小姐那件事查出什麼端倪了嗎？」

「本間小姐剛剛才離開，我請他跟在後頭觀察，結果……」

穗波將綸太郎的跟蹤成果告訴了館長。館長雙手插胸，聽完了之後，面色凝重地說道：

「她在尾山台及綠之丘也做了相同的事情？」

「還有奧澤圖書館也是。」

館長轉頭向綸太郎再次確認，綸太郎點了點頭。館長的咽喉深處發出一陣咕噥聲，說道：

「好吧，讓我聽聽你的推論。」

「很抱歉，目前線索不足，什麼也推論不出來。」

館長縮起雙頰，沉吟了半晌，忽然看看穗波，又看看綸太郎，以有些裝模作樣的擔憂口吻說道：

「我有不好的預感。」

「不好的預感？」

綸太郎重複了館長的話，接著問道：

「關於本間小姐的奇妙行徑，館長是不是知道些什麼？」

「嗯，最近我聽到了一些小道消息。原本我擔心是自己搞錯了，所以不打算說出去的……」

館長雖然說得吞吞吐吐，但似乎很有說出來的打算。

「什麼樣的小道消息？」

穗波不耐煩地催促，館長輕輕揚起眉毛，說道：

「這件事，你們可千萬別說出去……我聽說本間小姐不久前罹患了失讀症。」

「失讀症？」

「我也不知道這是不是正式的病名……簡單來說，就是原本有識字能力的人，不知道什麼原因，突然變得不識字了。說起來很可憐，聽說本間小姐不久前得了這個病，只要是印刷的字體，全部都變得看不懂了。當然書籍裝幀的工作也受到影響，沒有辦法再接案子。不幸中的大幸，是講話溝通似乎沒有任何問題。」

「天底下原來有這種疾病？」

穗波一臉納悶地轉頭望向綸太郎。綸太郎瞇起了雙眼，說道：

「這也算是失語症的一種。失語症可以分成兩大類，一類稱作表達型失語症，另一類稱作接受型失語症，失讀症屬於後者。這種疾病據說是大腦左半邊的語言中樞受到損傷所引起。原因可能是外傷、腦部腫瘤，或是中風。」

「噢……這麼說起來，不是因爲視力變差之類的單純理由？」

「當然不是。如果視力差到看不到書上的字，日常生活一定也會出問題。而且她今天還發現我在跟蹤，可見得視力好得很。對了，館長……關於本間小姐罹患失讀症的原因，她最近是不是頭部受過傷，或是罹患了會併發腦血管病變的重大疾病？」

「……這個嘛……」

館長思索了一會，斬釘截鐵地搖頭說道：

「我完全沒聽過相關傳聞。不過她半年前說想要放個長假，好好爲自己充電一番，聽說她那陣子到處旅行，完全沒有接任何工作。或許在旅行的途中，遭遇了什麼意外事故也不一定。但如果是會留下那種後遺症的嚴重事故，照理來說我多少會聽見一些風聲。」

「原來如此。」

綸太郎歪著腦袋陷入了沉思。不管發病的原因是什麼，倘若本間志織眞的罹患了失讀症，那她這陣子的神祕舉動就更加令人匪夷所思了。既然她已經看不懂書上的文字，何必每天到圖書館借書？此時穗波突然以手指輕敲眼鏡的鏡框，開口說道：

「或許……她的失讀症不是肇因於腦部病變，而是心理因素所造成。例如受到了太大的精神打擊，或是罹患了精神官能症之類的心理症狀。例如當作家陷入低潮期時，可能一整天坐在書桌前，卻連一行字也寫不出來，這應該也算是一種失語症吧。同樣的道理，或許本間小姐是得了印刷字體恐懼症之類的症狀。」

綸太郎不置可否，只是聳了聳肩。穗波得意洋洋地轉頭望向面色凝重的館長，接著說道：

「如果我這個推測沒有錯，那麼本間小姐每天到那麼多圖書館借書的理由，也就不難猜了。」

「噢?妳倒是說說看。」

「這就像是一種精神上的復健治療。爲了讓自己重新恢復閱讀能力,她想要靠這種方式來克服對印刷字體的恐懼症。她挑書毫無規則可言,或許也是因爲這個緣故。」

「嗯,原來如此。這確實能合理解釋她的行爲。」館長說道。

「是嗎?我不這麼認爲。」

綸太郎提出反對意見。穗波被潑了一盆冷水,嘟起了嘴問道:

「爲什麼?」

「印刷字體恐懼症這個方向確實值得深入探究,但如果只是失讀症的復健行爲,大可以不必這麼麻煩。她應該找一本容易理解的書,好好研讀內容,讓自己慢慢重新習慣對文字的感覺。而且復健的假設沒辦法說明她爲何要在書裡夾入書籤。」

「啊,這麼說也對。」

穗波老實承認了自己的疏忽,又拿起一枚書籤反覆觀察。綸太郎繼續朝著館長問道:

「失讀症的小道消息確實相當耐人尋味,但這不能成爲『不好的預感』的理由。館長,你是不是還知道些什麼?」

「其實也沒什麼,我只是很在意這些印著玫瑰的書籤。說起玫瑰,前年不是才剛有一本書名與玫瑰有關的外文書,出版了日文譯本?法月,那剛好是你所擅長的領域的書,一本描寫中世紀修道院裡發生的連續凶殺案的偵探小說，作者是義大利的符號學家，名字叫艾貝爾托．翁……」

「翁貝爾托．艾可（Umberto Eco）。」

綸太郎以最快的速度訂正了館長的首音互換錯誤。（註）

「你指的是《玫瑰的名字》（*The Name of the Rose*）？」綸太郎接著問。

「嗯，如果我沒記錯的話，故事情節就是圖書館裡有一些禁書，看了的人都會死於非命。」

嚴格來說，館長的說明與眞正的故事情節相差很遠，但綸太郎沒有加以指正，只淡淡說了一句，「嗯，是啊。」

「而且在那個故事裡，圖書館具有重要的意義。所以我才有種想法……當然這只是我的臆測……本間小姐會不會是想要模仿《玫瑰的名字》裡的情節，對圖書館的讀者群隨機

註：指由兩個字組成的詞彙出現首音對調的錯誤發音現象，英文爲「spoonerism」。這個稱呼源自於常犯這種錯誤的知名牛津大學教授施本納（William Archibald Spooner）。作者在這裡以「首音互換錯誤」開了一個玩笑。將「翁貝爾托．艾可」的首音對調，會變成「艾貝爾托．翁可」，日文音譯爲「エーベルト・ウンコ」，而後半段的「ウンコ」在日文中爲「糞便」之意，所以綸太郎才會在館長還沒說完前「以最快的速度」加以訂正。

犯罪？如果真是這樣，這些書籤的背後或許隱含著犯罪動機。」

「什麼意思？」

綸太郎隔著桌子將上半身湊向館長，館長捏著自己的下巴，一臉嚴肅地說道：

「當然這只是我的臆測……如果你有一天眼睛突然瞎了，再也沒有辦法看書，你會有什麼感覺？」

「我會感覺對人生徹底絕望，甚至是發瘋。」

「澤田，妳呢？」

「我想都不敢想，那就跟宣告死刑沒什麼兩樣。」

館長心滿意足地點頭說道：

「是啊，我也有同感。沒辦法看書的人生，沒有繼續活下去的意義，不如早點死了算了。但只有自己遇上這種鳥事，不是很嘔嗎？這時可能就會想，反正都要死了，不如讓其他人也嘗嘗這個滋味。」

「你的意思是說，她想要讓所有書籍從世界上消失？就像布萊伯利（Ray Bradbury）的小說《華氏四五一度》（*Fahrenheit 451*）裡的情節那樣？」

「法月，你想那有可能做得到嗎？我指的是更加陰險的報復手法。就像我剛剛舉的《玫瑰的名字》裡的情節一樣，她會不會為了發洩怒氣，想要隨機挑選一些和她一樣喜愛讀書的人，讓他們這輩子再也沒有辦法看書？我總覺得這樣的推測似乎合情合理。」

穗波驚愕得張大了嘴，說道：

「你的意思是說，本間小姐罹患了失讀症，心裡不平衡，想要隨機殺死圖書館的使用者？」

館長沒有回答這個問題，只是煞有其事地凝視綸太郎，說道：

「你是犯罪研究的專家，應該知道一些奇特的殺人手法。例如有沒有什麼手法能夠讓人因爲看書而丟掉性命？」

綸太郎愼重地搖了搖頭。

「這樣的手法倒也不是沒有，但我認爲要下這樣的結論，還有些言之過早。」

「不不不，人類這種動物一旦面臨絕境，就會開始胡思亂想，什麼事情都做得出來。上次那個島原事件，不就是最好的例子嗎？不管我這推測準不準，至少我們可以肯定這是你的專業領域。法月，我以本館館長的身分，請你幫忙把這件事情查一查。」

雖然是有些任性的請託，但綸太郎心想反正自己早已蹚了渾水，就算沒有館長這句話，自己也很想把本間志織的行爲動機查個水落石出。

「好，我試試看。」

「那就麻煩你了，法月。不過我剛剛說的那些話，你可要對本間小姐守口如瓶。還有，在掌握明確證據之前，我希望你能低調一點，不要被她發現。畢竟這涉及個人隱私，如果沒有處理好，可能會衍生各種問題。我想不用我多說，你自己應該也很清楚。如果有什麼不了解的事情，就問澤田吧……從現在起，你就是這個案子的負責人。澤田，妳應該也贊成吧？就這麼說定了，我先告辭。」

說完這幾句話後，館長像是突然想起了什麼急事，匆匆起身走出了辦公室。穗波看著館長離去的背影，當門一關上，不禁重重嘆了口氣。

「我們可是很認眞地在思考這個問題，館長卻只會來攪局。什麼用書本殺人，眞是太荒謬了。他自己才是最會胡思亂想的人吧。」

「倒也不算太荒謬。歷史上不乏人被書本害死的例子，像是《聖經》及馬克思的《資本論》，都曾奪走幾百萬人的性命。就算撇開這些誇張的例子，光是一本價值數千萬圓的珍貴圖書，就足以讓愛書成癡的人動手殺人。」

「這是兩碼子事。館長剛剛說的那些話，你該不會信以爲眞了吧？」

綸太郎輕輕聳肩，說道：

「要當一個稱職的偵探，就不能放過任何微小的可能性。我雖然不會囫圇吞棗地相信，但確實有必要好好檢查。當然我知道這可能性微乎其微，但假如本間小姐在書本上塗了毒藥，那後果可是不堪設想。」

「不可能吧？昨天我跟同事檢查她歸還的書本，沒有人出現身體不適的症狀。」

「或許是遲效性的毒素。」

穗波嚇得縮起脖子，說道：

「你別開這種惡劣的玩笑，讓我心裡發毛。」

「既然妳也擔心，請把剛剛本間小姐歸還的三本書交給我，我可以請父親委託警視廳的專家進行鑑識。就算不是什麼可怕的殺人手法，或許本間小姐在書本上動了一些肉眼看不出來的手腳，專家可以幫我們找出來。對了，這書籤我也想帶走幾枚。」

穗波似乎以爲綸太郎在開她玩笑，竟然鬧起了脾氣，故意與綸太郎唱反調：

「那可不行，除非你有搜索票，否則我不能讓你隨意扣押公共圖書館的所有物。圖書館的藏書管理自治權是受到法律保障的，就算你受了館長的委託，也不能爲所欲爲。」

「我沒有搜索票，但我有這個。」

綸太郎露出賊兮兮的笑容，將自己的借書證舉到穗波的眼前。

「我是以公共圖書館的使用者身分，要求借出那三本書。別再跟我閒扯淡，快去拿出來吧。」

4

這天晚上，綸太郎一等父親法月警視回到家裡，就對父親說明了來龍去脈，並且交出從圖書館借來的三本書，以及那幾枚書籤。法月警視露出一臉嫌麻煩的表情，但還是答應將這些東西送往科學研究所進行鑑識。

「接下來你有什麼打算？該不會在鑑識結果出來前，就這麼按兵不動吧？」

「我可沒那麼懶惰。」綸太郎說道，「目前我會先針對本間志織罹患失讀症的原因進行調查。她沒辦法看書，與最近一天到晚跑圖書館，這兩件事之間一定有著密切關聯。」

「但館長不希望你與當事人接觸，你要怎麼調查？」

「我有自己的祕密情報網。」

綸太郎故意在父親面前說得煞有其事，接著拿起話筒，打電話給熟識的編輯。對方接起電話，綸太郎隨便編了一個理由，詢問書籍裝幀師本間志織最近的工作狀況。對方表示自己與本間志織沒有交集，建議綸太郎向另一名與本間志織時常往來的編輯詢問。

「……齊藤與本間小姐合作過好幾次，應該很清楚她的近況。你等等，我剛剛才在走廊上看到齊藤，現在應該還沒走遠，我去叫他來聽電話。」

「麻煩你了。」

等了一會，齊藤編輯接起電話。綸太郎簡單說明了自己想要詢問的內容，並且與對方約好明天下午在澀谷見上一面。從語氣聽來，齊藤編輯的個性相當隨和，應該會積極提供協助。

綸太郎放下話筒，一直坐在旁邊偷聽的父親冷冷地說道：

「原來是打給編輯。什麼祕密情報網，講得跟真的一樣。」

綸太郎強忍著笑意，朝父親聳了聳肩膀。

隔天早上，綸太郎還賴在床上不想起來，忽聽見房門外傳來聲響，顯然是父親法月警視正準備要上班。綸太郎趕緊跳下床，顧不得換下睡衣，匆匆忙忙奔到門口，朝著父親的背影喊道：

「別忘了檢查隱形字！」

「什麼？」

法月警視嚇了一跳，轉頭問道：

「那幾本書呀！或許關鍵就在於隱形字。搞不好本間志織利用隱形墨水，在書頁上寫了想要傳達給某人的某種神祕訊息。」

警視哭笑不得地嘆了口氣，說道：

「知道了，我會提醒他們。但我猜檢查結果多半是什麼也沒有。」

綸太郎與齊藤編輯約了下午一點見面，時間還沒到之前，綸太郎一直在東急PLAZA（註）的紀伊國屋書店裡閒晃，買了好幾本由本間志織負責裝幀的書，當作參考資料。

下午一點整，綸太郎走向約好要碰面的咖啡廳，一個穿著風格洗鍊、年紀看起來將近

註：東急PLAZA：由東急集團所經營的購物商場。

四十歲的男人站了起來，朝綸太郎點頭示意。那男人有張長長的臉孔，臉上殘留著不少青春痘的疤痕，戴著一副厚重的玳瑁框眼鏡。他遞了一張名片給綸太郎，上頭的職稱寫著某中間小說（註）雜誌的編輯，姓名爲齊藤龍之介。

兩人剛開始只是閒聊了一些無關緊要的話題，大約過了十分鐘之後，綸太郎才緩緩切入正題。

「昨晚我在電話裡稍微提過，我想詢問的是關於書籍裝幀師本間志織的事情。齊藤先生，你跟本間小姐很熟嗎？」

「倒也不算非常熟，但在工作上合作過好幾次了。她從事書籍裝幀工作的資歷並不算長，但很有天分，知識也很豐富，在最近幾年的新人裡算是數一數二的優秀人才。而且她這個人有著藝術家性格，對工作一板一眼，絕不輕易妥協。有些編輯因爲這點而不是很喜歡她，但我認爲以一個書籍裝幀師而言，這也是必要的資質。如果你對她有興趣，我可以介紹你們認識。」

「不，我並不特別想跟她認識。」

齊藤聽綸太郎說得毫不遲疑，不禁愣了一下，說道：

「介紹你們見個面、聊聊天，並不是什麼困難的事情……啊，難道是有什麼難言之隱？法月先生，跟你的副業有關嗎？你在調查犯罪、凶殺案什麼的？」

「沒那回事。」

綸太郎急忙搖手，說出了昨天想了一整夜才擠出來的藉口。

「我老實跟你說，你可別說出去。這其實跟我下一部作品的情節有關。下一部作品的嫌犯裡，有個失去閱讀能力的人，是整個劇情的關鍵。這個人並非原本就不識字，而是因爲某些緣故，罹患了暫時的失讀症。當然這是一個伏筆，讀者必須到最後一刻才會知道。」

「啊，原來如此。」

齊藤露出恍然大悟的神情，推了推眼鏡，壓低聲音問道：

「法月先生，你怎麼會知道本間小姐現在得了那種病？是誰告訴你的？」

綸太郎歪著腦袋，故意裝傻不答。齊藤又趕緊自己說服了自己，說道：

「啊，其實我不打算追究這個。本間小姐的狀況，雖然大家在檯面上不會提，但在編輯群之間已經是公開的祕密了。法月先生，總之你是爲了設計下一部作品的情節，想要深入了解本間小姐的狀況作爲參考，是嗎？」

綸太郎點了點頭，說道：

「如果可以的話，我想知道本間小姐罹患失讀症的原因。」

註：中間小說：指介於純文學與大眾文學之間的小說。

綸太郎所想出來的藉口，就連綸太郎自己也覺得相當可笑。但作家與編輯之間的對話（尤其是推理作家，編輯對外洩漏新作品的情節是大忌），往往是建立在這樣的信任關係上。因此齊藤的臉上絲毫沒有流露出爲難的表情。

「我明白了，既然是這樣，我很樂意幫忙。但是以下這些話，請不要讓別人知道是我告訴你的。」

「那是說出來不太體面的事情？」

「可以這麼說，這個解釋起來有點麻煩……」

齊藤故意賣了個關子，沒有馬上開始說明。此時剛好有一名女服務生經過兩人的桌邊，齊藤加點了兩人份的咖啡。

「這件事情的內容，有一半是本間小姐親口告訴我的，有一半是我聽到的傳聞，另外還有一點是我自己的臆測，但我相信大致上應該與事實相去不遠。

「既然法月先生答應守口如瓶，我也就不拐彎抹角了。本間小姐打從數年前起，就和一位非常有名的作家發生了婚外情。那位知名作家的名字，我可不敢隨便張揚，就姑且稱之爲K先生吧。剛開始的時候，他們兩人只是單純工作上的合作關係。K先生要出版一本書，請本間小姐負責裝幀。

「當時本間小姐才剛投入裝幀工作沒多久，照理來說不可能有機會負責K先生那種巨匠級作家的書。但那次的特例本身只是個巧合，並沒有什麼隱情。原本負責那本書的老牌裝幀師，剛好因為肝臟疾病而住院治療，沒有辦法工作。本間小姐當時在那位裝幀師的底下當學徒，那位裝幀師對本間小姐相當青睞，所以指名讓本間小姐負責代為處理K先生的書。

「本間小姐知道這是打響自己知名度的絕佳機會，因此費盡心思設計出了相當棒的封面。不僅徹底打破了師父的既有思維，而且雖然乍看之下只是標新立異，實際上卻以縝密規劃的設計巧思為基礎。這本書的裝幀設計在社會上一時成為話題，書本銷售量與K先生過去的作品相比，足足增加了百分之六十五，進入當年度的暢銷書排行榜。」

「……我終於知道K先生是誰了。」

綸太郎正要說出那個人的眞實姓名，齊藤輕輕將食指放在嘴唇上。

「我們還是繼續稱他為『K先生』吧。」

書本意外暢銷，K先生當然大喜過望。從那次之後，K先生就愛上了本間志織的裝幀才華。不管是新書還是再版，不管是由哪一家出版社出版，K先生全都指定由本間小姐負責裝幀。當然對本間小姐來說，這也是求之不得的好事。就這樣，年紀相差二十五歲的中年男作家與新進女裝幀師，就這麼建立起了工作上的合作關係。不久之後，更發展成了私生活上的親密關係。

K先生不僅早已結婚，而且還有個就讀高中的兒子。但K先生這個人是出了名的風流成性，過去早已傳出好幾次跟女人之間的感情糾紛，大家私底下都知道他是個好色中年人。因此即使本間小姐與他的關係逐漸升溫，在公開場合出現親密舉動，編輯也是見怪不怪，只當K先生的老毛病又犯了。反正過陣子不是男方會另結新歡，就是女方會黯然離開。大家心裡都抱著這樣的想法，沒有人想過問這件事，當然也不會有人大肆批評，或是向K先生的太太打小報告。

「……這麼說來，K先生的太太一直被蒙在鼓裡？」綸太郎問道。

齊藤以略帶諷刺的口吻回答：

「K先生這個人能言善道，要瞞過太太應該不是難事。而且太太是曾經陪著K先生度過窮作家時期的糟糠之妻，K先生也對她敬畏三分，不敢在她面前太過招搖。當然這個太太也是個聰明人，多少應該知道丈夫在外頭喜歡拈花惹草。但是單就與本間小姐的關係而言，K先生應該掩飾得很好。因此兩人的關係就這麼平平安安地維持了頗長一段日子，沒有發生什麼意外狀況。可惜到了後來，本間小姐竟然懷孕了。」

綸太郎吃了一驚，將身體湊上前，問道：

「是眞的嗎？」

「是啊。而且本間小姐這個人很喜歡鑽牛角尖，有著藝術家的固執性格，她似乎是死心塌地愛上了K先生，所以才惹出了後面的更多麻煩。她希望能夠生下K先生的孩子，就算K先生不承認也沒關係，她願意以單親媽媽的身分將孩子扶養長大。K先生當然堅決反對，說什麼也不肯同意。他嚴厲命令本間小姐，一定要在還來得及墮胎之前把孩子拿掉。」

「本間小姐屈服了？」綸太郎問。

齊藤嘆了口氣，搖頭說道：

「她只是表面上敷衍K先生，假裝已經接受了墮胎手術。但實際上她這個人一旦決定的事情，任何人也難以改變。她以需要靜養爲理由，暫時取消了所有工作，而且她聲稱要出遠門旅行，不與任何人見面。事後我們才知道，她這麼做只是爲了隱藏逐漸變大的肚子。當時不僅是K先生，就連我們也都被蒙在鼓裡。數個月之後，她住進了東京某婦產科醫院，想要偷偷把孩子生下來。

「但很不幸地，孩子一生下來，竟然是個死嬰……我也是過了很久之後，才得知這件事。」

「眞是可憐。」

「是啊，本間小姐在生產之前，就已知道那是個女孩子，而且還事先取好了名字，叫作繪美理。」

綸太郎的眉頭微微抽動。

「繪美理？」

「繪畫的繪，美麗的美，物理的理，繪美理。聽說這個名字是來自本間小姐很喜歡的一首詩。」

齊藤繼續說道：

「本間小姐受了太大的打擊，好一陣子每天精神恍惚，完全沒有辦法工作。在周圍親友的持續鼓勵下，她才終於接下了出院後的第一件裝幀案子。不過這次她負責的不是K先生的書，而是某位榮獲G新人獎的年輕女作家的出道之作。本間小姐爲了忘掉失去孩子的傷痛，全心全意地投入這本書的裝幀設計，後來經過數次開會討論，她又發現這本書的作者跟她很談得來。直到這個時候，本間小姐才逐漸走出了過去的陰霾。沒想到就在設計好的書版即將送印的時候，突然有人從中作梗。」

「K先生？」

齊藤神情黯然地點頭說道：

「沒錯。K先生不曉得從哪裡聽到了消息，得知本間小姐曾經想要瞞著他生下孩子。K先生勃然大怒，決心要讓本間小姐在這個業界待不下去。他向出版社施壓，在本間小姐設計的那本書送印前一刻，更換成其他裝幀師的設計稿。事實上那也是因爲K先生剛好是G新人獎的評審委員，所以才能對那本書有那麼大的影響力。對了，我要特別強調那不是我們出版社，是在其他出版社發生的事情。總之因爲K先生的干涉，本間小姐回歸職場的第一件作品就這麼付諸流水。就某些意義上來說，那也算是一種流產吧。」

「原來如此。」

「對本間小姐而言，這實在是屋漏偏逢連夜雨，造成的打擊一定相當大。原本爲了走出傷痛而投注全部心血，沒想到卻讓自己陷入更深的傷痛之中。不久之後，我就聽說本間小姐出現了認不得字的症狀。」

綸太郎開口問道：

「那是什麼時候發生的事？」

「產下死嬰是去年十一月，裝幀設計案遭到抽換是上個月才發生的事。」

綸太郎心裡暗自推算，本間志織開始到圖書館做出那些神祕舉動，是在半個月之前。這麼算起來，產下死嬰後所造成的一連串精神創傷，一定與如今的神祕舉動有著密不可分的關係。

另外還有一點引起了綸太郎的注意。

本間志織將死產的女兒取名爲「繪美理」，據說這名字源自於她所喜歡的一首詩……這個訊息讓綸太郎聯想到了那些印著玫瑰的書籤。印在那上頭的「ROSE IS A ROSE IS A ROSE IS A ROSE.」這句話，雖然是葛楚．史坦的經典名言，但若追究其出處，其實是來自於一首由葛楚．史坦所寫的詩，名爲〈Sacred Emily〉。「繪美理」不正是Emily的音譯嗎？Sacred Emily……獻給了神的繪美理。

「來龍去脈差不多就是這樣吧。」齊藤說道，「我只大致說明了事情的梗概，不曉得對你有沒有幫助？最重要的失讀症的部分，似乎沒有什麼値得讓你參考的環節。如果還有什麼想問的問題，請儘管提出來。」

「本間小姐發現自己無法閱讀之後，看過醫生嗎？」

「沒有，我剛剛說過，她的個性很固執，最討厭被當成病人。不管周圍的人再怎麼勸她就醫，她就是不肯。」

「我想順便請教一點，本間小姐的孩子胎死腹中，你知道死因是什麼嗎？」

「這個嘛，聽說是臍帶繞頸。」

「臍帶繞頸？」

「懷孕時連接孩子與母體的臍帶，有時會纏繞在孩子的脖子上，造成血液循環受阻。如果母體的羊水太多，或是臍帶太長，生產時可能會出現這樣的情況。以可怕一點的方式來比喻，就像是臍帶把孩子絞死了。聽說這就是本間小姐那個孩子的死因。」

綸太郎差一點大叫出聲。齊藤這幾句話，爲本間志織的神祕行爲提供了合理的解釋。

「怎麼了？」

齊藤一臉錯愕地看著綸太郎。綸太郎回過神來，胡亂敷衍了幾句客套話，就趕緊起身告辭。

綸太郎接著回到東急PLAZA，奔進了紀伊國書店。綸太郎瞪大了眼睛，在書架上尋找昨天自己從圖書館借出的三本書。運氣不錯，找到了三本中的其中一本。綸太郎模仿本間志織的動作，以手指將書勾出一半，探頭望向上側書口。這一看，綸太郎頓時確定自己的推測並沒有錯。

5

綸太郎從澀谷打電話到警視廳，請對方將電話轉接給父親。

「果然我猜得沒錯。」法月警視得意洋洋地說道，「鑑識人員針對幾項代表性的毒素進行鑑識，結果全部都是陰性。除此之外，也沒有發現任何特殊的隱形墨水。」

「我早就知道會是這樣的結果。」

綸太郎說得彷彿一切都是理所當然。綸太郎接著把自己的推測告訴父親，並請父親轉達不用再做任何鑑識。接下來綸太郎立即趕往區立圖書館，就像昨天一樣靜靜等待本間志織出現。但一直等到閉館時間，本間志織還是沒有現身。

「她竟然沒來，眞是古怪。」穗波說道。

綸太郎氣定神閒地說道：

「昨天她才發現被人跟蹤，多半是起了戒心。」

「現在該怎麼辦？要到她家登門拜訪嗎？」

「不必，這件事不用急。反正借書期限只有十五天，只要耐著性子等下去，她遲早會來還書。」

一如綸太郎的預期，隔天星期三的相同時刻，本間志織又走進了閱覽室，彷彿什麼事也沒有發生。

綸太郎躲在借書櫃檯內側的陰暗處，靜靜等著本間志織自行走近。本間志織就跟前天一樣，將三本書懷抱在胸口，宛如懷抱著嬰兒。但今天她不時轉頭望向身後，顯然是在確認有沒有被人跟蹤。

本間走到了櫃檯邊，遞出懷裡的三本書。綸太郎迅速上前，隔著櫃檯按住她的手腕。

本間志織吃了一驚，轉頭望向綸太郎。綸太郎輕描淡寫地說道：

「就算切掉書籤帶（一端黏在書背上的帶狀書籤），孩子天上有知，也不會感到開心。」

「……本間小姐終於說出實話了。」

過了一會，穗波回到辦公室，臉上神清氣爽，顯然終於放下了心中大石。

「果然你的推測沒錯，本間小姐是爲了死產的孩子才做這種事。她到處上圖書館借書，回家後小心翼翼將書上的書籤帶拆掉，不留下任何痕跡。難怪我們不管怎麼檢查她所歸還的書，都沒有辦法發現異狀。其實只要拿全新的同一本書來比對，馬上就會發現書籤帶不見了。」

綸太郎嘻嘻一笑，說道：

「把書上的書籤帶拆掉，一般人根本不會發現，畢竟有很多書打從一開始就沒有書籤帶。就連警視廳的鑑識人員也沒有發現，直到聽我說明之後才恍然大悟。打從一開始，我在觀察本間小姐挑選書本的動作時，就應該要察覺了。一本書有沒有書籤帶，只要看上側書口就能知道。但當時她塞回書架的每一本書，上頭都沒有書籤帶，所以我才沒有想通這一點。」

「這個疏忽，我就不跟你計較了。」穗波說道。

綸太郎輕摸著鼻子側邊，問道：

「不過那些玫瑰書籤，又是怎麼回事？」

「她怕拆掉了書籤帶，會造成讀者閱讀起來不方便，所以夾了一張書籤在裡頭。她若不說，我還眞沒想到，書籤帶與書籤其實是一樣的東西。」

「原來如此。那些拆下的書籤帶，她怎麼處置？」

「她說全部蒐集起來，等到湊足了一千條，就送到寺院裡供奉。理由是因爲書的書籤帶就像是嬰兒的臍帶。產下死嬰後，她突然變得無法閱讀，據說也是因爲每當她把書籤帶夾進書頁裡，就會想起死去的孩子。爲了斬斷這個雜念，才會萌生切除書籤帶的想法。我剛剛正在和館長討論接下來的處理方式，我們決定的方針是不以圖書館的立場向本間小姐求償，但建議她找精神科醫師談一談。」

綸太郎點頭說道：

「嗯，我也認爲這是最好的做法。」

穗波在桌面上以手肘拄著臉頰，朝綸太郎輕輕一笑，忽然開口說道：

「但還有一點，我實在不明白，本間小姐怎麼會把書籤帶與臍帶聯想在一起？」

「那是因爲她的職業是書籍裝幀師。若說作者是書籍的父親，那麼裝幀師應該就是母親。父親寫出書籍的內容，母親賜給書籍一個肉體。」

綸太郎說得信心十足。

「話是這麼說沒錯，但是……」

穗波似乎還想反駁，綸太郎制止了她，接著說道：

「妳先別急，我還沒說完。妳仔細回想一下，本間小姐的孩子之所以胎死腹中，是因爲臍帶繞頸，對吧？在本間小姐的心裡，那就像是親手在自己的胎盤裡以臍帶絞殺了胎兒。這樣的想像，是後來造成失讀症的主因。

「然而一本書的每個部位，都有著特別的專業術語，例如扉頁、書口、地口等等。本間小姐既然是裝幀師，對這些專業術語應該相當熟悉才對。妳想像一下，當我們要把書籤帶夾進書頁裡時，會先把書籤帶緊緊勾在書頁的裝訂邊上，然後闔上書本，對吧？我認爲正是這個動作，產生了以繩狀物體絞殺生命的錯覺，因而誘發了她心裡殺死胎兒的罪惡感。妳還記得書頁裝訂邊的專業術語是什麼嗎？」

穗波深深點頭，說道：

「……書喉。」（註）

註：「書喉」一詞為日文直譯，中文裡通常稱該部位為「訂口」或「書溝」。但因「書喉」這個稱呼在本作中涉及行為動機，所以酌予保留。

背信的交點

1

中央本線往千葉方向特快列車「梓68號」的豪華車廂內，法月綸太郎在窗臺上以手肘拄著臉頰，遠眺著窗外受晚霞籠罩的廣大甲府盆地。或許是隨身聽的聲音太大的關係，幾乎感覺不到列車的震動。以坐落於笛吹川下游扇狀盆地的街道爲前景，配上位於其南側後方的遼闊富士山麓地形，兩者沐浴在晚夏的夕陽中，宛如旋轉舞臺一般緩緩轉動。

兩天一夜的信州（註一）旅行。綸太郎正坐在從安曇野返回松本的列車內。L特快車（註二）「梓68號」若是依照正常行駛模式，應該是以松本站作爲起點站。但在夏天的北阿爾卑斯山觀光登山旺季期間，爲了載運觀光人潮，梓號會擴大行駛路線，改以連結松本與糸魚川的大糸線上的南小谷站作爲起點站。綸太郎與同伴在松本站往前數兩個停靠車站的穗高站，在下午四點四十六分搭上列車。這班列車共有九節車廂，第一、二節車廂爲自由座位，第三至九節車廂爲對號座位。綸太郎坐在第一節車廂的2A座位，也就是在最前面的車廂裡，自前方數來的第二排，面對前進方向時的右手邊靠窗座位。這天是盂蘭盆節連假剛結束的隔週星期四，時間是下午六點半多，自由座位車廂內算不上擁擠也稱不上空蕩。

去年夏天在電視上喧騰一時的上九一色村（註三）就在這附近。綸太郎正胡思亂想著這件事，澤田穗波則坐在旁邊閱讀著岡崎京子的漫畫。驀然間，穗波放下書本，伸手拉了拉綸太郎的褲子膝蓋處皺褶。綸太郎取下耳機，轉頭望向身旁靠走道的座位。隨身聽剛播放完鋼索樂團（Wire）的專輯《154》中的第四首歌。穗波一邊以推眼鏡的動作掩飾呵欠，一邊問道：

「到哪裡了？」

「……〈The Other Window〉剛結束，正要進入第五首的〈Single K.O.〉。」

「誰問你歌名了？」

穗波伸手關掉綸太郎的隨身聽開關。

「我指的是列車到哪裡了？」

「噢，妳問清楚嘛。列車才剛離開甲府呢。」

「我問得很清楚，是你自己腦袋模糊。」

註一：信州：日本傳統地名。主要相當於現代的長野縣一帶。

註二：L特快車：原文作「L特急」，爲過去的日本列車級別之一。與一般的特快車相比，L特快車有著班次密集、距離較短、自由座位較多等特徵。但在二〇一八年之後，日本所有鐵道線路都已取消這個級別的列車，L特快車已不復存在。

註三：上九一色村：位於日本山梨縣的村落。這裡曾經是發動「東京地鐵沙林毒氣事件」的奧姆眞理教的總部所在地，日本警方在一九九五年大舉搜索此村，在社會上鬧得沸沸揚揚。而本作品的創作時間爲一九九六年，因此有「去年夏天在電視上喧騰一時……」的描述。

穗波以曬得微紅的手肘在綸太郎的肩頭頂了一下。接著穗波將岡崎京子新版的《唇間霰彈槍》闔上，放在前方的簡易餐桌上，在狹窄的座位裡扭曲身體，伸了個大懶腰。

「算起來還要一個半小時才到東京？好想趕快回家沖個澡。」

綸太郎並非無法理解穗波的心情。今天打從中午起，兩人就拿著觀光手冊，在安曇野四處觀光。吃完了遲來的早餐後，兩人先從大糸線的松本站搭電車前往穗高，上午在車站附近的碌山美術館參觀了有「日本羅丹」之稱的近代雕刻家荻原碌山的作品，下午則沿著穗高川的潺潺流水前進，享受著高原的涼爽微風，在恬靜的田園景色中漫步。兩人仰望著萬里無雲的晴空，以及北阿爾卑斯山脈東麓的美麗稜線，行經等等力橋，在號稱山葵栽種面積日本第一的大王山葵農場稍作休憩。

接著兩人散步走回車站附近，參觀了舊本陣（註一）等等力家。穗波緊握著相機，熱心地拍下路旁的每一尊道祖神（註二）（安曇野的道祖神多爲色彩鮮豔的男女雙體石像，根據穗波的說明，這一帶的道祖神大多是姻緣及夫婦之神，而且關於祭祀的起源傳說隱含了近親相姦的思想）。安曇野雖然是信州山區的避暑勝地，但畢竟位在松本盆地內，日夜溫差非常明顯。白天氣溫相當高，即使到了八月下旬依然是熱氣逼人。因此當兩人爲了趕上回程的電車而回到穗高車站時，身上早已沾滿汗水與塵沙，而且全身疲累不堪，皮膚被豔陽曬得紅腫。

若只看以上這些描述，簡直就像是將粗製濫造的旅遊推理故事，或是電視上的兩小時推理劇場實際化爲行動的後果。綸太郎向來對名勝古蹟沒有興趣，也從不參與近年來相當流行的戶外休閒活動，怎麼會不顧截稿壓力，大老遠跑到安曇野這種地方來？事實上這背後當然有些隱情。

整件事情的肇始，發生在上個星期日。綸太郎經常造訪的區立圖書館的那個古怪館長，參加了社區教育委員會主辦的高爾夫大賽，卻在鎌谷高爾夫球場打第十二洞時中暑昏倒，被抬上救護車送往醫院。不巧的是館長原本預定要在星期三到松本市參加一場名爲「一九九六年全國圖書館員大會——思考二十一世紀的圖書館服務」的研討會。當然大會少了館長這個參加者並不會造成任何影響，但是來回的車票及當天在松本的飯店都已經訂好了，取消其中的一人份實在太可惜，而且穗波也希望有個人結伴同行，至少一路上能夠說話解悶。但是這陣子正是館員輪流放暑假的期間，每個館員的排班表都卡得很死，穗波不可能找到一個同事能夠拋下工作陪伴自己兩天。經過協議之後，眾人決定邀請勉強算是圖書館相關人士的綸太郎擔任館長代理人，兼陪穗波說話解悶。

註一：本陣：原指戰場上的軍隊大本營，進入江戶時代後轉意爲達官貴族在各地的臨時居所。例如本作中提到的等等力家曾經是松本藩主的本陣，如今已成爲觀光景點。

註二：道祖神：象徵神明的石碑或石像，多見於日本的傳統村莊內、道路旁邊，或是岔路上。長野縣安曇野市內的道祖神數量堪稱日本第一。

「……未免太突然了吧？」

綸太郎在星期一傍晚接到穗波的來電，看了看依然一行也沒打的文字處理機空白畫面，又看了看月曆上所剩不多的八月日子，心裡著實感到爲難。

「那場在松本舉辦的研討會，應該是只有圖書館相關人士才能參加吧？我這種門外漢就算去了，也只會招來白眼。」

「你放心，我們已經取得主辦單位的同意，將賦予你特別旁聽員的資格。而且你雖然已經快發霉了，但好歹也算是個小咖作家，光是這個頭銜，就已經具備參加資格了。」

「眞是抱歉，我不是發霉，是發酵。這個月底有篇雜誌短篇作品要截稿，我正在發酵我的靈感，可沒有那個閒工夫參加信州旅行。不好意思，妳這次還是找別人吧。」

「你說這是什麼話？在這種大家都很忙的時期，像我這樣臨時邀約也能撥出時間的人，天底下除了你以外還有誰？而且既然是月底才要截稿，不是還有十天以上的時間嗎？就算出門旅行個兩天，也不至於造成太大影響。何況第二天整天都沒有安排行程，我打算到安曇野走一走，你也應該到那個高原上吹吹風，轉換一下心情，或許回來就會運筆如飛呢。」

「妳不知道我這邊的戰況有多麼慘烈，才會說得那麼輕鬆。要是鬆懈了這兩天，很可能就會趕不上截稿日期。到時開了天窗，我總不能對編輯說，理由是帶女孩子到信州旅行了吧？妳可別誤會，我可不是打死也不想去，也不是覺得看妳的臉看得很膩，我只是想平安度過眼前的截稿難關……」

「夠了，別說了。虧我這麼低聲下氣，你竟然給我這種回答。好吧，那就算了。既然你對我不仁不義，我決定把上次那件事說出去。」

「……上次哪件事？」

「呵呵，《昆恩會客室》（*In the Queen's Parlor*）的第十四則手記。」

「啊啊啊！」

綸太郎的反應簡直就像是遭達許．漢密特（Dashiell Hammett）調侃的艾勒里．昆恩（Ellery Queen），一時心慌意亂，最後只能爲了封口（？）而答應參加旅行。雖然嚴格說來可能是自作自受，但綸太郎還是不禁感到疑惑，爲什麼每次都只能任由穗波掌握主導權？記下了出發日期、碰面地點及時間後，綸太郎掛上電話，回到文字處理機前，臉上帶著複雜且筆墨難以形容的哀愁表情，好一會只能愣愣地看著一個字也沒有的文字處理機畫面。

不過換個角度想，這件事倒也沒那麼糟糕。

就像穗波所說的，出門旅行個兩天，應該不至於造成太大影響。如果能夠藉此忘卻忙碌的都市生活，到悠閒愜意的高原上呼吸一些新鮮空氣，或許眞的能夠想出一些好橋段也不一定。更何況……雖然說出來不太體面，但到口的肥羊不吃的話，實在不配當個男人。

就連金田一少年不也曾賭上爺爺之名，發誓要將這句話奉爲圭臬？

至於「一九九六年全國圖書館員大會」這場研討會，整個過程完全沒有值得一提的插曲。這天因爲太過早起的關係，綸太郎在研討會過程中一直在打瞌睡。剛開始的時候，穗波還在綸太郎耳邊嘀咕了幾句，但後來似乎也放棄了，任憑綸太郎呼呼大睡。事後綸太郎才知道，就算是館長親自參加，幹的事情也會跟自己大同小異。

當然住在松本的那一晚，兩人睡的是不同房間。（穗波：「這不是廢話嗎？我怎麼可能跟館長睡同一間房間？」）那天晚上，兩人只是在穗波的房間裡玩水管卡牌遊戲，一直玩到了三更半夜。（穗波：「這遊戲眞的一玩就停不下來。」）因此整趟旅行過程完全沒有足以誘發旅遊興致的甜言蜜語，也沒有鹹濕黏膩的激情露骨演出。値得一提的是岡崎京子那本漫畫的書腰上，以黑體字印著這麼一句文案，「維持友情的祕訣，難道就是不做愛？」

眞令人鼻酸。

即使如此，當兩天一夜的旅行已接近尾聲，再過不到一個半小時就會回到東京，心裡多少還是會感到不捨。尤其是在夏天即將結束的夕陽餘暉的推波助瀾下，更是讓這股奇妙的寂寥感變得更加強烈。穗波似乎也抱持著這樣的心情，雖然嘴上不斷說著玩笑話，臉上卻帶著一抹難以言喻的惆悵。

「旅行一下子就結束了呢。」

「才兩天一夜，本來就很短。」

「硬把你拉來，眞是不好意思。有沒有轉換心情了？回去寫得出東西來嗎？」

綸太郎聳聳肩，說道：

「這我也說不上來。或許我現在眞正需要的不是轉換心情，而是足以讓我產生挑戰興致的眞實案件。」

「哎呀，你會說這種話，表示你還只是個半吊子。要當一個眞正的神探，運氣也是不可或缺的要素，就算只是出門旅行，也必須能夠碰巧遇上各種疑難案件。像古畑任三郎，隨便搭個新幹線也會遇上凶殺案，若扣掉廣告時間，只花四十五分鐘就破案了，你應該多多向他看齊。」

「那是電視節目，怎麼能相提並論？」

「話是這麼說沒錯，但我想強調的是你應該隨時處於臨戰狀態，總而言之……」

穗波說到一半，忽然不再說下去，再度伸手拉扯綸太郎的褲子膝頭皺紋。

「又怎麼了？」

「坐在前面座位的人，好像有點不對勁……」

穗波突然一臉嚴肅地在綸太郎耳畔低語。綸太郎皺起眉頭，說道：

「妳又來了，別開這種玩笑。」

「我這次不是在開玩笑。」

穗波表情認真地搖了搖頭。綸太郎心裡半信半疑，將肩膀緩緩往上抬升，向後弓起身子往前方座位窺望。

隔著椅背，只能看見前方座位乘客的後腦杓上半部。左右兩邊座位分別坐著一男一女，男人坐在靠窗座位，女人坐在靠走道座位。綸太郎細細回想，當初自己與穗波上車時，這一男一女就已經坐在前方的座位上了。換句話說，他們是在穗高站之前上車。男人看起來似乎睡得正熟，女人則不斷搖晃著男人的肩膀，嘴裡喊著「老公、老公」，想要將男人喚醒。但不管是女人的語氣，還是男人頭部的搖晃程度，都讓人感覺到事態並不尋常。

隔了走道的對面座位是空的，並沒有乘客，因此除了穗波與綸太郎之外，目前還沒有其他乘客察覺這對男女的異狀。綸太郎以眼角餘光觀察穗波的神情，只見穗波緊閉著雙唇，顯得有些遲疑。她畏畏縮縮地將身體探出走道外，觀察前方座位的情況。

當穗波轉頭望向綸太郎時，遲疑之色已經從她的臉上消失。她下定了決心，從座位上站起，踏出走道外，朝前方座位的女人問道：

「請問……發生什麼事了？」

「眞是抱歉，吵到你們了。我先生似乎有些怪怪的……」

女人的語氣顯得頗爲慌張。綸太郎坐在自己的座位上，只能看見女人的頭部在前方座位上動來動去。於是綸太郎扶著椅背站起，自上方低頭俯視坐在前方座位的男人。男人穿著綠色Polo衫及棉褲，整個上半身往前癱倒，緊貼在椅子的扶手上。如果是一般人做出這種動作，應該會抽筋才對。男人的身體除了隨著車廂震動而微微顫動之外，完全沒有任何動作，看起來絕非只是睡著了而已。

綸太郎看見前方座位的車窗百葉扇是呈現放下的狀態，忽然感到有些不太對勁。回想剛剛五點左右的時候，自己因為從窗外射入的夕陽太過刺眼，忍不住放下了百葉扇。車廂內坐在同一側靠窗座位的乘客之中，就只有坐在前面的男人沒有放下百葉扇。綸太郎記得很清楚，當時自己還有些納悶，不明白前面的男人為何能夠忍受刺眼的陽光。但是下一秒，綸太郎又想起在列車離開松本站後不久，前面的男人就把百葉扇放下了。如此想來，百葉扇呈現放下的狀態是理所當然的事情，於是綸太郎將這件事拋諸腦後，沒有再去細想。

穗波與女人或許是察覺到綸太郎在後面探頭探腦，先後轉頭朝綸太郎望來。綸太郎的視線越過女人的肩膀上方，與女人四目相交。女人的雙眸黯淡無光，彷彿已經受到災厄的徵兆所侵蝕。女人完全沒有說話，眼神中充滿了焦急。穗波朝綸太郎努了努下巴，暗示綸太郎做點事情。

「我去叫列車長。」

綸太郎離開座位，奔向後方車廂。此時列車長正在第三節車廂裡查票，綸太郎對他說道，「有急症病患，快跟我來！」當兩人回到第一節車廂時，其他乘客也陸續察覺異狀，整個車廂開始出現騷動。穗波站在走道上，倚靠著自己的座位椅背，臉色蒼白地看著綸太郎。

「那個人還好吧？」綸太郎問道。

穗波像個鬧脾氣的孩子一樣用力搖頭，將視線轉向一旁，說道：

「他好像……」

「好像什麼？」

「好像死了。」

站在旁邊的列車長咕噥了一句「不可能吧」，自走道上戰戰兢兢地探頭觀察男人的身體。但綸太郎早已猜到男人已經斷氣，並沒有絲毫驚訝。

旁邊的女人依然坐在自己的座位上，宛如機械一般不斷搖著男人的手腕。「不好意思，請讓一讓。」綸太郎請女人讓出座位，自己坐到女人的座位上，彎下腰檢查男人的脈搏。

男人的脈搏停了，呼吸也停了。似乎是在睡覺的過程中，心臟停止了跳動。綸太郎察覺男人遺體的臉色相當紅潤，撥開眼皮一看，瞳孔已完全散開。

綸太郎看見男人的無名指上戴著戒指，於是抬起了頭。貌似妻子的女人（兩人戴著相同的結婚戒指）身穿藍白條紋的洋裝，正捲起裙襬，蹲在走道上凝視著綸太郎的一舉一動。女人的眼神中流露出了一股覺悟。綸太郎一站起身，女人也跟著站了起來。

「請問他是妳的丈夫嗎？」

綸太郎向女人確認。女人點了點頭。

「請妳冷靜聽我說。我感到很遺憾，妳先生已經沒有呼吸了。」

女人緊緊閉上雙眼，緩緩吸一口氣，接著緩緩吐氣，睜開雙眼，呢喃說道：

「……你的意思是說，他死了？」

「是的。請問妳先生是不是患有心臟病？」

「沒有。」

「那麼，在搭上這班列車之前，妳先生是否曾吃了或喝了什麼？」

女人還沒有回答，穗波驚覺這個問題的背後所代表的意義，湊過來問道：

「爲什麼這麼問？難道不是心臟病發作？」

「……死因可能是中毒。」

穗波驚愕得張大了口，畏畏縮縮地將視線移向死者的妻子。但那女人對穗波連瞧也沒瞧一眼，聽了綸太郎這句話似乎也並不感到驚訝，而且那看起來不像是過於悲傷的反應。驀然間，女人流露出了一股自尊心遭受重創的表情，她冷冷地瞥了一眼丈夫的遺體，以不甘心的口吻說道：

「我就知道會發生這種事……老公，是那女人幹的，對吧？」

2

「梓68號」依照既定時刻，在晚上七點零四分抵達大月車站。站務員早已接到列車長的通知，正守候在月臺上。列車一到站，他們立刻進入車廂，將遺體搬了出來。接著一群鐵道警察隊的員警進入車廂，負責保護案發現場及向乘客蒐集案情資訊。列車出發的時候，已經比既定時刻晚了幾分鐘。鐵道警察隊這麼快就出動，主要原因是列車長已事先回報遺體有遭毒殺的跡象。當然這完全來自於綸太郎在列車內的判斷。

除了死者的妻子之外，員警也請綸太郎與穗波一併在大月站下車，接受警方的盤問。由於兩人曾是最接近死者的乘客，因此在警方的認定中，兩人的身分似乎相當於第一發現者。對綸太郎來說，這是求之不得的事情，當然樂於從命。但穗波明天還得上班，不能把時間耗在這種地方。

「如果很花時間，要不要我向警察提出要求，讓妳先離開？」綸太郎問。

「不，都已經上了賊船，我想參與到最後一刻。」

「這不是賊船，是賊車，而且妳已經下車了。」

「笨蛋。」

穗波哭笑不得地瞪了綸太郎一眼，接著說道：

「死者的太太一個人待在這個陌生的環境，我想最好有人陪在她的身邊。搭乘同一班列車也算是有緣，何況我是女人，這種時候比你更能派上用場。」

「……就只有這個理由？」

綸太郎再次確認。穗波氣定神閒地說道：

「老實說，眞正的理由是我認爲某位偵探先生需要有人在旁邊盯著，以免被寡婦的性感魅力迷得暈頭轉向。」

眞令人鼻酸。

男人的遺體被警方認定爲死因不明，緊急送往大月市內的醫院，進行驗屍以確認死因。死者的妻子也坐上了救護車，隨著遺體一同前往醫院。另一方面，綸太郎與穗波則被帶往車站內的鐵道警察隊辦公室，接受警方的盤問。問題不外乎是姓名、身分、旅行目的，以及發現前方座位男子死亡前做過什麼事等等。員警並沒有表現出視兩人爲嫌疑犯的態度，但對於兩人的積極配合調查，員警也沒有表現出太多的感謝之意。當綸太郎報上自己的姓名及職業時，員警的臉上也只是流露出些許的不以爲然，除此之外並沒有什麼明顯的反應。

「……對了，法月先生。有一點讓我們感到很納悶。聽列車長轉述，你在看了遺體之後，立即研判遭毒殺的可能性很高。但你並不是醫生，如何能夠作出這樣的判斷？」

綸太郎耐著性子回答：

「我身爲一個推理作家，基於工作上的需要，對中毒死亡的特徵還算熟悉。」

「啊，原來如此，因爲你是個推理作家。嗯，那麼我想請問一下，依你的專業判斷，死者是中了什麼樣的毒而死？」

「我在這方面的知識畢竟只相當於多讀了幾本書的門外漢，不見得能說得精準。但我看他瞳孔放大、臉部潮紅的跡象非常明顯，我猜十之八九，應該是阿托品（Atropine）類的毒藥吧。對了，如果你們不相信我所提供的毒藥相關知識，請立刻打電話給警視廳搜查一課的法月警視，向他詢問我的來歷背景。」

「警視廳搜查一課？法月警視？」

負責問話的員警朝綸太郎上下打量，眼中的不信任感愈來愈濃了。員警要兩人稍坐片刻，就起身走了出去。穗波見四周無人，趕緊問道：

「什麼是阿托品？」

「從茄科植物顛茄（Belladonna）或洋金花（Datura metel）所提煉出的一種生物鹼，可作爲副交感神經抑制劑，有減緩疼痛及治療胃潰瘍的效果。此外還可以讓瞳孔擴大，所以在眼科也被用來當作散瞳劑。但這種物質其實帶有劇毒，尤其是硫酸阿托品（Atropine Sulfate），可是被視爲毒藥，以此製成的藥劑也被指定爲危險藥品。一旦發生急性中毒，會陷入譫妄（delirium）狀態，症狀類似急性酒精中毒。嚴重者會進入昏睡狀態，如果沒有立即施救，會因心臟麻痺而死亡。雖然症狀會因個人體質而產生差異，但當初死者坐在我們的前方座位時，完全沒有胡言亂語或做出粗魯動作，可見得是吃下了大量的高純度阿托品，藥效一發作就立即陷入昏睡狀態。」

綸太郎說得有如行雲流水，絲毫沒有滯礙，穗波瞪大了眼睛，說道：

「看來你不愧是推理作家，並非只是依賴父親的光環。」

「對我刮目相看了？不過我並不排斥依賴父親的光環，畢竟雙親正是最好用的工具。」

「你說這種話，恐怕會引來批評。好吧，總之你似乎是提起幹勁了。話說回來，那個太太好像對丈夫的死並不特別驚訝……而且她還說了一句『是那女人幹的』。」

「嗯，我也聽到了。」

「那到底是什麼意思？」

穗波推了推眼鏡，歪著腦袋陷入沉思。就在這時，剛剛那名員警走了回來，臉上帶著難以置信的神情。員警要綸太郎接聽電話，綸太郎於是跟著員警走出門外，拿起話筒。果然不出所料，電話另一頭傳來父親法月警視的聲音。綸太郎簡單扼要地說明了狀況，接著以撒嬌般的輕聲細語央求父親向這裡的警察單位施壓，讓自己獲得自由參與辦案的權限。

「我就知道是這麼回事。」

法月警視說道：

「山梨縣警那邊，我會幫你說話，你就趁這個機會蒐集小說題材吧。但你可不能太亂來，給穗波小姐添麻煩。」

靠著父親的光環，不久之後綸太郎與穗波便坐上了大月警署的警車，趕往負責驗屍的醫院。抵達醫院時，已經是晚上八點多了。大月警署的刑警已對死者的妻子問完了基本的問題，接下來只等著驗屍報告出爐。當綸太郎與穗波走進醫院大廳時，負責問話的篠原刑警似乎誤以爲兩人是警視廳派來的特別探員（大概是被《X檔案》洗腦了），主動將死者妻子的供述內容交代得清清楚楚。

死者名叫品野道弘，三十二歲，居住在東京都板橋區。畢業於知名私立大學，曾任職於東京都內某度假設施開發公司。四年前因受泡沫經濟崩盤影響，公司倒閉，其後死者曾做過一些如大樓管理員之類的工作，但都做不長久，最近這兩年幾乎處於無業狀態。

道弘的妻子名叫晶子，年紀比丈夫大兩歲，如今在板橋區內的某私立女子高中擔任教師。夫妻兩人爲戀愛結婚，至今夫妻生活已屆七年，但沒有孩子。兩人是在栂池滑雪場認識，經過兩年的交往後步入禮堂。晶子在結婚前就是一名教師，婚後一度辭去工作，但後來道弘的任職公司倒閉，晶子爲了維持家庭經濟，在三年前重新開始任教。

「……在確認死因前，還沒有辦法斷定爲凶殺案，所以目前並沒有向死者妻子提出進一步的問題。」

「謝謝你的說明，對我們很有幫助。對了，你們應該已經拿到這對夫妻的車票了吧？」

「兩人份的乘車券及自由座特急券（註），目的地都是東京新宿，購票地點都是大糸線的南小谷站，購票時間都是今天。在剪票口及查票業務上都沒有發現疑點。」

「原來如此。這麼看來，他們都是在『梓68號』的起點站搭上了列車。關於旅行的目的，妻子是怎麼說的？」

「這我們也問了，但還是摸不著頭緒。」

篠原刑警一臉納悶地說道。雖然南小谷距離栂池滑雪場很近，但可以肯定他們夫妻的旅行目的並不是滑雪。關於這一點，未來還必須向妻子進一步確認才行。

「我有幾句話想要問她，方便在這裡問嗎？」綸太郎說。

「當然可以，我須要先離席嗎？」

「如果可以的話。只要問出任何重要訊息，我會立即向你回報。」

「驗屍報告一出爐，我也會立刻通知你們。」篠原刑警說完這句話，便離開了醫院大廳。綸太郎在空蕩蕩的大廳裡左右張望，看見那身穿藍白線條洋裝的女人，就坐在等候掛號用的數排長椅的最深處。她一個人低著頭坐在那裡，宛如遭遺棄在陌生邊陲地帶的孤兒。那女人正是品野晶子。她的腳邊放著兩個行李箱，都是綸太郎在列車上曾經看過的行

註：特急券：依照日本鐵路運輸制度，要搭乘「特急」列車，除了「乘車券」之外，還必須購買「特急券」才能上車。

李。

綸太郎朝著正在顧行李的穗波喊了一聲，兩人一同走向坐在大廳另一頭的女人。但那女人散發出一股拒人於千里之外的氛圍，綸太郎走到長椅前方，便不敢再靠近。穗波在綸太郎背上推了一把，綸太郎迫於無奈，只好鼓起了勇氣，搓揉著雙手，彎著腰，踏著小碎步來到女人面前。

「呃，打擾了，今天眞是飛來橫禍，請節哀順變。」

品野晶子終於抬起了頭。她一臉茫然地看著綸太郎一會，認出綸太郎是在列車上見過的人，原本頹喪的臉孔稍微恢復了生氣。

「你是剛剛在列車上，坐在後頭的那位……」

「是的，沒錯。剛剛未經允諾就做出那麼僭越的事情，內心實在過意不去。在此除了表達弔慰之意，也致上十二萬分的歉意。」

「請別這麼說。」

晶子突然起身，朝著綸太郎低頭鞠躬。

「我丈夫突然做出那樣的事情，給警察及周圍的人添了那麼多麻煩，是我該向你們道歉。」

「品野女士，請把頭抬起來。我的來意，並非想要接受妳的道歉，何況協助警方是善良市民的應盡義務。呃，妳介意我坐在旁邊嗎？」

「請坐。」

兩人在長椅上並肩而坐。穗波站在稍遠處，露出一臉錯愕表情，綸太郎朝她偷偷以眼神暗示。從穗波所站的位置，應該可以在不與晶子四目相交的情況下，仔細觀察晶子的表情細微變化，就宛如是在臺下觀看戲劇的觀眾。

「……你剛剛叫我品野女士？」

晶子停頓了一下，緩緩開口說道：

「請問你怎麼知道我姓什麼？我不記得在列車上曾經跟你報過姓名。」

「哎呀，真糟糕，我竟然說溜了嘴，真是惶恐至極。其實我在剛剛，已經向大月警署的刑警偷偷問了女士的姓名。這也就是說……啊，抱歉，我竟然又做了失禮的事。我還沒有向品野女士自我介紹呢。呃，敝人叫作法月綸太郎。」

「難道是……推理作家法月綸太郎？」

「是的，那正是敝人。」

「果然沒錯。我幾乎不看小說，但我丈夫有一陣子對推理小說相當沉迷，曾經到圖書館借過好幾十本，那些書裡頭經常出現你的名字。」

「那眞是無上的榮耀。」

「還有一點，如果是我會錯意，請你見諒……你這個古怪的說話方式及動作，難不成是在模仿田村正和？」

「妳看出來了？我模仿得還像嗎？」

「一點也不像，我建議你從今以後別再做這樣的嘗試。」

「噢，眞是抱歉，那我就不模仿了。我會做這種事，完全是被她逼的……啊，我忘了介紹，站在那邊那個戴眼鏡的小姐，她叫澤田穗波，是我的祕書。」

穗波突然聽見綸太郎介紹自己，心下也不慌張，不疾不徐地鞠了個躬，自稱是祕書澤田，說了一串簡直可以當作範本的弔慰詞句。接著穗波瞪了綸太郎一眼，以嘴形抱怨，「我叫你向古畑任三郎看齊，不是叫你模仿田村正和。」綸太郎看在眼裡，卻假裝沒有看見，朝晶子說道：

「既然我的身分已經公開了，那我也就不再拐彎抹角。其實我來找妳，是有幾個問題想要問妳。」

「有問題想問我？」

「當然我這麼做可不是基於單純的好奇心，而是警察以非正式的管道向我尋求協助。我因爲工作的關係，有時會在一些刑案中扮演起偵探的角色。何況今天這起案子，我剛好也在事發現場，於理不能置身事外。因此如果品野女士不介意的話，爲了省去接下來的一些無謂麻煩，我想先請妳回答一些可能會造成誤解的疑點。」

晶子聽了不僅沒有露出不悅神情，反而顯得興致盎然。

「難道你是在懷疑我毒殺了丈夫？推理作家法月先生。」

「絕對沒那回事，我只是想精確掌握當時第一節車廂內到底發生了什麼事。」

綸太郎如此說道。至少到目前爲止，這句話並不算說謊。晶子的臉上明顯流露出接近自虐的複雜表情，毫不排斥地說道：

「沒問題，請儘管問吧。回答你的問題，總好過被那些粗魯的刑警盤問。何況有人陪我說話，心情也會好過一些。」

「謝謝。呃……首先是我在列車裡也曾問過的問題。妳丈夫在上車之後，是否曾吃過或喝過什麼東西？」

「有的。在車內服務的推車來到我們身邊時，他說口渴了，買了兩罐烏龍茶，其中一罐給了我。我記得那好像是在列車快到松本站的時候。」

「妳指的是罐裝烏龍茶？這兩罐烏龍茶，你們馬上就開來喝了？」

「是的。」

「妳也喝了？」

「對，我那時也覺得口很渴。」

「空罐呢？我在你們的座位附近沒有看到空罐。」

「列車離開松本站不久後，我剛好想上廁所，就順手扔進連結區的垃圾桶裡了。」

綸太郎轉頭望向穗波。當時穗波坐在靠走道的座位，如果前方座位乘客曾經進出走道，穗波應該會有印象。穗波點點頭，露出確實有這麼一回事的表情。

「除了烏龍茶之外，妳丈夫是否還曾吃過或喝過其他東西？」

「應該沒有，因爲他馬上就睡著了。不過我後來也有些昏昏欲睡，記憶不是很清晰，所以不敢肯定。」

「原來如此，空罐扔進了連結區的垃圾桶……另外還有一個打從一開始就讓我很在意的問題。當我在檢查妳丈夫的遺體時，我一說妳丈夫可能被下了毒，妳立刻說『我就知道會發生這種事』，還說『是那女人幹的』。這兩句話除了我之外，澤田也聽得清清楚楚。請問那是什麼意思？那女人是誰？」

晶子的表情頓時有些僵硬。她低頭看著腳下，肩膀明顯上下起伏。接著她嘆了口氣，重新抬起頭來，露出更加露骨的自嘲表情，以充滿氣音及恨意的聲音說道：

「是我丈夫的外遇對象。」

3

「……我丈夫品野是個典型的富家子弟，同時有著過多的自信及過於脆弱的心靈。當年他上班的公司倒閉時，他也只會說些逞強的話，什麼『我是個禁得起磨練的人，不會被這種事情打倒』。他自己說得非常認眞，我也不好意思說他是打腫臉充胖子。或許因爲我一直在意自己的年紀比他大，所以我總是提醒自己不能太縱容他，不能把他當成弟弟一樣照顧。但是到頭來，或許像我這樣的人，正是會縱容丈夫的典型年長妻子吧。

「事實上剛開始的時候，我們相處得很不錯。從前的品野是個眾人眼中的業務高手，很受客戶喜愛，他自己也很得意。景氣好的那段時期，他總是說自己並不會一輩子待在那種小家子氣的公司。他說等到時機成熟，他就會像條魚一樣游入寬廣的大海，做出一番震驚世人的大事業。雖然他老是說像這樣的夢話，但當時的我卻不認爲那只是癡人說夢。不，或者應該說，我喜歡的正是老愛大談夢想與抱負的品野。我根本不在乎他的夢想是什麼，只是像個十九歲小姑娘一樣聽得如癡如醉，不管他說什麼都會點頭同意。自從我在二十五歲那年冬天遇見他之後，我們就一直維持著這樣的相處模式。

「我從教育大學畢業後，就到高中教書。在遇上品野之前，我就像其他女人一樣，經歷過種種事情。但畢竟我也是個平凡的女人，沒有什麼機會接觸那些美夢，以及社會上那些光鮮亮麗的事物。或許正是因爲這個緣故，品野的性格更加令我著迷吧。如今回想起來，他那些夢想說穿了不過是混雜了當時流行的青年創業風潮，以及一些公司社長的人生經驗談。他不僅囫圇吞棗地相信，而且還滿心認爲自己也是那個世界的一分子……

「你聽我這麼描述，或許會認爲品野是個好高騖遠、不切實際卻又毫無本事的男人，但事實上並非如此，其實他的個性相當認眞上進。雖然他的想法有些狹隘，而且喜歡固執己見，但也正因爲如此，他的處世態度相當認眞，而且也很懂得潔身自愛。在發生這次的事情之前，他從來不曾與其他女人有過不尋常的往來。嗯，這點我可以確定，因爲他不是個滑頭的人，要是做了那種事，不可能瞞得過我的眼睛……對不起，我嘮嘮叨叨說了一大堆，卻完全沒說到重點。」

「沒關係。妳想說什麼，就說什麼。我不是刑警，是個作家。我不討厭簡單扼要的報告書，但也不排斥大繞遠路的心情抒發。」

綸太郎一再強調自己並不感到枯燥無聊，但晶子搖了搖頭。此時的她或許是覺得頭髮有些凌亂的關係，忽然伸出左手，撩撥劉海的頭髮。偶然間，手指上的戒指映入了她的眼簾。她愣愣地看著那枚戒指，好一會沒有開口。綸太郎看著晶子，內心不禁回想起白天在安曇野看到的那些男女一對的道祖神。半晌之後，晶子輕輕握拳，將拳面抵在長椅表面的皮革上，以略顯嚴肅的語氣接著說道：

「後來景氣愈來愈差，我丈夫上班的公司開始出現周轉不靈的狀況。不過一眨眼功夫，也不知怎麼搞的，公司竟然就倒閉了。當時品野的工作表現，在年輕職員裡確實相當亮眼，但那種實力充其量只能在公司裡耍耍威風，一旦失去了公司的庇護，根本無法在社會上存活。剛開始的時候，從前的客戶裡有些人很欣賞他，陸續幫他介紹了一些新的工作。但那畢竟不是正式的挖角，再加上當時經濟不景氣，每一間公司都在裁員，當然沒辦法輕易找到足以滿足他的虛榮心的工作。他自己死鴨子嘴硬，說什麼不想接受別人的施捨，但說穿了就是吃不了苦，每個工作都是做沒多久就辭職了。

「曾經有好幾個從前的同事邀他一起投資創業，但他沒有資金，過了一陣子之後也就不了了之了。而且為了配合前公司的經營方針，我們曾貸款買下一間度假公寓，後來為了將公寓認賠處理掉，我們幾乎花光了所有的積蓄。爲了維持家計，我在朋友的介紹下，開始到現在的學校教書。雖然以經濟面來看，我們的生活大致不成問題，但品野畢竟是個自尊心很強的人，我平常總是盡量不表現出一副是我在養他的態度。就連家事也跟從前一樣，全都是我在做，除非他主動幫忙，否則我也從不要求他做些什麼。我自己對這樣的生活是沒有什麼不滿，但我這樣的做法卻似乎令他產生更大的壓力，使他的心情更加憂鬱，只是他從不曾說出口而已。雖然我心裡也隱約有些察覺，但就像我剛剛說的，我不想傷害他的自尊心，只好一直假裝不知道……所以如今事態演變到這個地步，我也該負一半的責任。」

晶子說到這裡，忽然陷入沉默。她將頭轉向一邊，緊閉著雙唇，眼睛連眨也沒眨一下。半晌之後，綸太郎忍不住問道：

「聽說品野先生有整整兩年幾乎處於失業狀態，請問他在這段期間都在做些什麼事？」

「這兩年他並非整天遊手好閒。他也很認眞地規劃著未來，以及思考如何實現夢想。但他的做法不知該說是太過追求自我風格，還是太過自負……有一天，他在週刊雜誌上讀到一篇推理作家的專訪文章，突然說他也想試試看投稿推理小說的新人獎。他原本就是個容易受到影響的人，而且高額的獎金在他眼裡應該是相當有魅力才對。原本我以爲他只是開開玩笑，沒想到他馬上買了一臺中古的文字處理機，找來投稿文學獎的參考書籍努力研讀，非常認眞地寫起了小說。」

「原來如此。妳說妳丈夫曾經到圖書館借了很多推理小說，就是在那個時期吧？」綸太郎說道。

晶子點了點頭，回答：

「沒錯。剛開始的三個月左右，他每天都埋首在推理小說裡。後來他跟我說，他已經掌握了訣竅，感覺寫推理小說並不難。還說他看過了社會上的黑暗面，一定能寫出曠世傑作。他誇下海口，說什麼馬上就會成爲暢銷作家，賺進大把鈔票……明明什麼都還沒有寫出來，卻已經開始作夢了……」

「等等，妳丈夫該不會是參加了文化中心的小說教學講座之類的，在那裡認識了其他女性朋友吧？」

晶子神情沮喪地搖頭說道：

「不，品野認爲參加那種講座的人都是傻子。依他心高氣傲的個性，這也是很正常的事。但現在回想起來，我倒希望他乖乖去參加那些講座……因爲他跟那個女人雖然不是因小說而認識，但兩人關係變得親密的理由絕對跟小說有關。」

「什麼意思？」

晶子以僵硬的動作變換了坐姿，輕嘆一口氣，表情再度顯得凝重，語氣也逐漸變得激動。

「品野的外遇對象，是眼科診所的掛號櫃檯小姐。去年春天，品野得了花粉症，眼淚流個不停，而且癢得不得了。他到眼科診所就診，認識了那個女人。因爲保險證上頭的被保險人（註）是我的名字，多半引起了那個女人的注意。品野那個人很愛面子，似乎對那女人聲稱自己是剛起步的推理作家。那女人剛好也愛看推理小說，一定對他說了很期待你的出道作品之類的話。後來品野又去了好幾次診所，兩人的交情愈來愈好……

「我剛剛也說過，我是個從來不看小說的人。有時品野會拿他寫好的稿子給我看，問我的感想，我的回答往往是牛頭不對馬嘴，沒辦法讓品野滿意。久而久之，他就不再拿作品給我看了。我並沒有惡意，只是眞的無法分辨作品的好壞，但他認爲我太不重視他耗費心思寫出來的作品。我看品野終於有了人生目標，寫小說時的態度就跟從前一樣認眞，我心裡很開心，也自認爲給了他許多鼓勵，但是在看作品這件事上，我沒有辦法幫上他的忙。於是他不再指望我，改找那個女人幫忙看，最後終於演變到今天這個地步。」

晶子再度陷入沉默。她的眼神與其說是放空了心思，不如說是封閉了心靈。穗波不斷朝綸太郎使眼色，綸太郎很清楚穗波想要提醒什麼事。既然那個外遇的對象是眼科診所的櫃檯小姐，要取得當作散瞳劑使用的阿托品應該並不困難。

註：日本的健康保險與臺灣不同，是以家庭爲單位，被保險人與被撫養人共用同一組保險號碼。

「妳是從什麼時候開始，發現妳丈夫跟那個女人的關係不尋常？」

「……我是在今年過完年之後，才確定自己的丈夫出軌了。大概在去年秋天左右，他們兩個就已經變成那樣的關係了，當時我已經察覺到品野的態度有些古怪，但是那陣子他投稿好幾個新人獎，全都在預選就遭到淘汰，我一直以爲他只是心情不好，對他說話總是小心翼翼。後來學校開始放寒假，我不必到學校上課，有一次我在白天接到那女人打電話到家裡來，我才察覺事情不妙。我不斷逼問丈夫，他還是堅稱只是請那女人看作品，沒有任何出軌的行為。我心裡很清楚他在說謊，愈想愈覺得自己很窩囊。

「我煩惱了很久之後，決定瞞著丈夫，在某個假日將那女人找出來談判。那時我已顧不得什麼面子，我跪著懇求那女人，別再與我的丈夫見面。那女人雖然膚色白皙，但身材有點微胖，而且容貌帶了一些土氣。我發現那女人的形象正與當年剛跟品野認識時的我很像，心裡更是難過。那女人的年紀，也與當年剛認識品野時的我差不多。後來我開始出社會工作，導致夫妻間的關係失去平衡，我想品野的心裡也累積了很多鬱悶的情緒吧。我努力告訴自己，品野只是想要發洩這股情緒，並非眞的背叛了我。剛剛我說我該負一半責任，也是因爲這個緣故。」

「妳和那個女人見面，是什麼時候的事？」

「今年二月，我們只見了一次面。品野雖然一直到最後都沒有承認出軌，但或許是我直接找那個女人出來談判的做法發揮了效果，他的態度看起來像是已經深深反省過了。接下來他安分了好一陣子，我本來以為他跟那個女人已經完全斷絕關係了。那時候品野剛好在寫一篇作品，想要投稿S出版社的推理小說獎。截稿時間是五月底，這次的投稿對品野而言可以說是背水一戰，已經沒有退路了。因此他把全部精力都投注在這篇作品上，我也抱著既往不咎的心情，決定要好好幫助他完成作品。

「作品最後終於順利完成，品野似乎相當有自信，臉上散發出了多年不見的神采。他對我拍胸脯保證，這次一定會得獎，明明還沒有公布結果，他卻是一副彷彿已經獲獎的態度。他還對我說這幾年辛苦我了，接下來要讓我過好日子，我聽他這麼說，也不禁有一些信以為真……如今回想起來，在評選結果公布前的那一個多月，是我們夫妻作著相同美夢的最後一段時光。」

晶子說到這裡，似乎再也按捺不住心中的悲愴，一滴淚珠自右側臉頰滑落。但晶子並沒有拭淚，綸太郎心想，或許是自尊心不允許她這麼做吧。接下來晶子的聲音逐漸變得冷淡。

「到頭來，品野的小說當然沒有得獎，而且連第一次預選也沒有通過。我的心情當然很沮喪，但品野的沮喪程度比我嚴重多了。絕望感讓他簡直像變了一個人。回想起來，打從四年前公司倒閉那時候起，一直支撐著他的心靈的最後一根支柱，就是在那時候徹底坍塌了。從那天起，他就得了輕微的憂鬱症，有時好幾天不跟我說話，有時又對我大吼大叫。有幾次我再也嚥不下這口氣，對他說了『在家裡吃閒飯還敢這麼凶』這種絕對不能說出口的話。那陣子剛好學校放暑假，我在家裡的時間變多了，或許這也更讓他感到心情煩悶吧。有時他沒有交代去處就奔出家門，直到三更半夜才回來，我心裡很清楚，他跟那個女人又舊情復燃了。不，或許從二月起，他們的關係就沒有斷過。」

「既然是這樣的關係，爲什麼會安排這次的旅行？是誰提議的？」

「是品野。幾天前他突然對我說，他安排了兩天一夜的信州旅行。我問他爲什麼，他不肯告訴我。我心裡猜想，他一定是跟那個女人約好了要見面。由於學校剛好放假，我對品野說我也要去，他並沒有阻止，只說隨便我。我以爲他大概是想趁我不注意時，偷偷跟那個女人離開，所以我一直緊緊盯著他，不讓他有機會逃走。沒想到他心裡打的是這個主意。」

晶子那一對濕潤的雙眸深處，彷彿燃燒著黑色的火焰。綸太郎愼重地問道：

「品野女士，妳剛剛跟我道歉時，曾說『我丈夫突然做出那樣的事情』，給周圍的人添麻煩，讓妳感到過意不去。這是否意味著，妳認爲妳丈夫是自願喝下毒藥自殺？但如果眞的是這樣，那就不能算是外遇對象的責任。既然如此，妳怎麼會說這件事是『那女人幹的』？那句話是什麼意思？」

「……親眼目睹丈夫死在面前，我不僅沒有嚎啕大哭，還在這裡心平氣和地對你說這些話，或許你會認爲我是個冷血無情的女人……」

晶子這句話與綸太郎所問的問題毫無關係，綸太郎原本以爲晶子是在故意扯開話題，但繼續聽下去，綸太郎才發現並非如此。

「但我此刻的心情，不甘心比悲傷要強烈得多。我覺得好不甘心，自己的丈夫被那個女人搶走了。他打從一開始就決定要自殺，而且爲了令我懊惱，他還跟外遇對象約好了，故意死在我的面前。所以我才會說，這件事是那女人幹的。我心裡很清楚，他們是一起殉情了。」

「……殉情？」

綸太郎重複了這個字眼。就在這時，忽然一陣腳步聲在大廳裡迴盪。大月警署的篠原刑警朝綸太郎小跑步而來，說道：

「驗屍報告出爐了，死者確實很可能是遭到毒殺，而且毒藥幾乎可以肯定是精製過的高純度阿托品。從屍體狀況來研判，服用量應該相當大。」

篠原一邊在綸太郎的耳畔低語，一邊對晶子投以嚴厲的目光。綸太郎以肢體動作示意晶子的清白，一邊看著晶子，一邊回答死者遭人毒害的可能性不高。接著綸太郎指示篠原聯絡鐵道警察隊，檢查「梓68號」第一、二節車廂連結區的垃圾桶，回收其中的烏龍茶空罐交付鑑定。篠原將視線從晶子身上移開，說道：

「我馬上聯絡。不過這起案子幾乎不可能是意外死亡事故，如果不是遭人毒害，那就是服毒自殺？」

綸太郎遲疑了一下，再度轉頭望向晶子。晶子輕輕點頭，迅速抹去淚水，自長椅上起身說道：

「跟你聊過之後，我感覺心情舒服多了。這件事還是應該由我親口向刑警先生說明，這是我的責任。」

晶子朝綸太郎行了一禮，接著朝穗波也輕輕點頭致意。綸太郎也回了一禮。篠原刑警已看出氣氛不太對勁，什麼話也沒說，只是伸手比了比門口的方向，帶著晶子邁步而行。綸太郎忽然想起一件事，朝著晶子的背影喊道：

「請問妳丈夫那個外遇對象叫什麼名字？」

「……西島梓。」

晶子雖然停下了腳步，但是回答時並沒有轉過頭來，綸太郎無法確認晶子在說出這個名字時，臉上有著什麼樣的表情。然而當晶子再度邁步時，其背影早已不再是綸太郎關心的焦點。

西島梓。

「她的名字叫作梓……？」

品野道弘死在「梓68號」的列車內。

梓與品野。

「梓號」與「信濃號」（註）！

綸太郎有如發了狂一般，催促穗波拿出列車時刻表。穗波登時一頭霧水，不明白綸太

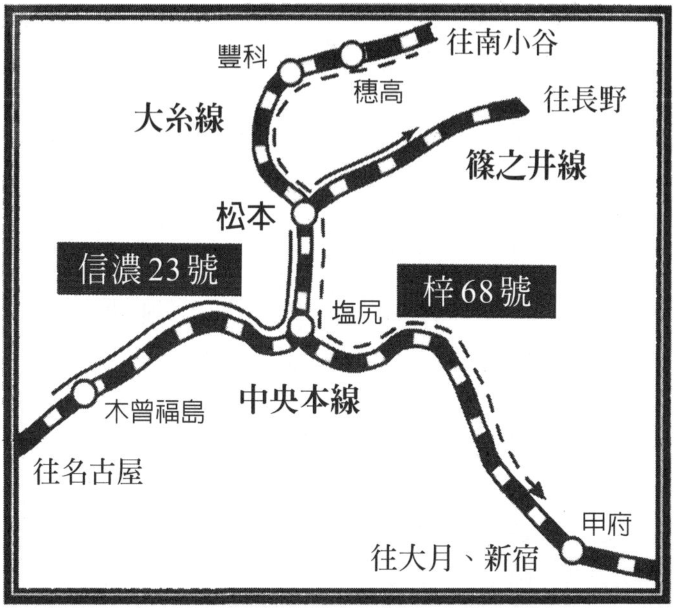

郎爲何突然性情大變。穗波打開自己的提包，在裡頭翻找，綸太郎等不及從穗波的手中接過，一看見那本有著彩色封面的列車時刻表，立即伸手搶下。

「你幹什麼！」

綸太郎無視穗波的尖叫，將時刻表放置在長椅上，首先攤開了書首的索引地圖頁，找出特快車的運行系統圖。L特快車「信濃號」往來於中央本線之間，連結名古屋與長野。由地圖可明顯看出，「信濃號」的運行路線與「梓號」在篠之井線的松本至塩尻之間重疊。

註：信濃號：日文中「品野」與「信濃」的發音相同，皆爲「しなの（SHINANO）」。

而且根據晶子的證詞，品野夫婦在列車尚未抵達松本站前，於列車內的推車服務購買了烏龍茶。等到列車離開松本站後不久，晶子就將空罐扔進了連結區的垃圾桶。換句話說，品野道弘是在列車停靠松本站期間喝下了烏龍茶。阿托品的粉末具有易溶於水的特性，道弘一定是趁妻子不注意時，將致死量的阿托品加入烏龍茶內，一口氣喝下了。

綸太郎細細回想，自己所搭乘的那班列車是在下午五點多的時候離開了松本站。綸太郎翻開時刻表內中央本線「上行」（松本—甲府—新宿）（註）頁面，查看「梓68號」自松本站發車的時間。

17點16分。

但是今天的「梓68號」屬於夏季擴大班次，以大糸線的南小谷站爲起點。時刻表內的該欄位裡只標註著「注意運行日期」，並沒有寫出抵達松本站的時間。綸太郎依稀記得列車在松本站停留了好一會才發車。於是綸太郎依照箭頭指示找到了大糸線的時刻表頁面，確認這班列車在17點10分抵達松本站。兩個時間相差六分鐘，就是列車停留在松本站的時間。

綸太郎抱著心中一抹模糊的期待，接著確認「信濃號」的運行時刻。首先回到索引地圖，找出中央本線．篠之井線的「下行」（名古屋—塩尻—長野）頁面。綸太郎沿著標示松本站抵達及發車時間的那一排，以手指抵著特快車的粗體數字，由左往右尋找。

有了！

17點14分抵達，17點15分發車。「信濃23號」。

綸太郎抬起了頭。穗波拉著綸太郎的袖子，正要開口說話，綸太郎沒有時間理會她，急忙在大廳裡左顧右盼。不少身穿制服的警察在大廳裡來回走動，綸太郎趕緊奔上前去，隨便挑了其中一個，以飛快的速度說道：

「請立刻向長野站確認，從名古屋發車的『信濃23號』，有沒有一位名叫西島梓的女性在車廂內服毒自殺！」

4

中央本線雖然在傳統上以東京及名古屋爲起點及終點，但目前並沒有任何一班載客列車直接連接東京及名古屋。歷經昭和五十七年的配線變更工程之後，中央本線便以途中的塩尻站爲實質上的分界點。不管是從東京、新宿方向來的列車，還是從名古屋、大阪方向來的列車，都會在抵達塩尻之後，分別繼續駛向松本及長野的方向。相反地，來自松本及長野方向的列車，也會在塩尻分別駛向東京方向及名古屋方向。因此若單看塩尻以西的路

註：上行（松本—甲府—新宿）：鐵路的路線兩端有「起點」與「終點」之分，由終點駛往起點稱爲「上行」，反之則稱爲「下行」。以此處的中央本線爲例，起點爲東京，終點爲名古屋，因此從靠近名古屋的松本站駛往靠近東京的新宿站爲「上行」，反之則爲「下行」。

線，通常會以名古屋作為起點。這也正是為什麼從名古屋出發的列車，都會以代表「下行」的奇數作為列車編號（註）。

L特快車「信濃23號」在下午三點整從名古屋站出發，途經塩尻、松本等站，繼續沿篠之井線下行，在下午六點零五分抵達終點長野站。列車共有九節車廂，前方第一至第七節車廂為對號入座，第八、九節車廂為自由座位。西島梓的遺體，在最後頭的第九節自由座位車廂的8A座位被人發現。這個座位在車廂的大約中央附近，若面對前進方向，相當於右手邊的靠窗座位。

發現遺體的人，是列車「信濃23號」的車務員，發現的時間為列車抵達終點長野站的不久後。當時車務員為了確認所有乘客都已下車，依序巡視各節車廂，走到第九節車廂時發現還有一名年輕女乘客坐在車內。剛開始車務員以為她只是睡著了，想要將她喚醒，但一摸她的身體，才發現不對勁。車務員立即呼叫救護車，將女乘客送往長野市內的醫院，但當時女乘客早已沒了呼吸及心跳。死因是急性阿托品中毒造成心臟衰竭。警方在座位前方桌上的柳橙汁空罐裡檢測出了殘餘的硫酸阿托品。

此外警方也在座位上方網架內的隨身行李中發現死者的駕照，藉此確認了死者身分。死者為西島梓，居住於東京都板橋區，年齡為二十七歲。長野縣警的搜查員並根據其戶籍地址（大田區）與死者的雙親取得聯絡，經過比對遺體特徵，確認死者為其長女無誤。雙親指出，西島梓在數天前曾說過要一個人出門旅行。此外根據父親的證詞，西島梓平日在板橋區內的「橋爪眼科診所」上班，雖然已離家獨立生活，但從今年過年後就開始參加相親，並且預計在今年年底與春天時認識的相親對象步入禮堂。

西島梓身上所帶著的車票，是在事發當天於名古屋車站內購得。一張乘車券及一張自由座特急券，目的地都是長野。根據當時在列車內負責查票的「信濃23號」列車長的證詞，西島梓確實如同車票上的紀錄，是在起點站名古屋站上車，而且只有一個人搭車，並沒有同行者。將罐裝柳橙汁賣給西島梓的列車內推車販賣員也證實，當時西島梓爲獨自一人，並沒有同伴。此外推車販賣員也指出，西島梓是在列車行經木曾福島及塩尻之間時，購買了一罐柳橙汁，此外沒有購買其他任何東西。列車長與推車販賣員都曾往來各節車廂好幾次，兩人都清楚記得西島梓的旁邊一直是空位，沒有坐任何人。

警方在西島梓的上衣口袋內發現一封遺書，經過向其父母求證，確認其上頭的字爲西島梓的筆跡，因此長野縣警對外公布這是一起服毒自殺的案件。西島梓是將硫酸阿托品摻入柳橙汁內喝下，因而毒發身亡。至於毒藥阿托品的來源，警方也立即查出了眉目。在西島梓所任職的「橋爪眼科診所」的藥品倉庫內，有大量用來作爲散瞳劑的阿托品藥劑不翼

註：名古屋在傳統上爲中央本線的終點，因此從名古屋出發的列車，若依照正常情況必定爲「上行」。但實質上名古屋已成爲塩尻以西區間的起點，所以才會出現從名古屋出發的列車爲「下行」的情況。

而飛。該診所的藥品都是由西島梓負責管理，管理帳簿也遭西島梓本人親手造假，手法相當粗糙。

西島梓所留下的遺書，對象分別爲父母及未婚夫。她在遺書中只是不斷道歉，完全沒有提到具體的自殺動機。然而根據警方的事後調查，西島梓的相親是由父親所任職公司的常務董事居中介紹，父母雖然相當贊成，但女兒其實一點也不想結婚。而且西島梓最近還經常向職場同事及朋友訴苦，聲稱自己與未婚夫話不投機，對未來的結婚生活感到非常不安。

西島梓的親友之一語帶哽咽地說道：

「……聽說阿梓早就有心儀的對象了。」

星期二的傍晚，綸太郎走上區立圖書館的二樓，來到了閱覽室旁的參考服務區。自從在「梓68號」列車內碰上那起案子，到今天已是第五天。或許因爲第二學期（註）快要開學的關係，閱覽室裡擠滿了忙著趕暑假作業的國中、國小學生。穗波所負責的櫃檯前也擠了一整排的小小人牆，光是要應付一件接著一件的查詢要求，就已讓穗波忙得焦頭爛額。穗波一看見綸太郎，登時顯得喜出望外，但她旋即察覺手邊的工作早已忙不過來，根本沒時間分心做其他事情。

「我得花時間打發這群小鬼頭，你等我到閉館吧。」穗波在綸太郎的耳畔低語。

「我到外頭的咖啡廳等妳。」綸太郎回應了這句話，轉身正想離開櫃檯邊，背後突然響起一陣陣「要約會、要約會」的笑鬧聲。緊接著是穗波的大聲澄清，「那種貨色才不是我的男朋友。」綸太郎不禁在心裡咕噥，「叫『貨色』未免太過分了點。」

綸太郎在咖啡廳「L'ambre」裡等了大約三十分鐘左右，穗波終於出現了。她看起來興致勃勃，一在對面的座位坐下，既沒有點咖啡也沒有客套寒暄，劈頭就朝綸太郎問道：

「報紙跟電視新聞都完全沒有提到殉情，簡直像是毫無關係的兩個人分別在不同的列車上自殺，這到底是怎麼回事？」

「妳先冷靜一點。」

綸太郎試著緩和穗波的情緒。案子發生的上個星期四晚上，穗波搭乘凌晨三點十九分由大月站發車的快速列車「阿爾卑斯號」早一步先回了東京，因此完全不清楚警方在長野站發現西島梓遺體之後的詳細調查進展。綸太郎則在上個週末從大月站搭車前往松本及長野，整天忙著向山梨及長野縣警說明案情，回到東京之後又配合警方對兩名死者進行後續的個人生活背景調查，因此一直到今天之前都沒有機會與穗波交談。

「為了不對雙方死者家屬造成傷害，警方出面請求媒體不要公布關於殉情的消息。尤

註：第二學期：日本的學校為三學期制，第二學期開始於暑假結束後，約為九月上旬至十二月下旬。

其是對西島梓的雙親來說，女兒四個月後就要結婚了，卻與已婚男子發生婚外情，還在旅行途中殉情自殺，這種事傳出去可不太好聽。西島梓的雙親在得知半強迫的婚配行爲將女兒逼上了絕路後，心情應該很難過才對，要是又傳出那種醜聞，無疑是雪上加霜。」

穗波重重嘆了口氣，說道：

「這麼說起來，那兩個人果然是殉情自殺？」

「嗯，品野晶子猜得一點都沒錯。當然兩人在死前都沒有留下這方面的訊息。品野道弘沒有遺書，西島梓則雖然有遺書，但完全沒提到品野的名字。不過西島梓還是留下了明眼人一看就明白的暗示。」聽說遺體的左手一直緊握著拳頭，驗屍時法醫將她的手指扳開，發現手掌心以紅色簽字筆寫著「梓」及「品野」這兩個名字，上頭還畫著代表相愛的雨傘圖案。

「確實是明眼人一看就明白……西島梓死在『信濃（音同品野）23號』內，品野道弘死在『梓68號』內，兩人在同一天服下相同種類的毒藥。就算遺體在不同的地點被人發現，但明眼人一看就知道是殉情……啊，原來如此！」

穗波突然在自己的掌心輕輕一敲，以宛如在說服自己的口吻說道：

「他們選擇以這種方式殉情，多半也是考量到你剛剛所說的死者家屬處境吧。以那樣的方式自殺，在外人眼裡就像是兩起不同的自殺案件，兩個人之間毫無瓜葛。只有與他們非常親近的人，才能看出兩人的自殺動機。」

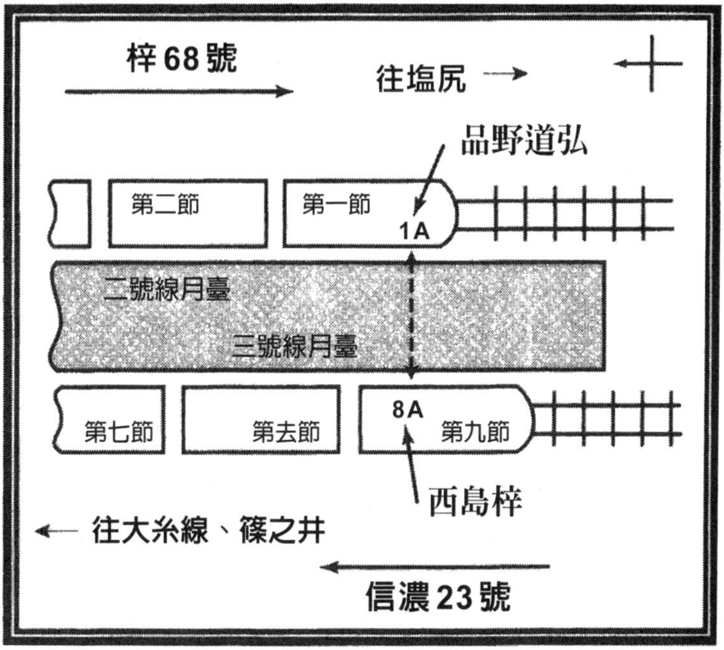

「八九不離十吧。不過除此之外，品野道弘選擇這樣的殉情方式，或許還有另外一層理由。就像他的妻子所說的，道弘明明坐在妻子的身邊，卻與不遠處的另一個女人殉情自殺……對道弘來說，這種行爲或許能帶來一些特殊的刺激感。」

穗波露出五味雜陳的表情，端起服務生送上來的咖啡，啜飲了一會後，才抬頭說道：

「按照妻子的說法，品野道弘是在『梓68號』停靠於松本站月臺時，喝下了摻有毒藥的烏龍茶。四分鐘之後，『信濃23號』也從中央本線的相反方向駛進了松本站月臺。但是『信濃23號』

在松本站停留的時間只有一分鐘左右，西島梓就是在這一分鐘裡喝下了摻有毒藥的果汁？」

「沒錯，『梓號』與『信濃號』每天都有好幾十個班次，他們挑上『68號』及『23號』，絕對不是偶然。他們一定要在相同時間、相同地點喝下毒藥，這是他們的殉情計畫的最大關鍵。但要滿足這個條件，如果排除以松本站爲起點或終點的『梓號』，就只剩下『梓68號』及『信濃23號』了。而且他們很可能是互相看著對方的臉，同時喝下毒藥。」

穗波愣了一下，說道：

「從列車的車窗？」

「嗯，事發的隔天，我到松本站月臺實地確認過了。松本站的月臺從站內書店的前方往西側延伸，共有四座，每一座月臺的兩側都各有一條線路，標示爲零號到七號。也就是由近至遠依序爲零號及一號線月臺、二號及三號線月臺、四號及五號線月臺、六號及七號線月臺。每一座月臺都被兩條線路夾在中間。我到現場看過了，『梓68號』在離開大糸線豐科站後，會進入松本站的二號線，至於『信濃23號』則會從另一個方向的塩尻駛來，在沿著篠之井線繼續駛向長野之前，會進入松本站的三號線。就像我剛剛所說的，二號線與三號線剛好是在同一座月臺的左右兩側。若以停留時間來看，『信濃23號』比較晚進入月臺，卻比較早離開。進入的時間爲下午五點十四分，離開的時間則爲十五分。在這短短的一分鐘時間裡，『梓68號』及『信濃23號』的距離非常近，中間只隔了寬度約五公尺的月臺。」

「但是……就算兩班列車停靠在同一月臺的左右兩側，如果兩人所坐的車廂距離太遠，也不見得能看得見吧？即使可以趁列車還在移動時尋找，也不見得能順利找到。」穗波問道。

綸太郎露出賊兮兮的笑容，說道：

「他們當然也考量到了這一點，所以事先決定了各自乘坐的車廂及座位。品野夫妻所搭乘的『梓68號』前方第一節車廂，會停靠在二號線的月臺南端。另一方面，西島梓所搭乘的『信濃23號』尾端第九節車廂，則會停靠在三號線的月臺南端。不過實際上『信濃23號』第九節車廂的停靠位置，與月臺另一側的『梓68號』第一節車廂相比，會往南方偏移約半節車廂左右。為了消除這個誤差，所以品野道弘坐在第一節車廂最前端的1A座位，而西島梓則坐在第九節車廂中段的8A座位。如此一來，兩人的車窗就能隔著月臺剛好對上。而且這個位置是月臺南端的最外側，所以不用擔心會被天橋階梯、商店或自動販賣機遮蔽視線。還有，兩人的座位都是面對列車行進方向時的右手邊靠窗座位，也就是靠近月臺的那一側。列車只要沒有發生意外事故，在月臺邊的停靠位置大致上都是固定不變的。因此兩人要在自殺前清楚看見對方的臉，基本上應該是不會有什麼問題。

「另外還有一點，是我在事後才回想起來的證據。當初列車在還未進入松本站前，我們所乘坐的那個方向的靠窗座位剛好受到刺眼的夕陽直接照射，整排座位只有品野道弘沒有拉下窗戶的百葉扇，直到列車離開了松本站才拉下來。那正是因爲如果拉下百葉扇，就無法在松本站隔著窗戶看見西島梓的臉了。當然道弘也可以在列車尚未進入松本站前，先拉下百葉扇，等到列車停靠松本站時才拉起，但這麼做有可能會被坐在旁邊的妻子察覺不對勁，所以道弘才會一直忍受著刺眼的陽光。」

穗波瞪大了眼睛，仔細聽著綸太郎的說明。驀然間，穗波似乎想到了什麼疑點，抬頭說道：

「等一下！如果座位也經過事先安排，爲什麼他們坐的都是自由座？就算兩人事先商量好了車廂及座位，要是被其他乘客先坐了，該怎麼辦才好？」

「正是爲了防止這種事情發生，所以他們都是在起點站就上車。妳想想，如果他們買的是對號入座的車票，要分別在兩輛列車買到符合剛剛那些條件的座位，也不見得那麼容易。相較之下，不如在起點站就上車，就可以在車上任意挑選自己想坐的自由座位。他們只要盡量提早時間到月臺上排隊，確保自己會是第一個進入車廂的乘客就行了。對於兩個馬上就要結束生命的人來說，在月臺上多等待一些時間，應該也算不上什麼苦差事。何況品野夫妻所搭乘的『梓68號』是以南小谷站爲起點，會在那一站上車的乘客本來就不多。」

穗波露出恍然大悟的神情，點了點頭，在桌上拄著臉頰，視線在半空中來回游移。

「『梓』與『品野』的愛之傘……雖然這麼說可能會激怒死者家屬，但我覺得這樣的殉情方式實在是挺浪漫呢。一對因爲無法長相廝守而決定共赴黃泉的男女，各自搭上以對方的名字命名的列車，一方自北阿爾卑斯山麓沿著大糸線南下，另一方自名古屋朝著長野前進。乍看之下形單影隻，實際上卻是雙宿雙飛。兩輛來自相反方向的列車，在松本站的相同月臺逗留了一分鐘。兩人的視線隔著車窗緊緊相連，短暫的一分鐘彷彿成了永恆。接著兩人喝下毒藥，雖然肉體隨著上行與下行的列車而逐漸分離，靈魂卻已永遠結合在一起，再也不分離……這樣的殉情方式，確實讓人想要嘗試看看。對了，他們是在松本站殉情，說起松本，讓我聯想到了松本清張的《點與線》，那也是類似這樣的故事。」

「鼎鼎大名的『東京車站的四分鐘間隙』，對吧？但是《點與線》的劇情是將毫無關係的一對男女僞裝成殉情加以謀殺，跟這次的案子剛好相反。或許品野道弘正是讀了《點與線》，參考了其劇情，才想出這次的殉情計畫。就像妳所說的，這樣的殉情計畫本身就像一個浪漫又美麗的愛情故事，或許道弘與梓也是因爲受到這個故事深深吸引，才會下定決心付諸行動。當然這只是我的想像，但可以肯定的一點，是道弘在生前思考過各式各樣的推理謎題。我向好幾家出版社求證過，這一、兩年來道弘確實到處投稿推理小說新人獎，但寫出來的作品都很糟，連第一次預選都過不了。」

「啊，我也想起來了。爲了證實道弘的妻子沒有說謊，我央求在板橋區圖書館工作的朋友幫忙，查詢品野道弘生前的借書紀錄。雖然這麼做違反圖書館員的職業倫理，但這次那朋友特別爲我通融，幫了我一次。一查之下，道弘果然借過很多推理小說。雖然不曉得他是不是全都看完了，但是單純以借出數量來看，他確實相當努力。」

穗波得意洋洋地報告了自己的調查成果。綸太郎聽得哭笑不得，瞪了穗波一眼。

「妳竟然特地做這種事，可見得妳是認眞地懷疑過品野晶子是凶手。妳擔心我會被寡婦的性感魅力迷得暈頭轉向，失去判斷能力，是嗎？但我告訴妳，我爲她辯護可不是無憑無據。當初她在大月市的醫院大廳裡說出的那些話，也都可以找到相關的佐證。首先，警方確實在『梓68號』的連結區垃圾桶裡找到了烏龍茶的空罐，而且其中一個空罐裡確實檢驗出了阿托品劇毒。不管是根據唾液還是指紋分布所提供的線索，都可以證明道弘是自行拉開拉環，喝下了含劇毒的飲料。況且罐裝烏龍茶的罐口那麼小，坐在旁邊的妻子想要偷偷倒入毒藥而不被道弘發現，幾乎是不可能的事。但如果道弘是自願喝下毒藥，要做到不被妻子發現，就沒有那麼困難。更何況『梓68號』與『信濃23號』雖然曾經停靠在同一座月臺邊，但坐在『梓號』裡的妻子，不可能有機會毒死坐在『信濃號』裡的西島梓。還有，根據『梓68號』的推車販賣員的證詞，確實是道弘在列車還沒有抵達松本站前購買了烏龍茶，這點也與品野晶子的證詞一致。

「另外還有一些證據，能夠證明道弘與梓之間的關係。例如根據『橋爪眼科診所』的病歷資料，道弘確實從去年春天起，會到該診所定期就診。警方爲了保險起見，還調閱了NTT（日本電信電話公司）的電話通聯紀錄，確認在案發的不久前，兩人曾經好幾次互相撥打對方的家中電話（註）。多半是道弘趁著妻子不在家的時候，偷偷在電話裡與西島梓討論計畫內容吧。雖然警方沒有發現任何足以證明兩人曾發生肉體關係的證據，但這本來就是兩人極力想要隱瞞的事情，查不出證據反而是理所當然的事情。還有一點，從『橋爪眼科診所』的藥品倉庫裡失竊的散瞳劑，其內含的硫酸阿托品成分總量，也與兩人所服下的阿托品總量合計值大致相等。有了這麼多的證據，實在是沒有什麼能夠懷疑的餘地。絕對不可能是品野晶子爲了懲罰背叛自己的丈夫及偷腥對象，而將兩人毒死，卻僞裝成殉情的樣子。」

綸太郎口沫橫飛地說完這些證據，穗波尷尬地低頭道歉，說道：

「對不起，但我懷疑她，絕對不是基於惡意。我只是心裡有點無法釋懷，並不是對她有什麼偏見或誤解。」

「什麼事情讓妳無法釋懷？」

「其實也不是什麼大不了的事情。第一件是我後來才想到的疑點，或許是我自己記錯了；第二件更是微不足道，沒什麼好提的。」

任何人聽見這種話，都會忍不住想要問個明白。綸太郎輕輕點了點下巴，說道：

「妳說說看吧，我不會生氣。」

註：本作於一九九六年發表，當時手機與電腦網路都還不像現代那麼普及，家用電話還是主要的聯繫方式。

穗波低著頭猶豫了好一會，才抬起頭來說道：

「當初你在醫院大廳向她問話時，一開始就詢問了關於在列車內購買烏龍茶的事情，對吧？那時候我也仔細回想了推車來到身邊時的情況。當時我坐的是靠走道的座位，所以能夠大致看見前方座位的狀況。推車販賣員的證詞並沒有錯，購買烏龍茶的人確實是丈夫道弘。但在我的印象之中，道弘那時候好像是坐在靠走道的座位。這點一直讓我想不通，但是我當初在列車上也沒有仔細觀察，或許根本是我搞錯了。」

道弘購買烏龍茶的時候，列車應該已接近松本站，而他卻坐在靠走道的座位上？綸太郎霎時感覺內心深處有團說不上來的陰影。或許不是穗波搞錯了什麼，而是自己搞錯了什麼……

「另外一點，眞的只是一件小事。當你跟她在醫院大廳說話時，我一直站在稍遠的地方看著。在你們交談的過程中，她曾經露出過一次非常奇妙的表情。雖然你可能沒有發現，但那個表情深深烙印在我的腦海裡。當時我心想，會露出那種表情的人，心裡一定有鬼。從那時之後，我就一直對品野晶子說的話抱持懷疑態度……」

綸太郎急忙仔細回想，卻實在想不出品野晶子曾流露出穗波所說的那個奇妙表情。

「那是什麼時候的事？當時我們在說些什麼？」

「當時你剛說出你是法月綸太郎，正在用你那要命的演技模仿田村正和。品野晶子一聽到你的名字，臉上的表情相當古怪。那並非單純只是從你的名字得知了你的職業，而是有著更深刻的意義，就好像有一根針插入了她的心裡，令我無法不在意。」

穗波以手掌抵著臉頰，歪著腦袋說道：

「……那到底是什麼樣的表情，我到現在還是摸不著頭緒。」

5

今年的九月一日恰逢星期日，所以學校的第二學期是從二日才開始上課。不過這天也只舉行了開學典禮，正式上課似乎是從明天才開始。因此這時雖然已經是下午兩點多，從外頭朝校舍的窗戶望去，每一間教室都是空空蕩蕩。綸太郎在辦公室表明自己是來拜訪品野老師，得到的回答是「在化學實驗室」，於是綸太郎又詢問了化學實驗室的位置。

綸太郎來到實驗室門口，發現門半開半掩，顯然有人在裡頭。綸太郎自門縫鑽進室內，沒有發出半點聲響。品野晶子的身上穿著白色長袍，正一臉嚴肅地清點著棚架上的藥瓶及實驗器材。或許因爲身穿白袍又戴著眼鏡的關係，散發出的形象與當初剛見面時截然不同，氛圍倒是與工作中的穗波有幾分相似。或許是因爲太認眞於清點工作的關係，她完全沒有察覺綸太郎已走進門內。

「……實驗器材這麼齊全，要將醫療用的散瞳劑去除雜質，提煉出足以致死的高純度阿托品粉末，應該是輕而易舉吧？」

晶子突然聽見背後傳來說話聲，肩膀像打嗝一樣微微一顫。她將手裡的錐形瓶輕輕放回棚架上，轉頭以略帶譴責的眼神望向綸太郎。

「這種故意嚇人的說話方式，也是在模仿田村正和嗎？我建議你以後還是別做這種事，剛剛差點害我摔破錐形瓶。」

「對不起，嚇著妳了。但這次並不是模仿，這是我的自創角色。」

晶子歪著頭露出狐疑眼神。她關上棚架的玻璃門，拿鑰匙上了鎖。綸太郎一面在實驗室內左顧右盼，一面自數張實驗用的大桌子之間穿過，走向晶子。

「當初在醫院裡交談時，我就猜到妳是理化老師了。妳說妳在高中當老師，卻好幾次提到妳不喜歡看小說，這代表妳至少不會是文科的老師。」

「這樣的推理未免太武斷了吧？就算不是教文科，也有可能教音樂科，或是家庭科。」

綸太郎老實點頭說道：

「或是體育老師。」

「我對體育很不拿手。學生時期每次賽跑總是班上最後一名。玩捉迷藏的時候，也因爲逃得太慢，總是第一個被抓到。」

晶子的嘴角微微上揚。但她的眼神依然帶著戒心，並沒有卸下心防。綸太郎拉過身旁一張椅子坐下，晶子也跟著坐了下來，中間隔著一張桌子，兩人剛好在對角線上。

「老實說，因爲這件案子的關係，我沒能趕得及在月底的雜誌截稿日前交出稿子。不過我相信我馬上就能將功贖罪，因爲我已經想好了一個劇本的腹案。這部作品的類型應該可以歸類爲旅遊推理吧。」

「不用再玩那種旁敲側擊的把戲。我相信你特地來找我，不會只是爲了跟我聊小說的事。」

晶子說得絲毫不留情面。綸太郎聳聳肩，再次問出了剛剛晶子故意避而不答的問題。

「我不認爲西島梓有辦法自行精煉出散瞳劑裡的硫酸阿托品。一來她應該不具備這種化學知識，二來警方查看過了她的住處，沒發現任何曾經精煉化學藥劑的跡象。那些散瞳劑的確是她利用職務之便所取得，但必定有另外一個人幫忙將散瞳劑精煉成能夠用來自殺的毒藥。」

「簡單來說，你認爲是我利用這實驗室裡的器材，幫她精煉出了毒藥？沒錯，我確實有能力做這種事，但這完全不合道理。我爲什麼要爲一個只見過一次面的丈夫外遇對象做這種事？」

「西島梓如果眞的是妳丈夫的外遇對象，她當然不可能拜託妳做這種事。但是他們兩人眞的有不尋常的關係嗎？事實上若排除妳的證詞，根本沒有任何證據能夠證明西島梓是道弘的外遇對象。」

「你的意思是我撒了謊？警方不是調閱了『橋爪眼科診所』的病歷紀錄？而且從NTT的通聯紀錄，也可以證實他們兩人經常互打電話，不是嗎？」

綸太郎搖頭說道：

「病歷紀錄只能證明他們兩人曾經見過幾次面。至於NTT的通聯紀錄，我們也可以作出另外一個假設……妳府上的電話線路雖然是以妳丈夫道弘的名義所申辦，但能夠使用電話的人，可不是只有妳丈夫而已。晶子小姐，那些電話也有可能是妳打的。」

品野晶子沒有答話，只是努努下巴，彷彿在催促綸太郎繼續說下去。於是綸太郎接著說道：

「這又牽扯出了另外一個問題，那就是類似的假設也可以運用在妳的姓名上。這次的案子，簡單來說就是利用『梓68號』與『信濃23號』同時停靠在相同月臺兩側的現象，所設計出的一種遠距離殉情手法。特快車的名稱具有特別的意義，因為這與品野道弘及西島梓的名字交叉呼應。但是……在『梓68號』第一節車廂的乘客之中，符合『信濃（音同品野）』這個條件的人，可不是只有妳的丈夫品野道弘而已。西島梓不是在手掌心寫了『梓』及『品野』這兩個名字嗎?這個『品野』所指的人也可能是妳，品野晶子小姐。

「澤田穗波所說的一句話……噢，就是那個戴眼鏡的女孩，她所說的一句話，讓我想通了這個環節。她說她依稀記得，當初『梓68號』在抵達松本站之前，妳丈夫在購買推車的烏龍茶時，坐的是靠走道的座位。這一點我已經向當時的推車販賣員求證過了。根據推車販賣員的證詞，當時道弘坐在靠走道的座位，而妳坐在靠窗的座位。這個事實很明顯與原本的理解產生了兩個矛盾。第一個矛盾不用說，當然就是道弘死亡時，妳與丈夫所坐的位置。在列車通過甲府時，我們可以確定道弘坐在靠窗的座位，而妳坐在靠走道的座位。但這樣的位置與剛剛的證詞相反，這意味著在松本至甲府之間的某個時間點，妳與丈夫互相交換了座位。我猜測應該是在列車離開松本站後不久，妳離開座位去上廁所，回來時交換了座位吧。因爲接下來道弘就會因阿托品的作用而陷入昏睡狀態，交換座位會變得很困難，如果強行更換，坐在後面的我與澤田應該都會察覺。」

綸太郎說到這裡，稍微喘了口氣。晶子裝出一副若無其事的態度，問道：

「另外一個矛盾呢？」

「另外一個矛盾，可就更加重要了。當『梓68號』抵達松本站時，如果坐在窗邊的人不是妳丈夫，而是妳，過去我們所認定的『道弘與西島梓共謀殉情』的解釋，就會遭到全盤推翻。這個解釋的最大前提，是死亡的兩人曾經隔著車窗及月臺，看著對方的臉喝下毒藥。但如果坐在靠窗座位的人是妳，他們就算想要互相對望，也會被妳的頭擋住。而且如果當時妳剛好轉頭望向月臺另一側的列車車窗，很可能會發現丈夫的外遇對象就坐在那裡頭。假如這時妳丈夫又喝下毒藥，妳應該會馬上察覺他們的企圖，並且加以阻撓。換句話說，假如道弘眞的想要與西島梓殉情，他一定會用盡各種手段，在列車抵達松本站前，讓他自己坐在靠窗的座位上。然而事實卻是道弘坐在靠走道的座位上，這是絕對不能忽視的重大矛盾。」

晶子的左手自白袍的上頭緊緊握住右手的手臂，彷彿如果沒有這麼做，自己的身體就會散開一般。綸太郎察覺晶子的手上還戴著結婚戒指，腦海裡不禁浮現了當初在醫院大廳，晶子凝視戒指時的神情。晶子以故作鎮定的低沉嗓音說道：

「我不懂你的意思。難道你認爲我早就知道我丈夫要跟那個女人殉情，卻故意見死不救？」

「不，晶子小姐。妳不用再裝傻了。從我剛剛提出的那些論點，妳應該明白我已經幾乎掌握了眞相……或許道弘是眞的想殉情自殺，但他的對象絕對不會是西島梓。我這麼推論，當然有證據。在案發的前一晚，你們夫妻倆不是住在栂池滑雪場的小木屋裡嗎？我拜訪過那座小木屋的老闆，他跟我說了一件相當耐人尋味的往事。九年前，妳參加滑雪旅行時認識了道弘，當時你們正是住在那座小木屋裡。一個即將與其他女人殉情的男人，怎麼會選擇這種曾經和妻子留下特別回憶的地點度過最後一晚？」

「……若不是爲了刺激我，就是爲了讓我疏於提防，不是嗎？」

晶子勉強擠出反駁的論點。綸太郎斬釘截鐵地搖搖頭，一鼓作氣說道：

「我不這麼認爲，因爲警方在鑑識的過程中，還發現了另一件耐人尋味的事情。『梓68號』的連結區垃圾桶內共有兩個烏龍茶空罐，其中一個空罐是妳丈夫喝的，裡頭摻了劇毒；而另一個空罐，則檢驗出了麩胺酸鈉這個物質。麩胺酸鈉就是俗稱的『味精』，一般來說不應該出現在烏龍茶飲料之中。不用說，這當然就是妳在『梓68號』裡所喝的烏龍茶。味精是一種無色無臭的粉末，外觀與硫酸阿托品沒有太大差異。爲什麼妳要將味精摻入自己的烏龍茶裡喝下?唯一的合理解釋,是妳想欺騙妳的丈夫。換句話說,那天道弘確實想死,但他的殉情對象並不是西島梓,而是深愛的妻子,也就是妳。同樣的假設,也可以套用在西島梓那邊。坐在『信濃23號』裡的西島梓,殉情對象並不是道弘。當時坐在靠窗座位的人是妳,西島梓是看著妳的臉喝下了毒藥。她的手掌心所寫的『品野』,指的是品野晶子,也就是妳。」

「若說我跟我丈夫殉情,或許還說得通,但我爲什麼要和那個女人……」

「當初我們在大月市的醫院裡,妳在敘述妳與丈夫的關係時,妳曾說過妳從教育大學畢業後,就到高中教書。在遇上道弘之前,妳就像其他女人一樣,經歷過種種事情……所謂的『種種事情』,指的是什麼樣的事情?會不會指的是在任教的高中,與女同學發展出了女人與女人之間的親密關係?」

一股幾乎令人窒息的沉默氣氛,籠罩在整間化學實驗室裡。晶子緊閉雙唇,目不轉睛地瞪著綸太郎。半晌之後,晶子放鬆了原本緊繃的表情,說道:

「不必用那種拐彎抹角的詞句,至少我自己並不認爲女同志(lesbian)是一個羞辱的字眼……不過既然你會說出這種推論,看來你應該已經查得一清二楚了吧?」

綸太郎也放鬆了原本僵硬的肩頸,點頭說道:

「就在我試著想要找出妳與西島梓的關係時,我查到在她就讀了三年的那所高中裡,曾經有一位名爲高杉晶子的化學老師。那個人就是妳，高杉是妳的舊姓。在西島梓升上二年級的時候，妳還是她那個班級的級任導師。我詢問了當年曾與妳共事的老師，以及幾位她的同班同學，雖然沒有人給我肯定的答案，但他們都承認當時曾聽見妳們兩人關係不尋常的傳聞。在認識道弘之前，妳是否已經與西島梓產生了跨越師生的親密關係？我認爲不能否定這個可能性。」

晶子移開視線，微低著頭，看著前方的實驗室黑板。不一會，晶子自顧自地回憶起了兩人的關係。晶子緊盯著黑板，彷彿那上頭正投影出自己的往日時光。

「我成爲阿梓的級任導師，算起來剛好是在十年前，也就是認識品野的前一年。在她一年級的時候，我就已經認得她的臉，也叫得出她的名字，但我並沒有特別關注這個學生。到了第二年，我第一次擔任班級的級任導師，剛開始的時候非常緊張。那是男女混班的理組班級，班上女生並不多，阿梓是第一個跟我變得熟絡的女學生，帶給我很大的鼓舞。但阿梓的化學成績非常差，剛開始我感到很納悶，後來我才知道，她選擇理組只是爲了接近我而已。她是個對男性完全沒有興趣的女孩，大約在那年進入夏天之後，她開始引誘我，對我做出一些暗示及挑逗。當然剛開始的時候，我拒絕了她。一來我跟她是師生關係，二來我在那時已跟男人交往過。我雖然很喜歡阿梓，但我是個普通的女人，我需要一些時間才能接納那樣的關係。

「我跟她第一次發生親密關係，是在那年的冬天。當時學校舉辦了一場爲期數天的白馬滑雪之旅，在回程的列車上，她突然說身體不舒服，我只好陪著她在松本站下車。後來我才知道，她是爲了與我獨處才故意裝病。或許是因爲置身在那陌生的土地上，我也一時意亂情迷，竟然與她發生了肉體關係。那是我第一次做那種事，原本我跟她說好只以一次爲限，但後來我自己馬上就忘了這個約定。一旦跨越了那條線，我漸漸開始不再認爲那是一種不正常的關係。原本說什麼也不能答應的想法，全都被我拋到了九霄雲外。即使到了今天，我依然不後悔當年的決定，因爲我是眞的很喜歡阿梓……後來她上了三年級，我也不再擔任導師職務，但我跟她依然維持著那樣的關係。不過我畢竟是老師，與她的交往一直是偷偷摸摸，不敢過於明目張膽。」

綸太郎這時打斷了晶子的話，說道：

「這麼說起來，對西島梓來說，松本是個有著特別回憶的地方。妳們選擇在松本站一起服毒自盡，這也是理由之一？」

晶子終於將視線從黑板上移開。她端正了坐姿，正眼凝視著綸太郎。

「沒錯，所以我們的殉情計畫，其實是阿梓想出來的。當初在醫院大廳裡，我曾提到她喜歡推理小說，那都是眞的。不過她看的都是輕鬆的旅遊推理作品，或是電視上播出的兩小時懸疑劇之類。她受了那些劇情影響，因此一在時刻表上發現『信濃23號』與『梓68號』的巧合，就一直牢牢記在心裡。」

「原來如此。抱歉，剛剛打斷了妳的話。回歸原本的話題，西島梓在畢業之後，妳們依然維持著那樣的關係嗎？那時候妳應該差不多已經開始和道弘交往了吧？」

晶子點了點頭。她似乎察覺綸太郎的表情略帶譴責之意，接著解釋道：

「但是他們兩人對我的意義完全不同，所以我從不認爲自己用情不專。尤其阿梓是個女孩子，更是讓我覺得那不算劈腿。昨天和阿梓恩愛纏綿，今天和品野同床共枕，那對我來說都是理所當然的事情。我希望你別誤會，之前我向你提過的那些關於我丈夫的事，除了外遇的部分之外，全部都是事實，沒有半點虛假或誇飾。我深愛著品野，也很喜歡阿梓，當時的我認爲那是最自然的狀態，我從不曾爲自己的行爲感到羞愧。我瞞著他們兩人，並不是因爲心虛，而是因爲我知道不管我再怎麼解釋，他們也無法理解。即使到了現在這個時候，我的心情還是沒有改變。但阿梓畢竟是個敏感的女孩子，她旋即察覺我和男人在交往。她認爲我背叛了她，氣沖沖地要求我和男人分手。我向她解釋那不是背叛，完全是兩碼子事。但她無法接受，最後她決定離開我的身邊……過了大約一年左右，我就跟品野結婚了。當時我還寄了結婚通知函給阿梓，但她沒有回信。」

「這麼說來，妳們是直到最近才恢復聯絡？」

「阿梓從短大畢業後過著什麼樣的生活，我一無所知。我跟她重新恢復聯絡，完全是出於一場偶然。去年春天，我丈夫到阿梓上班的診所就診。阿梓一看到我丈夫拿出的保險證，立刻便猜到他是我的丈夫。阿梓突然打電話給我，在那之前我已經有七年沒聽到她的聲音了。她問我願不願意出來敘敘舊，我心裡也懷念從前的時光，忍不住就答應了。不過我們並沒有立即恢復從前的關係。我們只是像老朋友一樣，偶爾會約出來外面聊天。畢竟我跟她都已經年紀不小了，互相都有了戒心。直到今年春天之前，我們並不曾互相卸下心防。」

「今年春天？那不是她參加相親，和對方議定婚約的時期嗎？」

「是啊，那是一場拒絕不了的相親，完全是由她的父母所主導，她自己一點意願也沒有。但是相親的對象剛好姓高杉，與我的舊姓相同，這給了她一絲期待。她心想那個人既然姓氏跟我相同，或許兩人能夠處得來。再加上爲了給父母面子，她決定至少跟那個人見上一面。沒想到這卻是個天大的錯誤，那個男人竟對她霸王硬上弓，令她深深受到傷害。她趴在我的懷裡，一把鼻涕一把眼淚地哭訴她遭男人強暴，我爲了安慰她，不知不覺又恢復了從前的關係……到了梅雨季快要結束的時候，她開始央求我跟她一起自殺。她說她沒有勇氣告訴父母自己是同性戀，但如果要跟那種男人結婚，她寧願結束生命。因爲那個男人的關係，她變得極度厭惡高杉這個姓氏，或許也因爲這個緣故，她對我的新姓氏品野不再抱持排斥感。她指著時刻表上『信濃23號』與『梓68號』的運行時刻，不斷在我耳邊說著『老師，這次不能再拋棄我』之類的話。我一來基於從前對她的歉意，不忍心斷然拒絕，二來她威脅我如果不跟她一起殉情，她就要把我跟她的往事告訴我的丈夫及我現在任教的學校同事，然後再自殺。沒想到屋漏偏逢連夜雨，差不多就在同一時期，我丈夫也表達了想要輕生的念頭。」

晶子萬般無奈地嘆著氣，身體隨之抖動。但她接著話鋒一轉，繼續說道：

「大約在七月左右，品野滿懷信心投稿新人獎的作品竟然落選了，從那時候起，他就罹患了憂鬱症。關於他的情況，我在上一次已經跟你說明過了。後來我們發生過好幾次爭執，他甚至曾經在三更半夜突然拿菜刀抵著自己的脖子，嘴裡喊著『我已經沒有活下去的價值，讓我死、讓我死』，一整晚大吵大鬧。外遇的部分全部都是假的，但我多麼希望他是個會找其他女人搞七捻三的男人，至少這樣他就不會一個人悶在家裡。可惜他把我當成了唯一的心靈寄託，夫妻之間的狀況就這麼陷入了惡性循環，變得愈來愈糟糕。當時我還得分心處理阿梓的問題，差不多在進入暑假之後，我就感覺自己累得精疲力竭。某天晚上我一時衝動，向品野提議兩人一起到當初相識的栂池小木屋住一晚，接著兩人就一了百了。品野接納了我這個提議，進入八月之後，他每天都在計算著距離殉情之旅還有多少日子。或許我這麼形容有些古怪，但對當時的品野來說，自殺已成了鼓勵他活下去的唯一動力。」

綸太郎露出嚴峻的眼神，搖頭說道：

「一時衝動這個形容，恐怕不太貼切。妳以西島梓構思出來的殉情計畫為基礎，安排下了一石二鳥的計謀，企圖一口氣解決掉兩個把妳的生活搞得一團亂的麻煩人物。妳細心規劃了每個環節，這絕對不是一時衝動的行徑。妳交互操控著他們兩人的行動，同時執行了兩場以自己為軸心的殉情計畫。去世的道弘及西島梓，都是在深信妳會一起自殺的前提下，才自願喝下毒藥。沒想到妳所寫下的劇本，卻是在最後一刻背叛他們，讓妳自己成為唯一的倖存者。妳慫恿西島梓從『橋爪眼科診所』的藥品倉庫偷出硫酸阿托品，也是這個劇本裡的重要環節之一。最後的重頭戲，是在大月市的醫院裡，妳在我這個觀眾的面前，徹底扮演了一個滿懷忌妒的寡婦……不過在細節上有兩、三個疑點，我實在想不透，希望妳能為我解惑。首先，妳要求在周圍都是乘客的『梓68號』列車上服毒自殺，而非在隱密的栂池小木屋裡，妳丈夫為何不會起疑？第二，如果販賣商品的推車沒有在列車抵達松本站前來到你們的身邊，你們買不到飲料，要怎麼服毒自殺？」

晶子露出不耐煩的神情，視線在半空中飄移，以彷彿事不關己的口吻說道：

「就算推車沒有來，也可以在列車抵達松本站後，到月臺上購買自動販賣機的飲料。反正在『信濃23號』抵達之前，我們還有四分鐘的時間。品野對服毒的地點沒有起疑，是因為當年他向我求婚的地點，就是在滑雪旅行回程的『梓號』列車內。」

「原來如此，眞是太了不起了。設想得如此周到，連我也差一點被耍得團團轉。如果當初是由妳來寫推理小說，而不是妳丈夫，或許眞的有希望獲獎。」

晶子低頭不語，顯得相當憔悴。她的頭垂得極低，幾乎是以背部對著綸太郎。綸太郎朝著她的肩膀繼續追問：

「最後一個問題。當初在醫院大廳裡，澤田曾觀察過妳的舉止神態。她說當我對妳報上姓名的時候，妳露出了相當奇妙的表情。那表情就像是有一根針插在心頭，令人無法不在意。請問妳當時到底在想些什麼？」

晶子緩緩抬起頭來，臉上帶著令人不寒而慄的笑容。不，那表情實在不能稱之爲笑容，但綸太郎實在想不到更適當的詞彙。當初穗波看見的表情，或許就跟晶子此刻的表情有幾分相似吧。

「法月先生，我跟你提過，我丈夫爲了寫小說，曾經到圖書館借了大量推理小說當作參考，裡頭也包含了你所寫的書。事實上在所有的推理小說之中，他最重視你的作品。他曾經對我說，他讀了那麼多推理小說，法月綸太郎寫的最糟糕，就連這種三流貨色也能成爲職業推理作家，自己一定更加沒問題。他經常提到你的小說給了他相當大的鼓舞，所以我才會記住你的名字。沒想到當初被他當成假想敵的法月綸太郎，竟然剛好出現在他的死亡現場，這讓我忍不住懷疑一切都是天意。所以在那個瞬間，我便決意要代替丈夫將你打敗，我要讓你完全被蒙在鼓裡，沒有發現我的計畫。」

綸太郎聽得啞口無言，只能愣愣地凝視著晶子。驀然間，綸太郎的腦海浮現了當初在醫院大廳裡，掛在晶子臉上的那滴眼淚。那也是演技嗎？抑或，那確實是憐惜丈夫之死的悲傷之淚？綸太郎無法判斷出正確答案。晶子絲毫不顧聽者的內心迷惘，繼續冷冷地說道：

「如果你沒提這件事，我本來也不打算說的。但我現在改變心意了。我告訴你，雖然你的推論大致正確，但你說錯了最重要的關鍵點。我確實一直在操控他們兩人的行動，但我的心裡並不曾抱著想要一個人獨活下去的念頭。當品野與阿梓先後提出想要跟我一起死的時候，我心裡確實抱著一死了之的想法。但他們兩人之中，我該跟誰一起死，這點讓我一直到最後都拿不定主意。我深愛著丈夫，也非常喜歡阿梓。他們兩人都在我心中占有一席之地，我實在無法只選擇其中一方。但如果三個人一起死，在我看來那是一種欺騙，是一種眞正用情不專的行徑。所以我決定讓命運來代替我作出抉擇。」

「讓命運作出抉擇……？」

「我在這裡精煉了阿梓偷來的散瞳劑，製作出兩包足以致人於死的硫酸阿托品藥包。接著我找來味精粉末，又製作出了一包藥包。這三包藥包看起來一模一樣，連我也分辨不出來。執行計畫的數天前，我將阿梓叫了出來，把精煉過的毒藥包交給她。我事先從三包藥包中胡亂挑選出兩包，當著阿梓的面讓她從兩包中任意挑選一包。剩下的兩包，我自己帶在身上。當天『梓68號』抵達松本站時，我將兩包藥包拿到我丈夫面前，同樣讓他任意挑選一包。最後的一包，我撒進了自己的烏龍茶內，將烏龍茶喝下。因此在實際產生藥效之前，連我自己也不知道我喝下的是毒藥，還是無毒的味精。我自己的死亡機率是三分之二，陪我一起死的人可能是品野，也可能是阿梓。當然如果我死了，我根本不會知道是誰陪我一起死，但這反而讓我感到心情輕鬆。就算我最後沒死，我也可以告訴自己這是天意，到頭來我還是沒有辦法從他們兩人之中挑選一個。我就是抱著這樣的心情，喝下了烏龍茶。沒想到命運眞的讓我獨活在世上，想起來眞是諷刺。當然為了因應這種情況，我早已想好了一套供詞。當我對著你說出供詞的時候，我心裡不禁羨慕他們兩人。他們什麼也不知道，就這麼結束了生命，對於獨活的我來說，那反而是一種背叛。所以我絕對不是你心中所想的那種冷酷無情、老謀深算的女人。我只是太優柔寡斷，運氣又太差而已。」

倫太郎以雙手撐住桌面，將上半身往前湊，毫不遲疑地搖了搖頭。接著倫太郎一邊激動地喘著氣，一邊以咄咄逼人的口吻說道：

「晶子小姐，妳在撒謊。妳這麼說，只是想要逃避責任而已。我有證據能夠證明這一切都在妳的算計之中。只要回顧那天妳在列車內採取的行動，就能清楚印證妳打從一開始就想要一個人獨活。最好的證據，就是當列車離開松本站時，妳與妳丈夫交換了座位。這個舉動顯然是預期了妳丈夫與西島梓都會死亡。如果妳眞的有尋死的念頭，妳根本沒必要特地換到靠走道的座位。妳這麼做是爲了事後能夠自圓其說，而這也印證了妳很清楚自己會活下來，不是嗎？」

品野晶子以自我封閉的平靜眼神凝視著倫太郎。剛剛那據理力爭的態度，如今已消失得無影無蹤，只剩下一股拒人於千里之外的空虛與絕望感。

「到了這個地步，我沒有必要再逃避任何責任。我還活在這世上，這就是對我最大的懲罰。只要我自己知道眞相就行了，我並不期望你或警察能夠相信。但我還是必須告訴你，你完全想錯了。我和丈夫交換座位，完全只是一場偶然，並非我故意要那麼做。那時我爲了上廁所而離開座位，當我回來時，我發現丈夫自己移動到了窗邊的座位。而且因爲走道的座位。」

藥效發作的關係，他已變得神智不清。我沒有理由特地將座位再換回來，所以我才坐在靠

「他爲什麼要……」

綸太郎說到一半，腦海驀然浮現了當時的景像。前方座位伸出一隻男人的手，將百葉扇拉了下來。那正是在列車離開松本站不久之後發生的事。品野道弘即將進入人生最後的長眠，但他發現從窗外射入的夕陽實在太過刺眼。於是他移動到了窗邊的座位，拉下了百葉扇，就這麼在窗邊的座位閉上了雙眼。

（本作中的時刻表，是以一九九六年八月的時刻表爲準。）

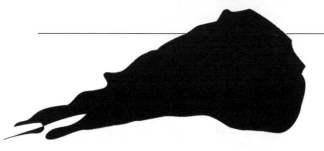

1

「……打開天窗說亮話，法月老師到底相不相信靈異現象、怪力亂神之類的事情？」

東邦電視臺節目製作部的菱沼製作人，以宛如講黃色笑話般的口吻問道。綸太郎的心中充滿了無奈。爲了不被扯進這些話題，自己已經盡量保持低調了，爲什麼對方不能放自己一馬？

「我是個懷疑論者。我從不曾親眼目睹幽靈之類的超自然現象。就算眞的看見了，只要在常識範圍內可以作出合理解釋，我認爲沒有必要屈就於神祕學的觀點。更讓我感興趣的是科學家或心理學家所作出的那些巧妙而富機智的解釋方式，例如佛洛伊德（註一）的那些分析預知夢及預感原理的論文。」

「你的意思是說，你完全不信這一套？」

菱沼將起司魚漿棒像千歲糖（註二）一樣含在嘴裡，朝著綸太郎繼續追問。他帶來了一些啤酒及下酒零食，聲稱要慰勞大家，卻自顧自地吃喝起來。這裡是供節目製作相關人員過夜及休憩的和室房間，約八張榻榻米大。當然這可不是攝影棚裡搭出來的假房間，而是眞正私人住家的一樓會客室。

「我只是找不到必須相信的理由。平常當成閒聊話題也還罷了，假如當眞相信幽浮、超能力等等理論，又何必寫那些麻煩死人的偵探小說？」

「但是寫出鼎鼎大名的夏洛克・福爾摩斯的偵探小說家柯南・道爾爵士，聽說是個重度靈異愛好者，經常參加交靈會，而且還是倫敦的心靈研究協會會員呢。」

林克斯媒體公司的松下導播給了個符合宅男精神的反駁。林克斯媒體公司是負責為東邦電視臺製作電視節目的下游演藝公司，松下導播則是這次外景小組的領隊。松下的年紀與綸太郎相仿，因此比起在電視臺擁有部長級待遇的菱沼，綸太郎感覺松下好相處得多。但是打從當初第一次開會討論，綸太郎就察覺松下這個人說起話來天馬行空，要是對他說的每一句話都仔細思考，就算有再多的精力也不夠應付。

「這說起來就讓人尷尬了。我並不打算為柯南・道爾辯護什麼，但如果要作出善意的解釋，我們可以說他展現出的是那個時期的時代精神。而且他對靈異現象的關心，一部分也是基於私人理由。值得慶幸的一點，是他從來不曾在福爾摩斯的故事裡提出相關的見解。」

「關於這個，有一件相當有名的趣聞。據說他曾經到處宣傳『妖精是真的存在』，惹

註一：佛洛伊德（Sigmund Freud，一八五六～一九三九）：二十世紀著名心理學家，其理論基礎及研究手法為精神分析學的濫觴，深深影響現代的心理學發展。

註二：千歲糖：一種長條狀糖果。不論從哪個位置切開，斷面都呈現相同的圖案，因而有長壽、永恆之意，常作為節慶時的糕點及擺飾。

來眾人的取笑，理由竟然只是因為幾張手法拙劣的騙人照片。那些照片是由十多歲的少女以剪貼的方式製作而成，道爾竟然信以為眞了。他有能力創造出思緒清晰、觀察力敏銳的神探，自己的私生活卻會被那種簡單的騙術耍得團團轉。像這樣具有少根筋的特質，正是像他那種名人的有趣之處吧。」

「或許他不是相信那些照片，而是認為天眞無邪的小女孩不可能說謊騙人吧。比起超自然現象是否眞實存在，我對那些人的心理機制更感興趣。包含欺騙者如何欺騙，以及受騙者為何受騙等等。比起幽靈或超能力，我相信這才是現代偵探小說家的關心重點。」

「原來如此、原來如此！」

菱沼突然將咬了一半的起司魚漿棒像指揮棒一樣握在手裡搖晃，嘴裡連聲呼喊。

「說穿了，受神祕現象吸引的人類心理才是最大的神祕現象。嗯，這觀念眞是霸氣，就用它了。法月老師，在攝影棚內錄影的時候，請務必要說出這充滿智慧的一句話。」

明明不是什麼嶄新的觀念，菱沼卻像撿到了寶一樣。而且綸太郎想表達的意思，也遭到了刻意的曲解。奧姆眞理教毒氣殺人案才剛在兩年前震驚社會，電視臺卻彷彿完全沒有記取教訓，又開始製作大量的超自然主題節目。綸太郎心裡暗罵了一句「你們這些傢伙的腦袋才是最大的神祕現象」，但是當然沒有說出口。

「……咳咳！」

旁邊突然傳來一陣清喉嚨的聲音。發出聲音的人，是W＊＊大學的教授丸山一郎。丸山是近來在社會上頗受關注的超心理學權威人物，綸太郎早就聽過這個人的名號，但今天是第一次見面。丸山的面貌就像是稍微粗獷一點、多肉一點的日本將棋九段棋士米長邦雄，稍微花白的頭髮梳得整整齊齊，臉上戴了一副鈦框眼鏡，眼神犀利且充滿自信，彷彿天底下沒有任何事情能夠逃過他的眼睛。他的視線緩緩水平轉動，停留在綸太郎的臉上。

「你就是法月？」

丸山呼喚綸太郎的口吻，簡直像在呼喚自己的學生。綸太郎老實點了點頭，表現出洗耳恭聽的態度。

「你的每一句話都言之成理。如果能做得到，我也不排除徹底否定幽浮或靈界通訊的眞實性。但我認爲你對超心理學的現狀理解得不夠透徹。當然這不是你個人的問題，而是我國整體學界的通病。懷疑論不僅不會成爲否定神祕學的基礎理論，甚至可以說是區別超心理學與神棍騙術的必要條件。想要掌握眞正的心靈現象，就必須把不屬於心靈現象的案例一一排除，這是不可或缺的必經步驟。如今我們對心靈現象所作的研究，都是由受過科學專業訓練的研究人員所主導，在實驗室內依據特定條件進行觀測所得的成果。例如國際性的心靈現象研究組織之一的超心理學協會（Parapsychology Society），是受美國科學促進會（American Association for the Advancement of Science）認可的正式會員。這證明了超心理學領域多年來的研究成果，已足以禁得起科學的驗證。」

「請恕我說句失禮的話，我曾經在某本書上讀過一篇文章，指出如今大多驗證心靈感應及念動力的實驗數據，內容都經過竄改，或是有著統計上的謬誤。」

綸太郎以謙虛的口吻提出異議，丸山教授卻絲毫不爲所動，說道：

「我承認確實有一些這樣的例子。但這類舞弊的情事在公開場合遭到揭發，不正代表著超心理學作爲一門學問，在研究態度上已開始重視嚴謹的科學手法？事實上若回顧心靈實驗遭揭發作假的案例，會發現大部分的揭發者本身也是超心理學的學者。一旦任何學者遭人發現有捏造數據或作假的行爲，都會無法繼續在研究界立足。過去一度大紅大紫的尤里·蓋勒（註一）正是最好的例子。神棍騙術的最佳排除者，往往就是我們超心理學的學者。就某些意義上來說，本世紀的超心理學歷史，就是駁斥裝神弄鬼及盲目迷信的歷史，以及追求科學啓蒙的歷史。我們與那些到處聲稱有冤魂作祟的盲信分子可不能相提並論。」

「什麼？原來尤里·蓋勒的超能力也是假的？從前我們電視臺還爲他製作過特別節目呢……」

菱沼製作人也加入討論，但丸山教授彷彿將他當成了空氣，繼續將炮口指向綸太郎。

「說起理解不夠徹底，你剛剛提到了佛洛伊德的論文，但你可別忘了，佛洛伊德也和柯南·道爾爵士一樣，是心靈研究協會（Society for Psychical Research）的會員。對了，還有榮格（註二）也是。若依我的判斷，榮格也是你討厭的人物吧？」

丸山教授愈說愈激動，綸太郎一心只想敬而遠之，嘴裡應了一聲「沒錯」。

「果然不出我所料。在我看來，佛洛伊德對『預感』的見解，根本稱不上巧妙而富機智，只能以膽小畏縮來形容。同樣的問題，也可以套用在其他心靈現象上。你讀過榮格的《自傳》嗎？」

「沒有。」

丸山教授聳聳肩，嘴角露出冷笑。

「這麼說來，是先入爲主的厭惡感？榮格在《自傳》裡描述了一段小插曲，正屬於你所希望的常識範疇，而且與這個家裡面所發生的騷靈現象（poltergeist）有幾分相似……啊，古賀，你來得正好。我懶得說明，就由你來告訴他吧。就是去年在RSPK論文裡引用過的，榮格在佛洛伊德面前成功預言的插曲。」

姓古賀的年輕人是丸山研究室的研究生，爲教授最鍾愛的徒弟。他剛剛到二樓的孩子房間確認攝影狀況，現在才和水野一同走下樓梯，兩人才剛拉開和室的紙拉門。水野是個年輕女孩，身分爲林克斯媒體公司的助理導播。古賀留了頭宛如女人般的長髮，在腦後綁

註一：尤里・蓋勒（Uri Geller，一九四六〜）：自稱擁有超能力的魔術師。在電視上所表演的折彎湯匙魔術，在日本幾乎已成爲超能力的代名詞。

註二：榮格（Carl Gustav Jung，一八七五〜一九六一）：著名心理學家。分析心理學的創始者，故分析心理學又稱作榮格心理學。

了束馬尾，或許因為五官相貌過於平凡的關係，給人一種內向的感覺。

「是，教授。」古賀應了一聲，宛如懸絲木偶般恭恭敬敬地跪坐在靠近門口的位置，以低沉但宏亮的聲音說道：

「……《自傳》裡提到，在一九〇九年的春天，榮格再度拜訪佛洛伊德的宅邸時，發生了一件事。榮格在這趟訪問中，針對預知及超心理學現象徵詢佛洛伊德的意見，佛洛伊德卻以『唯物性的偏見及膚淺的武斷』作為藉口，不肯給予答覆。兩人在交談的過程中，榮格忽然感覺到自己的橫膈膜開始發燙，有如灼熱的鐵塊，下一個瞬間，身旁的書架驟然發出劇烈的爆炸聲。這場怪事讓兩人嚇得跳了起來，榮格說道，『這正是情緒透過媒介產生外化現象的最好例子！』佛洛伊德則大喊，『別說傻話了！』

「但榮格並沒有退縮，繼續說道，『不，老師，你錯了。為了證明我才是對的，我在此預言剛剛那個巨大聲響馬上又會再發生一次。』下一個瞬間，書架上果然又發生了一次相同的聲響。榮格在《自傳》中聲稱自己也不明白當時為何能斬釘截鐵地預言那個爆炸聲還會再發生一次。佛洛伊德更是目瞪口呆，愣愣地看著榮格。榮格心裡明白這對佛洛伊德是一種忤逆的行為，佛洛伊德則是明顯因這件事而對榮格產生不信任感。」

古賀說到這裡，轉頭望向丸山教授。丸山教授沉吟半晌，放開了原本盤在胸前的雙手，以更加高傲的態度說道：

「榮格將這件往事當成了預言的案例，但是在我看來，這個案例就跟這次的騷靈現象一樣，是擁有生命的執行者（agent）在非自發性且無意識的情況下所引發的ＰＫ現象。那兩次的爆炸聲，應該可以視爲另一種形式的騷音（rap）。雖然榮格與老師佛洛伊德是在數年後才徹底決裂，但早在這個時期，兩人就因爲對神祕現象的見解分歧而在無意識中產生了疑似戀母情結（Oedipus Complex）的內心糾葛與壓抑，形成了心靈能量，以ＰＫ的型態對外宣洩出來。不過這個案例僅發生一次而沒有重複性，而且榮格當時的年紀已三十多歲，並不符合典型騷靈現象的條件……」

「ＰＫ是什麼意思？足球賽的罰球（Penalty Kick）？」

林克斯媒體公司的助理導播水野突然冒出這句毫無心機的問題，宛如向丸山教授澆了一盆冷水。水野雖然是個年輕女孩子，臉上卻完全沒有化妝，身上穿的是絲毫沒有女人味的Ｔ恤及破爛牛仔褲。丸山教授瞪了她一眼，一面嘆氣一面說明ＰＫ是psychokinesis縮寫，也就是念動力的意思。

「……那應該是ＳＫ吧？爲什麼是ＰＫ？」

「笨蛋，妳給我閉嘴！」

松下毫不留情地在水野的頭上拍了一掌。水野以兩手按著自己的馬桶蓋髮型，低著頭咕噥了一聲「我就是笨嘛」。製作人菱沼坐在一旁，只當作沒有看見。綸太郎親眼目睹電視臺業界的殘酷一面，忍不住幫忙解釋：

「psychokinesis（念動力）或是psychedelia（迷幻藝術）之類的字眼，念起來像是以

S開頭的單字，但其實開頭的字母都是psy，只是p不發音。psy源自於希臘字母的Ψ。」

水野助導抬起頭來，雙手一拍，露出恍然大悟的表情，吐了吐舌頭。上一秒才遭到責罵，下一秒已恢復了精神。旁邊的菱沼製作人跟著露出恍然大悟的表情，這一幕當然沒有逃過綸太郎的眼睛。

「等等，妳為什麼下樓來了？拍攝現場在二樓，還不快回去工作！」

松下責罵水野的口氣就像婆婆欺負媳婦一樣尖酸刻薄，完全不在意自己也正坐在一樓休息。

「我也很想，但收音師小泉先生說我在樓上會礙手礙腳，叫我下樓待著……」

「眞沒見過妳這麼不中用的助導。」

松下又在水野的腦門上輕敲一記。丸山教授的高談闊論遭打斷，已沒有興致再說下去。他取下眼鏡擦拭鏡片，轉頭朝古賀詢問二樓的狀況，古賀搖頭說道：

「目前沒什麼動靜。繪里香妹妹似乎很在意腦波儀的電極線，拖了好一會才睡著。」

繪里香妹妹就是這次騷靈現象的「震源」（超心理學的用詞似乎稱之為執行者〔agent〕）。全名為園山繪里香，十一歲，小學五年級。

「腦波有沒有什麼異常？」

「沒有，現在她已經進入深沉的非快速眼動睡眠（non-rapid eye movement sleep），所以我來向各位報告一聲。我請攝影師溝口先生及收音師小泉先生一有特殊狀況立刻通知我，但是短時間之內應該是不會有什麼異狀才對。」

丸山教授看了一眼手表，說道：

「時間才剛過十一點。孩子房間的騷靈現象，大多發生在十二點至一點之間，現在應該還有一個多小時。你先休息個十五分鐘，養足了精神，才好應付接下來的ＰＫ現象。嗯，終於等到了這一刻。今晚的實驗如果能夠錄下關鍵性的影像，學界那些守舊的傢伙也會……」

丸山教授仰天緩緩吐了口氣，全身因亢奮而微微顫動。任何人都看得出來，他對今晚的攝影實驗抱持著相當大的勝算與期待。像這樣的企劃，絕大部分都是以失敗收場，但丸山教授似乎對今晚的挑戰相當有自信。

「對了，繪里香的母親及哥哥公一呢？怎麼不見人影？」

「公一正在他自己的房間裡念書，準備補習班的夏季模擬考。夫人則應該在廚房……」

古賀這句話才剛說完，外頭走廊忽然傳來一陣拖鞋的腳步聲。緊接著會客室的紙拉門被拉開，只見繪里香的母親園山美佐子端起放在走廊地板的托盤，彎著腰走了進來。

「我泡了咖啡，來給各位提提神，不曉得合不合各位的口味。」

「啊，夫人，真是不好意思。」

松下趕緊說道：

「水野，妳還愣在那裡做什麼？快幫忙端咖啡……妳怎麼灑出來了？眞是太沒用了……喂！妳先別急著喝，樓上還有兩個人，妳還不快端兩杯上去！」

水野助導趁著松下不注意，偷偷吐了吐舌頭。接著她將兩杯咖啡放在托盤裡，搖搖晃晃地走出會客室，周圍的人看了都不禁爲她捏一把冷汗。「眞是活潑的小姑娘。」園山夫人盡量挑了個無傷大雅的評語。「這丫頭辦事能力很糟。」松下搖頭說道。美佐子嗤嗤笑了兩聲，跪坐在門檻前，開始朝著菱沼製作人若有意似無意地暗送秋波。

綸太郎不禁回想起松下曾向自己提過園山美佐子這個人物。她不僅曾在選美比賽中獲獎，而且在改姓園山之前，還曾經在電視連續劇裡擔任過配角。所以跟世間那些有錢有閒的貴婦比起來，美佐子的外貌確實帶著一股洗鍊脫俗的美感。今晚她梳妝打扮得漂漂亮亮，身上的洋裝也是樸素中帶著奢華氛圍。不過她刻意誘惑東邦電視臺的當紅製作人菱沼，並不是爲了推銷自己。畢竟她的年紀已經不小了，要重回螢光幕前已相當困難。

據說打從數年前起，美佐子就將自己的女兒繪里香送進了某電視劇團的兒童部，當起了這年頭最流行的星媽。說穿了，她是將自己沒有能夠實現的巨星美夢託付在女兒身上了。當然繪里香能夠成爲這次的靈異特別節目的關鍵人物，完全是基於丸山教授的強烈要求，與繪里香的童星身分毫無關係。作爲一個驗證靈異現象的影片關鍵人物，繪里香的童星身分反而是一種影響客觀性的負面要素。但是對母親美佐子而言，最大的目的當然還是希望藉由這次的節目，與電視臺高層人士建立良好關係，爲巨星之母的美夢鋪路。否則，天底下有哪個母親會願意讓年幼的女兒在這種節目中登場，承受世人的好奇目光？以上就是松下導播在來到園山家之前，偷偷告知綸太郎的祕密內幕。

「不僅如此，而且我偷偷跟你說，你可別在那一家人面前說溜嘴……聽說園山夫人早就跟她丈夫鬧翻了。她的丈夫是某家規模不小的食品廠商董事，從前在擔任宣傳部長的時候，在拍攝電視廣告的攝影現場認識了美佐子，兩人就這麼結了婚。雖然丈夫曾經離過一次婚，而且跟前妻之間還生了一個兒子，但當時美佐子在演藝圈混得不是很好，大家都評論這場婚姻是美佐子釣到了金龜婿。沒錯，那個長男公一就是美佐子的丈夫和前妻生的孩子，聽說和繼母美佐子一直處得不是很好。後來美佐子爲丈夫生了公一的妹妹繪里香，但是在繪里香差不多開始上小學的時候，丈夫得了七年之癢的毛病，在外頭另結新歡。丈夫每天都和年輕的情婦住在麻布的高級公寓，把老婆一個人丟在家裡，平日很少回家。雖然夫妻兩人還沒有鬧到要分居或離婚的地步，但妻子心中的鬱悶是可以想像的。美佐子安排讓女兒加入劇團，自己當上星媽，也是爲了排遣心中的不滿情緒。不過這倒也不能怪丈夫太絕情，聽說美佐子從結婚後就完全不做家事，把所有的家事都丟給外派的家庭幫傭處理，難怪連丈夫也不想待在她的身邊。再加上長男公一也與繼母感情不睦，整個家庭可說是烏煙瘴氣。根據丸山教授的學說，典型的騷靈現象，正是思春期的孩童長期處在不和諧的家庭氣氛中，不知不覺將累積的鬱悶情緒轉化爲心靈能量對外釋放所造成。此外根據教授的分析，繪里香肩負著母親的期待，在劇團裡接受童星訓練，也是導致出現超能力的主要原因之一。」

菱沼或許也很清楚母親心裡所打的如意算盤，雖然禮貌上還是喝起了美佐子送上的咖啡，卻對美佐子拋的媚眼從頭到尾視而不見。美佐子按捺不住性子，主動將身體湊了過來。「其實我女兒繪里香……」美佐子正要拿自己的女兒毛遂自薦一番，驀然間響起一陣「嗶嗶嗶」的聲響，在整個會客室內迴盪。

丸山教授與古賀皆停下了喝咖啡的動作，緊張得全身僵硬。但那並不是騷音（rap）或靈異現象所伴隨的聲響，而是菱沼的手機鈴聲。眾人察覺這點，這才鬆了口氣。菱沼轉身背對眾人，接起手機說了兩、三句話，旋即掛斷通話，回過身來朝著眾人雙手合十說道，「抱歉，我突然有急事，得趕回電視臺。在這種緊要關頭撒手離開，眞的很不好意思。丸山老師、法月老師，等到十日進行棚內錄影的時候，我再好好向兩位賠禮。松下，接下來的事就拜託你了，你一定要拍下能夠讓我們電話接不完的驚人影像。園山夫人，請原諒我突然告辭，如果有什麼須要我們配合的事情，請儘管吩咐松下。那麼，我先走了……」

菱沼匆匆收拾隨身物品，手掌像切菜一樣頻頻擺出致歉的動作，一面走出會客室。松下導播與園山美佐子相繼起身，送菱沼製作人到門口。會客室裡只剩下丸山教授、古賀及綸太郎。

「……教授，有件事我想應該趁現在向你報告。」

「嗯？什麼事？」

「關於昨晚在交誼廳發生的自燃現象，我覺得似乎有點不太對勁。」

關於古賀所提及的自燃現象，綸太郎只是略有耳聞，並不清楚詳情。這棟宅邸的一樓除了這間會客用的和室之外，還有一間寬敞的西式交誼廳，位置就在和室的對面，中間隔了門口大廳。那間交誼廳昨天深夜突然竄出火舌，所幸家人及時發現並加以撲滅，沒有釀成大禍，因此也沒有通報消防單位。交誼廳裡並沒有任何可能引發火災的家具，沒有人知道起火的原因是什麼。

丸山教授也是直到今天才得知這件事。查看了交誼廳之後，教授認為這就跟二樓的孩子房間頻頻發生的騷靈現象一樣，是因念動力形成熱源而引發了自燃。交誼廳的天花板與孩子房間的地板有一部分重疊，而且起火時間也正是騷靈現象最旺盛的時間點，因此教授認定這是繪里香所發出的心靈能量，有一部分傳遞到了樓下的交誼廳。值得一提的是過去除了繪里香的房間之外，屋子裡沒有任何其他地點發生過異常現象，這次交誼廳的自燃現象成了唯一的例外。為了日後能夠針對起火原因進行嚴謹的科學鑑定，古賀認為有必要保存現場，因此暫時將交誼廳的大門封住了，就連綸太郎也不曾到裡頭查看過。

丸山教授相信這次的攝影實驗一定能夠成功，或許也是因為受了自燃現象所激勵。他認為自燃現象是執行者（繪里香）的潛在心靈能力更上一層樓的徵兆，而原因之一，就在於今晚的攝影實驗在繪里香的潛意識裡形成了壓力（或是抗拒心）。教授如此推論的根據，在於節目製作人員的休息室原本是安排在交誼廳，而非較狹窄的和室。但交誼廳突然發生火災，室內亂成了一團，就算排除保存現場的理由，要當作休息室也已有些困難。因為這起自燃意外，節目製作人員只好在較狹窄且動線較不方便的會客用和室裡休息。換句話說，丸山教授認為昨晚的自燃現象證明了繪里香對節目製作人員抱持著敵意。

綸太郎假裝若無其事地豎起耳朵，偷聽著古賀與丸山教授的密談。但等了好一會，古賀卻似乎沒有繼續說下去的打算。尷尬的沉默維持了好一會，綸太郎朝兩人偷偷瞥了一眼，才發現他們兩人都在瞪著自己，顯然是不想讓自己聽見接下來的對話。

綸太郎不禁暗自嘆了口氣。自己是應節目製作單位邀約而來到這裡的見證人，有權利要求兩人當場公開資訊，但綸太郎並不想這麼做。反正這場攝影實驗到最後一定是什麼事也不會發生。只能說自己實在太傻，竟然遭節目製作單位以話術騙來參加這場鬧劇。

「……我上二樓看看狀況。」

綸太郎裝模作樣地嘴裡這麼呢喃，走出了會客室。那兩個人愛說什麼祕密，隨他們去說，自己一點也不想知道。說得明白點，如今自己滿腦子只關心一件事，那就是如何才能夠不在這場喜劇中陷得更深。欺騙者如何欺騙，受騙者為何受騙？連自己也會受騙陷入這種窘境，柯南·道爾爵士受騙上當似乎也不算什麼奇恥大辱。

2

如今回想起來，當初在剛接到邀請上節目的通告電話時，就應該明確拒絕才對。畢竟那不是自己這種人該做的事，出糗幾乎是必然的結果。但是當初對方在電話裡表示這是一個相當正派的特集節目，主旨在於徹底批判近年來的靈異話題風潮。而且綸太郎的職責只是在另一段影像裡說說感想，長度也只有短短一幕而已。綸太郎聽了實在不好意思拒絕，只好勉爲其難地答應了。

眞可謂一步錯，步步錯。

數天之後，綸太郎在與節目製作人員開會的過程中，才發現那些人沒有一個實際讀過綸太郎的作品（菱沼製作人在介紹「法月老師的大作」時，包含了一些其他作者寫的書，竟然沒有人發現）。而且更糟糕的一點，是他們似乎誤解了懸疑作家的「懸疑」（mystery）（註）一詞所代表的含意。在綸太郎察覺這些事實的當下，實在應該立即抽身而退才對。但綸太郎得知當紅女明星（姓名縮寫爲T．Y）也在預定的特別來賓邀請名單之列，決定

註：懸疑（mystery）：原意爲「神祕、玄虛」。廣義上而言，可冠上「懸疑」的作品除了推理小說之外還包含恐怖小說、靈異小說等其他類型。但在狹義上（尤其是在日本人的一般觀念裡），懸疑小說的意思幾乎等同於推理小說。

對這些微不足道的小小遺憾睜一隻眼閉一隻眼。當然如果只是這樣，那也就罷了。但節目製作單位接著又邀請綸太郎參加一場攝影棚內的公開辯論會，綸太郎的頭銜是「專門爲靈異現象找出答案的懸疑作家」。到了這個地步，綸太郎也不好意思拒絕，只好硬著頭皮答應了。

接下來更是發生了一連串的悲劇。首先，綸太郎引頸期盼的女明星T・Y因爲工作行程滿檔的關係，沒有辦法參加節目，臨時變更爲某個腦袋少根筋、說話雞同鴨講的年輕女藝人。綸太郎懊悔不已，只能再三提醒工作人員，辯論會錄製當天盡量讓自己的座位遠離那個女藝人。更慘的是同樣獲邀參加辯論會的丸山教授，竟然開始對節目企劃案提出種種不滿與抱怨，歷經一連串討論與溝通後，教授成功說服了製作人，讓節目的宗旨出現了一百八十度的轉變。「爲了迎接新世紀的到來，超心理學作爲一門銜接科學與宗教的學術研究領域，絕對有其正當性及必要性。電視臺應當負起身爲大眾媒體的義務，讓觀念過於保守的日本廣大民眾有機會接觸這門新興的學問。」丸山教授大力鼓吹這樣的觀念，儼然成爲節目製作總監，更是讓綸太郎不由得叫苦連天。

即使如此，節目企劃案在經過丸山教授修改後的第一個版本，勉強還算是能夠讓人接受。在那個版本裡，節目被分割成兩個階段。第一個階段尊重了最初的節目企劃宗旨，主要訴求爲證明坊間各種怪力亂神的傳說幾乎都是詐騙手法，藉此提醒觀眾必須提高警覺。丸山教授認爲強調像這樣的客觀驗證，有助於消除社會大眾對超心理學的偏見。到了節目的第二個階段，則介紹一些禁得起懷疑論者放大檢視的最新研究成果，以及可信度極高的超心理學實例案件，並透過冷靜而審慎的討論，讓觀眾理解超心理學及心靈科學的目的在於探究廣大未知領域中的眞理，並且清楚地了解其現況及未來的展望。這個經過討論後的節目方向，勉強還算是踏實而正派的。

但是丸山教授似乎並不滿足於這樣的改變。就在即將進行錄製的前一刻，丸山教授決定加入一些更加聳動的內容。畢竟以紙牌及骰子進行實驗的統計數據，沒有辦法帶來畫面上的震撼感，而且這年頭就算找人在攝影棚內表演折彎湯匙，也不會有人認爲那是眞正的超能力。想要震驚所有觀眾，就必須以攝影機拍下受到嚴密監控、沒有人能提出質疑的眞正靈異現象的影像。或許丸山教授早在一開始，就打著這樣的如意算盤。但如果不是教授在節目企劃階段剛好得知了園山繪里香這個案例，想必他也不敢提出這麼大膽的要求吧。在丸山教授的眼裡，繪里香這名少女就像是能夠讓自己名利雙收的搖錢樹，就像是從天上掉下來的金雞母。就跟想要靠女兒實現年輕時夢想的母親一樣，只是想要利用少女達成目的而已。

丸山教授所表現出的積極態度，與菱沼製作人的意圖正好一拍即合。收視率所散發出的魔力，就算聚集全世界超能力者也無法與之抗衡。面對捉摸不透又好奇心旺盛的現代神祇，年僅十一歲的騷靈少女不正是最合適的獻祭之物？菱沼製作節目的手法有多麼齷齪低俗，綸太郎也聽到了一些風聲。表面上菱沼是受丸山教授強烈要求才不得不屈服，但是在骨子裡，或許教授的強硬態度有一半是受了菱沼暗中慫恿。

另一方面，菱沼在名義上也必須顧及作爲大眾媒體的中立公正立場。爲了達到這個目的，他選擇了一個最簡單的方法，那就是請綸太郎以見證人的身分參與今晚的攝影工作。美其名爲見證人，但說穿了其實就是主張「錄影過程秉持良心，沒有任何作假行爲」的連帶保證人。綸太郎雖然覺得這樣的立場實在很窩囊，但是到了這步田地，已來不及回頭。何況經過數次修正之後，綸太郎在節目中的重要度也提升了。聽說在播出當天的報紙節目表上，也會列出綸太郎的名字，而且地位幾乎與丸山教授相同。綸太郎驀然想起，昨晚節目製作單位傳眞來的那張節目來賓列表上，自己的頭銜變成了「世界靈異現象終結者／鬼魂獵人：法月綸太郎」。

「……世界靈異現象終結者！從剛接到通告電話到今天，短短不到一個月的時間裡，你竟然變成了這種狠角色。」

法月警視偷看一眼傳眞，忍不住笑了出來。但接著他又裝模作樣地說道：

「如果能夠靠這個機會增加一點名氣，讓你那些沒人看的小說提升一點銷售量，那個名叫繪里香的少女可就成了你的大恩人，你這輩子都必須站著跟她說話了。」

❖

綸太郎躡手躡腳地經過二樓的繪里香房間門口，不發出半點聲響。此時的時間為晚上十一點半。一大束以塑膠帶捆住的電纜線自微微開啟的門縫延伸而出，沿著地板蜿蜒放置，彎進了隔壁的房門內。

繪里香的房內正透出微弱的白色亮光，那是攝影用的燈光。節目製作人員曾考慮使用夜視攝影機，但後來討論的結果是為了記錄下較清晰的影像，還是應該使用一般攝影機，並且在房間裡點一盞微弱的小燈。這盞燈一來不能妨礙繪里香的睡眠，二來必須發揮最大的照明效果，十足考驗了林克斯媒體公司的攝影師溝口的專業技術。

綸太郎小心翼翼不勾到纜線，輕輕將門板拉開，閃身鑽進了家人稱為「衣飾間」的隔壁房間。女主人美佐子從以前當女演員的時候就很愛添購衣服，這些衣服都被她當成寶貝一樣放置在這間房間裡。除此之外還有一些公一及繪里香小時候的玩具，以及各式各樣的箱子，也都凌亂地堆放在房內。攝影人員在地上整理出了一塊空間，擺放攝影機的監控螢幕、收音器材，以及記錄繪里香腦波狀態的裝置。為了讓房間裡維持除了沉睡中的繪里香外沒有其他人的狀態，攝影人員刻意將所有器材都設置在隔壁的這間房間。而且為了避免攝影畫面有死角，共設置了兩臺定點攝影機。

「……有沒有什麼動靜？」

門口旁邊堆了一些紙箱，助導水野就恭恭謹謹地跪坐在紙箱旁。綸太郎向水野詢問，水野搖頭應了一句「沒有」。此時收音師小泉已拿下了耳機，正一面注意著麥克風的收音偵測儀表，一面喝著咖啡。他轉頭望向綸太郎，問道：

「我剛剛聽見門口有人進出的聲音，是男主人回來了嗎？」

小泉有著典型的幕後工作人員臉孔，臉上氣色極佳，紅潤得有如剛摘下的桃子。

「菱沼製作人回去了。他接到一通電視臺打來的電話，似乎是有急事。」

「聽到了嗎？」

小泉哼笑了兩聲，朝盤腿坐在旁邊的同事溝口努了努下巴。溝口只是隨口應了一聲，似乎沒有太大的興趣。溝口這個人膚色黝黑且滿臉鬍碴，外貌活像個登山客。他正弓著背，凝視著攝影畫面，嘴裡念念有詞，不知在說些什麼。

小泉喝乾了剩下的咖啡，將咖啡杯放回托盤裡，重新戴回耳機，朝綸太郎招招手，說道：

「法月老師，眞的很不好意思，我想請你幫點小忙。在那個長頭髮的助手回來之前，能不能請你幫忙看著腦波儀？你是節目來賓，實在不應該拜託你這種事，但如果交給水野，我怕她東摸西碰，把儀器搞壞了。」

「這點小事，交給我吧。」綸太郎正要湊過去，房門外忽傳來乒乒乒乒的上樓腳步聲。小泉皺起眉頭，嘖了一聲，說道：

「是誰啊？發出那麼大的聲響……要是吵醒了繪里香該怎麼辦？」

距離房門最近的助導水野輕輕站起，走到房門外查看狀況。沒過多久，她走了回來，說道，「是丸山教授與古賀同學。」

「他們不是要來我們這間房間？」小泉問。

水野聳了聳肩，回答：

「我看他們走進公一的房間了。」

「他們去公一的房間做什麼？」

「不清楚。」水野歪著腦袋說道。

綸太郎心想，多半是與他們剛剛在樓下談的交誼廳自燃現象有關吧。但綸太郎沒有代爲解釋，只是默默坐在腦波儀的前方。那臺腦波儀看起來已相當老舊，綸太郎凝視著上頭的指針好一會，但畢竟自己對電子儀器一竅不通，內心漸漸感到厭煩，目光也不由得被旁邊的攝影機監控螢幕所吸引。

螢幕的兩個畫面，各自以不同角度拍攝著睡在床上的繪里香。繪里香的身上蓋著花朵圖案的小睡毯，頭上包著固定電極端子用的頭套，臉上戴著眼罩。雖然表情有些憔悴，但看起來似乎沒有作噩夢。雖然年紀還小，但外貌早熟，自鼻梁以下的臉孔端正秀麗，完全遺傳了母親的美貌。坐在螢幕前的溝口依然直盯著畫面，嘴裡念念有詞，說著沒有人聽得懂的話。綸太郎心中感到狐疑，偷偷豎起耳朵仔細聆聽。

「……揭諦揭諦波羅揭諦波羅僧揭諦……」

──《般若心經》？

綸太郎似乎是不知不覺說出了心裡的話，溝口揚起眉毛，終於將視線移開畫面，轉頭低聲對綸太郎說道：

「我可不是心裡害怕，只是從前當攝影助理的時候，常看前輩攝影師這麼念，不由得學了起來。這一類節目在拍攝過程常發生不明原因的機械故障，所以會有一些特別的習慣，沒有什麼太大的意義。」

「你曾經在像這樣的節目裡，拍到真正的幽靈或難以解釋的現象嗎？」

綸太郎問道。溝口揚起嘴角，回答：

「攝影機拍得到的東西就拍得到，拍不到的東西就拍不到。我的工作只是把鏡頭前方的東西拍攝下來，至於如何解釋拍攝下來的東西，那不是我的工作。什麼靈魂，什麼超能力，到底存不存在，不是我這種人可以知道的事。不過這次的攝影我們沒有玩任何花樣，這點你可以放心。」

綸太郎心想，這個攝影師說的話似乎可以信得過。此時小泉也拿下一邊的耳機，加入了閒談。

「其實菱沼才是最膽小的人。什麼電視臺打來緊急電話，多半是騙人的。」

「騙人的？」

「菱沼那個人其實很怕這類靈異現象。或許他覺得在這種地方待太久，自己也會遭到惡靈附身吧。而且他最喜歡搞驅邪儀式，多半是小時候有過什麼可怕的經驗。站在製作人的立場，他必須待在這裡給我們加油打氣，但是一到緊要關頭，他總是會找藉口開溜，我們也習慣了。」

「既然這麼怕，何必拍這種靈異節目？」

「因為這類節目的收視率特別好。而且以他的能力，也只能拍這種節目而已。電視臺裡的人還給他取了個綽號，叫他『靈異菱沼』呢。我們這些工作人員每次都得跟著他錄這種節目，心裡也很無奈。剛剛溝口沒有明說，其實我們都不相信這一套。尤其是這類節目錄多了，看過不少裝神弄鬼的手法，更是不會把這種事當眞。」

原本一直沉默不語的水野助導突然湊了過來，說道：

「我也是節目製作人員，但我相信眞的有靈異現象。而且我還覺得自己有通靈的能力，三年前我奶奶過世的時候……」

「我不想知道妳奶奶怎麼了。快去把松下導播叫來，時間差不多了，該就位了。」

小泉打斷了水野的話。水野嘟起嘴，但沒有反抗，乖乖起身走出了房門外。就在水野走下樓梯的時候，古賀終於走進了衣飾間。但丸山教授並沒有和他一起進來，不曉得跑到哪裡去了。

「抱歉，離開了這麼久。有沒有什麼動靜？」

「什麼也沒有。你們那邊呢？有沒有什麼狀況？」小泉問道。

「沒有。」古賀神色平淡地搖了搖頭。綸太郎從腦波儀的前方退開，古賀輕輕點頭致謝，走到了腦波儀前，並沒有與綸太郎四目相交。綸太郎想要詢問他去公一的房間做什麼，但見他忙著確認繪里香的睡眠狀態，一時拿不定主意該不該開口。就在這時，房門再度開啓，松下導播奔了進來。

「……抱歉、抱歉。園山夫人一直找我講話，讓我分不了身。我應該沒有錯過什麼吧？有什麼動靜嗎？」

「目前還沒有動靜。但振幅較小的慢波正在逐漸消失，即將進入淺眠階段。再過不久，應該就會進入快速眼動睡眠狀態了。」

古賀回答得泰然自若，彷彿他一直坐在這裡盯著腦波儀，從來沒有離開過。松下點點頭，深吸了一口氣，表情逐漸變得嚴肅。驀然間，他轉頭向背後的水野助導詢問時間。

「……十一點五十六分。」

「好，到目前爲止一切順利。攝影機跟麥克風沒什麼問題吧？嗯，好，就這樣繼續拍攝……法月先生，不好意思，能請你坐過去一點嗎？」

松下走到綸太郎身邊，正要彎腰坐下，忽然左顧右盼，問道：

「丸山教授呢？」

松下這麼一問，所有人都將視線投向古賀。他緩緩抬頭說道：

「教授剛剛說想要上廁所……到現在還沒有回來。」

「教授該不會是太緊張，拉肚子了吧？喂，水野！妳趕快到樓下去，請丸山教授上來！快一點！」

「又要我去？」

「別抱怨了，快點去！」

水野助導才坐下沒多久，又起身走出了衣飾間。松下目送水野離開，擺出了戰鬥蹲姿，宛如指揮官一般雙手插胸，說道：

「不管是騷靈現象還是PK現象，全都要拍得清清楚楚。來吧，我在這裡堂堂正正地接受挑戰。」

雖然不知道松下想要接受什麼挑戰，但這句話讓房間內的氣氛頓時變得緊繃。綸太郎看了看手表，又看了看螢幕畫面，忍不住屏住了呼吸，等待著接下來即將發生的事。雖然明知道什麼事也不會發生，但或許是受到現場氣氛感染，綸太郎心裡也不禁有些緊張。不，這似乎不是唯一的理由。雖然非常不想承認，但綸太郎確實從剛剛就感覺到心頭有一股說不上來的騷動感。那就像是一種明白即將發生大事的預感，令綸太郎一顆心忐忑不安。

現場一片寂靜，彷彿可以聽見汗水流過皮膚的聲音。過了一會，時鐘的針指向半夜十二點。攝影師溝口的嘴唇依然維持著緊閉的狀態，完全沒有移動半分。在溝口的注視下，螢幕畫面中的繪里香微微動了一下頭。而且不知道是不是錯覺，繪里香的眼皮似乎正在不斷顫抖。

「α波逐漸增強了。」

古賀以呢喃般的聲音說道。松下一聽，心裡更是焦急。

「重頭戲馬上就要開始了，丸山教授怎麼還沒有來?真不應該吩咐水野去叫，那丫頭太不牢靠……」

「噓!」

小泉突然打斷了松下的話。他閉著雙眼，將兩手抵著耳機，一面凝神細聽，一面以低吟般的口氣說道：

「麥克風錄到了奇怪的聲音……這是什麼……?」

小泉一句話還沒有說完，忽然傳來一聲驚天動地的悶響。那聽起來像是某種沉重的物體撞擊地面的聲音，此外還伴隨著玻璃的碎裂聲。聽到聲音的瞬間，在場每個人的身體都是微微一震，可見得那並不是幻聽。

綸太郎下意識地轉頭望向螢幕。畫面上沒有任何變化。小泉激動地搖頭說道：

「不是隔壁房間!聲音是從一樓傳上來的!」

「難道是交誼廳?」松下問。

「很有可能。」小泉回答。松下迅速轉頭望向其他三人。

「法月先生，請你隨我下去看一看。剩下的三人……古賀同學，請你跟他們兩個繼續待在這裡進行攝影。等我確認樓下的狀況之後，會立刻回來指示下一步行動。在我回來之前，你們一定要留在自己的崗位上。不管任何風吹草動，都要全部拍攝下來。法月先生，我們走吧！」

綸太郎跟著松下一起三步併作兩步地奔出房間。兩人急奔下樓，此時早已顧不得壓低腳步聲。綸太郎對著松下的背影問道：

「請問你怎麼知道聲音是從交誼廳傳來？」

「當初第一次來這裡探勘拍攝現場時，我曾看到交誼廳裡有一座巨大的水晶燈，我猜一定是那玩意掉下來了。」

「跟昨天的自燃現象有關嗎？」

「這我也不清楚。」

兩人匆忙來到交誼廳門外的走廊上，水野助導與美佐子夫人早已站在那裡。她們站在緊閉的廳門前，臉上皆露出不知如何是好的焦急神情。

「夫人，請問發生什麼事了？」

「我也不知道。」

美佐子氣喘吁吁地回答：

「我剛剛在廚房收拾餐具，忽然聽見刺耳的聲響。那聲音聽起來像是水晶燈掉下來了，我趕緊跑了過來，就看見她站在交誼廳的門口……」

「松下導播，你看！」

綸太郎指著門上的膠帶喊道。自從發生自燃現象後，丸山教授就下令將交誼廳的門口封住，不許任何人進出。他們找來白色膠帶，在門口的上下各貼了一條，左右各貼了兩條，並且以油性的簽字筆在膠帶上寫明「丸山研究室封緘」。但如今仔細一瞧，六條膠帶都有遭人撕開的痕跡。松下瞪大了眼睛，問道：

「水野，這是妳撕的嗎？」

「不是，是丸山教授自己撕的……」

「丸山教授自己撕的？」

綸太郎打斷兩人的對話，朝水野問道：

「妳剛剛不是下樓來找教授嗎？找到了沒有？」

「找到了。」

「他在哪裡？」

水野激動得胸口上下起伏，說道：

「我一下樓梯，首先查看了廁所及和室，但裡頭都沒有人。後來我走到屋子的門口玄關，確認丸山教授的鞋子還在，又沿著走廊走回來，剛好看見丸山教授正在撕開交誼廳的門口膠帶。我本來想要叫他，但他一副偷偷摸摸的樣子，好像不想讓別人發現。我看他的舉止不太對勁，不敢胡亂開口，所以一直躲在陰暗處偷看，想知道他到底在做什麼。」

「後來呢？」

「後來丸山教授打開門，走進了交誼廳裡。他小心翼翼地關上門，讓門上膠帶被撕開的痕跡看起來不明顯。我躡手躡腳來到門邊，正想要往裡頭偷看，忽然就聽見了巨大的聲響。」

「等等……」松下問道，「這麼說來，丸山教授還在交誼廳裡？」

「我沒有看見他走出來。」

「混蛋！裡頭不知出了什麼事，妳還站在門口發呆……丸山教授！你還好嗎？有沒有受傷？」

松下一邊呼喚，一邊伸手想要抓住門把。綸太郎趕緊按住他的手，從口袋裡掏出手帕，蓋在門把上。接著綸太郎要美佐子及水野遠離門邊，才輕輕轉動門把，將門拉開。

交誼廳裡一片漆黑。

綸太郎以手帕包住手掌，往牆上探摸，打開了電燈開關，但沒有反應。綸太郎於是一面指示美佐子找來手電筒，一面藉由走廊的燈光查看交誼廳內的情況。空氣中瀰漫著一股潮濕灰燼的焦氣，多半是昨天發生的自燃現象所殘留的氣味。帶著燒焦痕跡的地毯上，散落著不少玻璃碎塊，反射了來自走廊的燈光，看起來熠熠發亮。在一團混亂的玻璃碎片光芒之間，似乎隱約透出了一點紅光。

不一會，美佐子送來了手電筒，像接力賽一樣往前傳，最後由松下遞給綸太郎。綸太郎開啓手電筒，照向交誼廳的中央一帶。直徑約兩公尺的水晶燈殘骸，浮現在手電筒的燈光下，看起來宛如在深夜的海面上觸礁的豪華郵輪。水晶燈的底下，露出了穿著長褲的男人雙腿。

綸太郎小心翼翼地避開地上的玻璃碎片，走向被水晶燈壓在底下的男人。綸太郎以手電筒的燈光朝水晶燈的殘骸及地毯之間探去，男人的臉就夾在裡頭，臉上沾滿了鮮血。雖然只能看見側臉，而且眼鏡已不知去向，但那確實是丸山教授的臉孔。綸太郎拉出丸山教授的手腕，一探脈搏，立刻轉頭朝著站在門口的松下說道：

「立刻打一一〇報警。」

「不用叫救護車嗎？」

「沒有那個必要了。」

松下倒抽了一口涼氣，忽然以彷彿老人般的口吻說道：

「……這讓我想起了好幾年前的過年期間，六本木的某一家迪斯可舞廳發生大型燈座掉落意外，死了好幾個人（註）。」

「TURIA 舞廳？」

「眞令人懷念的名字。當時正是泡沫經濟最繁榮的時期，那天晚上我剛好也在那家舞廳裡。幸好我站在角落，所以沒有受傷。如今又讓我遇上這件事，眞不曉得是什麼孽緣。看了這一幕，又讓我回想起當年的事情……」

松下陷入沉默，不再開口說話。

綸太郎將手電筒照向上方，抬頭仰望天花板。不愧是有錢人家的交誼廳，天花板的高度幾乎有一般民宅的兩層樓高。垂吊水晶燈的扣環，並非在水晶燈掉落位置的正上方，而是稍微偏了一些距離。正確來說，偏離的不是天花板上的扣環，而是掉落在地面的水晶燈。綸太郎接著以手電筒查看交誼廳的每個方向。或許因爲昨晚的自燃現象，交誼廳內的桌椅全都被推到了牆邊。正中央顯得空空蕩蕩，只擺著一張有扶手的椅子，背對著廳門。椅子的周圍一帶簡直像是舞臺的中心點，只有這裡有資格沐浴在聚焦燈下，其他角落只能融入於黑暗之中。爲了愼重起見，綸太郎以手電筒在地毯上來回照射，查看有無異狀。驀然間，綸太郎發現地毯上有一枝看起來像是鋼筆的棒狀物。綸太郎以手帕包住那棒狀物，才剛拾起來，那棒狀物忽然發出了亮光。原來那是一枝光筆，或許是因爲摔落地面時造成接觸不良而熄滅了，直到這時被綸太郎撿起來，才重新放出光芒。這枝光筆似乎是丸山教授隨身攜帶的私人物品。

註：此爲眞實事件，發生於一九八八年一月五日。

除了綸太郎等人進來的門之外，交誼廳沒有其他出入口。但是從南側到西側的牆面上，掛著一排看起來相當高級的厚重窗簾。綸太郎拉開窗簾，確認每一扇窗戶上的窗鎖。果然不出所料，所有的窗戶都從內側鎖上了。除了門跟窗戶之外，沒有其他通路可以進出交誼廳。

——騷靈現象配上在密室裡摔落的水晶燈，簡直像是卡爾（John Dickson Carr）筆下的密室推理小說。綸太郎一邊這麼咕噥，一邊走出交誼廳，關上了門。走廊上只剩下水野助導，哭喪著臉愣愣地站著不動。

「松下導播呢？」

「他說要上二樓告訴其他人這件事……」

水野一句話還沒有說完，古賀已奔了過來，焦急萬分地揪著綸太郎問道：

「聽說教授被壓在水晶燈底下，是真的嗎？」

綸太郎點了點頭。古賀轉身想要走進交誼廳，綸太郎趕緊伸手制止，說道：

「已經回天乏術了，我勸你別進去。接下來的事情，就交給警察處理吧。我想麻煩你跟水野小姐一起守在門口，不曉得你願不願意幫這個忙？」

「守在門口？」

「確保現場不遭人破壞。」

綸太郎的言下之意，當然是丸山教授很可能是遭人謀殺，只是沒有明確說出口。古賀一時瞠目結舌，綸太郎拍拍他的肩頭，轉身走向樓梯。驀然間，綸太郎發現有另一道人影站在走廊上，忍不住停下了腳步。

那道人影原來是園山家的長男公一。綸太郎與他只見過一次面，還沒有說過話。公一的性格似乎相當內向靦腆，對綸太郎連正眼也不敢瞧一眼。

「你聽見了聲音，想來看看發生什麼事，是嗎？」綸太郎問。

「……發生什麼事了？」

公一終於轉頭面對綸太郎，神情顯得有些不悅。不知道是不是受了走廊燈光影響的關係，公一的膚色看起來非常不健康。

「交誼廳的水晶燈掉了下來，丸山教授被壓在下面。」綸太郎說道。

公一頓時臉色鐵青，緊緊咬住了嘴唇。他似乎想要開口說話，但就在這個時候，松下等人乒乒乓乓地奔下樓來。公一聽見聲響，忽然將頭轉向一邊，不再理會綸太郎，從綸太郎的身旁走過。

「間奏」

小學剛放暑假不久，園山繪里香就在母親的陪同下，前往了W＊＊大學醫學部的附屬醫院。在負責爲繪里香進行心理輔導的精神科副教授的（非正式）介紹下，美佐子向長年在學校內備受歧視的丸山研究室尋求協助，懇請丸山教授前往園山家調查騷靈現象。丸山教授首先派研究生古賀前往位於田園調布的園山家，進行現場勘查及數項測試。在剛開始答應調查的時候，教授的態度顯得相當謹慎而保守。但不久之後愛徒所帶回來的種種證詞及數據資料，卻讓教授看得目瞪口呆，遠遠超越了他的期待。而且在這些證詞之中，還包含了古賀自己的目擊證詞。

根據古賀後來彙整的調查報告，早在一個月前的六月下旬，園山家就已經出現了最初的不尋常徵兆。提出這項證詞的人物，正是園山繪里香本人。某天深夜，繪里香因感到胸悶而在深夜中醒來，竟在自己的房間裡聽見腳步聲，但房內除了自己之外並沒有其他人。那道腳步聲除了在地板上走來走去，還會爬上牆壁及天花板，彷彿腳步聲的主人能夠自由自在地走在牆壁及天花板上。繪里香嚇得跑到母親的臥房，對母親說自己聽見了怪聲，但是當美佐子走進繪里香的房裡時，腳步聲早已消失無蹤。

美佐子認為女兒只是作了噩夢，那天晚上努力將繪里香哄睡了，但是到了隔天夜裡，再度響起了詭異的聲音。這次除了腳步聲之外，還多了敲打門板及窗戶的聲音，就連地板及牆壁也會傳出宛如哮喘般的吱嘎聲響。從此之後，繪里香每天晚上都會遭到這些聲音騷擾。有時繪里香甚至會感覺到自己的腳被看不見的手拉扯。每天早上，美佐子走進繪里香的房間，總是會看見書桌或衣櫥的抽屜被人拉了出來，或是地板上散落著鏡子的碎片。美佐子不放心讓女兒獨自睡在房裡，於是決定晚上陪著她一起睡。但是到了夜裡，美佐子驚覺那些奇妙的聲音並非繪里香在作夢或幻聽，因爲美佐子自己也聽見了那些聲響。有一次，美佐子親眼看見女兒睡在床上時，棉被突然飄到離床一公尺的半空中。還有一次，美佐子看見掛在牆上的一幅裱了框的獎狀無緣無故掉到地上。這些靈異現象大多發生在午夜十二點到一點之間。

美佐子接下來採取的緊急措施，是讓繪里香晚上到另一間房間睡覺。屋裡的其他房間從不曾發生過類似的狀況，而且當繪里香不在時，繪里香的房間也是安安靜靜，不再發生騷靈現象。問題是繪里香在換了房間之後，幾乎每個晚上都無法安穩入眠。不過這與一連串的靈異現象無關，而是繪里香從小就有認床的習性。由於每天失眠的關係，繪里香的學校課業及劇團的練習都受到了影響。數天之後，繪里香決定回到自己的房間睡覺。反正只要每天晚上忍受過特定的時段，以及早上必須整理凌亂的房間，到目前爲止騷靈現象並沒有帶來其他生活上的困擾，還不至於讓繪里香完全無法生活。

問題是這件事情總不能就這麼擱置不理。美佐子本來就是個相當迷信的人，再加上從前當三流女演員的時候，聽了不少怪談及靈異故事，因此美佐子深信女兒一定是遭惡靈纏身，才會發生那些匪夷所思的奇怪現象。美佐子靠著從前的人脈，找上了一個據說在除靈業界赫赫有名的通靈師，爲女兒施展靈視及進行除靈儀式，但騷靈現象並沒有從此消失。

另一方面，繪里香的父親則是完全不相信家裡的種種現象是惡靈所爲。尤其是當他得知美佐子遭神棍騙徒騙走了大筆除靈費用之後，更是氣得直跳腳。他認爲一切都是母親的教育出了問題，嚴格下令美佐子帶著女兒前往精神科接受心理輔導。繪里香的父親打從以前就不贊成讓女兒當童星，一心認爲這次的騷動全都得歸咎於參加劇團對女兒造成的心理影響。原本父親以爲心理諮詢師會建議讓女兒退出劇團，沒想到對方反而建議美佐子向丸山教授求助，就這麼陰錯陽差，給了美佐子實現野心的大好機會。

古賀第一次造訪園山家，是在七月二十四日，也就是節目拍攝日的兩個星期前。這次的現場勘查行動，總共持續進行了三天。第一步，古賀決定先找園山家的長男公一談話。因爲丸山教授拿到的心理輔導報告書中，記載著繪里香在精神上依然對母親有著強烈的依戀感，母女之間很可能存在著「親密共生型親子」常見的傳染性歇斯底里（註）。沒想到談話的結果出乎古賀的意料之外，公一竟然表示母親的目擊證詞都是千眞萬確的事實。

公一正在準備考大學，由於W＊＊大學正是他希望考上的學校之一，他很快就對古賀卸下了心防。根據公一的證詞，當時家裡的情況如下。由於父親經常不在家，繼母美佐子找不到人商量，只好畏畏縮縮地把家裡發生騷靈現象的事情告訴了長男公一。剛開始的時候，公一見母親嚇得有如驚弓之鳥，只是搖頭苦笑，並不以爲意。公一幫母親檢查了繪里香房間的天花板內側及四面牆壁，並沒有發現任何異狀。但是就在某一天晚上，公一陪著母親守在繪里香的枕邊，到了半夜十二點多，公一親眼看見家具開始搖晃，而且發出喀喀聲響。接著床上的枕頭還朝兩人飛了過來。從那天之後，公一又親眼目睹了好幾次類似的現象。這些證詞徹底否定了「繪里香的錯覺」及「母子的二聯性精神病（Folie à deux）」的可能性。畢竟公一與美佐子並沒有血緣關係，而且感情稱不上和睦，美佐子所看見的幻覺絕對不可能傳染給公一。

古賀接著從科學的角度列出騷靈現象的各種可能理由，並且透過勘查將這些理由一一排除。①因地震或地下鐵運行所造成的地殼震動，或是附近通行車輛造成的低頻震動的影響：無。②建築物附近有著會釋放出強力電波或磁力的設施：無。③排水及瓦斯的管線、老舊下水道空間或電路配線有可能造成影響之處：無。④最近一個月內的家庭能源使用量出現明顯的增加或減少：無。⑤超過一般等級的異常靜電現象：無。⑥因屋內的氣壓、濕度或氣溫的極端差異，而導致發生局部空氣對流或風渦的可能性：無。⑦天花板裡頭有老鼠或昆蟲之類的小動物棲息的痕跡：無。⑧屋裡有著設置過某種不尋常機關的痕跡：無。

諸如此類，全部都確認過之後，古賀又取出水準器，確認屋子裡的水平狀況。雖然這棟宅邸的屋齡已超過十五年，但包含繪里香的房間在內，整棟宅邸都沒有傾斜或扭曲的現象。古賀第一天的調查到此才算告一段落。

註：本作發表於一九九七年，因此尚有一些現在已不再使用的醫學名詞，考量到創作年代，仍予以保留。

到了隔天，也就是二十五日，古賀主要進行的是心理學領域的檢測。古賀首先對繪里香進行了一些心理測驗及簡單的測謊實驗。測謊實驗的結果，證明繪里香並沒有說謊。由於受測者的年齡偏低，數值上的起伏變動較大，但並沒有任何一項數值能夠證明繪里香故意說謊或利用某種機關手法製造出騷靈現象。

心理測驗的分析結果，則顯示繪里香正處於長期累積精神壓力的狀態，而且伴隨著騷靈現象的頻繁發生，繪里香的心裡反而產生了一種自己也難以解釋的解放感。接著古賀又從母親的口中得知，繪里香在三個月前才剛迎接初經的來臨。這讓古賀回想起了在一九三〇年代由南度．傅達（註一）所提倡，並在六〇年代由威廉．羅爾（註二）作出嚴謹定義的「反覆性偶發性念力」（recurrent spontaneous psychokinesis，簡稱ＲＳＰＫ）理論。這是一種主張念力為心理機能障礙的學說，以思春期的執行者（agent）受到壓抑的潛意識為能量來源。繪里香的這起案例，或許將成為印證ＲＳＰＫ理論的寶貴資料。

雖然目前都還只有情況證據，但這起案子是真正的心靈現象的可能性非常高。丸山教授聽完了愛徒的報告後，難掩臉上的興奮之情。在古賀的報告之中，丸山教授特別注意到的一點，是繪里香因為換了房間而失眠的那幾天，家裡不再出現騷靈現象。這意味著繪里香的心靈能力只會發生於睡眠狀態下。至於ＲＳＰＫ現象只發生在特定時段的理由，會不會與當事人的睡眠深度有關？古賀為了證實這個假設是否成立，取得了美佐子的許可，在二十六日的晚上待在繪里香的房內，為繪里香進行腦波監控實驗。就在這一晚的實驗過程中，古賀自己也親眼目睹了騷靈現象。

當時的時間爲深夜十二點半，距離開始監控腦波已過了一個半小時，繪里香的睡眠狀態正從慢波睡眠逐漸進入快速眼動睡眠。驟然間，α 波的發生量迅速攀升。幾乎就在同一時刻，房間裡開始發出騷音。而且房間裡明明沒有風，書桌上的教科書卻開始翻動，架子上的一些小東西也一一掉落地面。騷音斷斷續續地響起，持續了大約十五分鐘。而且事後古賀還發現，監控腦波用的儀器偏離了原本的設置地點約十公分左右。發生這些現象的時間裡，繪里香完全沒有醒來。那天一直到清晨爲止，繪里香又進入了數次快速眼動睡眠，但唯有十二點多那一次發生了各種騷靈現象。古賀在確認繪里香沒有在睡眠期間做出可疑舉動後，將腦波紀錄及錄下了騷音的錄音帶當作報告的證據，一併提交給了丸山教授。

註一：南度・傅達（Nandor Fodor，一八九五—一九六四）：出生於匈牙利的媒體工作者兼靈異研究家。其研究從心理及性的角度探討靈媒機制及騷靈現象，可說是相關領域研究的濫觴。由於他的理論採納了精神分析的手法，引發諸多爭議與討論，尤其飽受來自玄學家的強烈批判與抨擊。但他針對亞修宅邸（Ash Manor）鬧鬼事件及桑頓希思（Thornton Heath）騷靈事件的調查與研究，讓他獲得了極高的評價與影響力。

註二：威廉・羅爾（William George Roll，一九二六—二〇一二）：美國的超心理學家。主要的研究主題包含死後存續說及騷靈現象。一九六一年就任美國心靈研究基金會（Psychical Research Foundation）理事，專注於死後存續及「心靈領域」的研究。與約瑟夫・蓋瑟・普拉特（Joseph Gaither Pratt）共同調查位於夕福（Seaford）及邁阿密的兩起騷靈事件相當有名。

3

綸太郎坐在警視廳的法月警視辦公室內，一邊埋怨椅子的椅背太硬，一邊等待父親讀完古賀的調查報告影本。這時是當天的晚上八點，距離丸山教授意外死亡已過了二十個鐘頭。打從前一天起，綸太郎就一直醒著，甚至連小睡片刻的時間也沒有，此時只想倒頭呼呼大睡。雖然靠著大量的咖啡勉強支撐住眼皮，卻無法阻止自己的嘴打起一個又一個的呵欠。回想起今天早上發生的那些事，心情更是煩躁不已。

——田園調布警署的員警接獲通報，在深夜裡趕到了園山家。原本員警只打算把這件事當成偶發性的家庭意外處理，理由就在於水野助導證實事發當下交誼廳處於沒有人能夠進出的密室狀態。古賀堅稱意外的主因是騷靈現象，但員警當然沒有加以採納。員警認爲水晶燈突然掉落的原因，是前一天晚上交誼廳內「剛好」發生過一場小火災，熱氣「剛好」讓垂吊水晶燈的扣環產生龜裂，經過一天之後，扣環「剛好」在那時無法支撐水晶燈的重量，於是水晶燈掉了下來，而丸山教授「剛好」就在交誼廳裡，一切只能怪他太過倒楣。以一場偶發意外而言，這樣的論述實在是包含了太多的「剛好」。何況這套說法無法解釋水晶燈的掉落位置爲何有所偏差，並非在垂吊扣環的正下方。

但是當初在屋子裡的所有人之中，只有綸太郎主張這絕對不是一起單純的死亡意外。林克斯媒體公司的數名節目製作人員滿腦子只希望大事化小，園山美佐子則只會反覆說著

「我什麼也不知道」。古賀強調的騷靈現象，站在法律的觀點來看幾乎等同於意外事故。至於睡在二樓房間裡的十一歲少女，更不會有人想要去追究她的刑事責任。

唯有綸太郎在員警面前再三堅持，這起案子很可能是自殺，或是使用了特殊手法的遠距離謀殺。事實上綸太郎並不認爲丸山教授是自殺，這麼說只是想要引誘員警深入調查而已。可惜綸太郎這個計策並沒有奏效，因爲丸山教授身邊的人都已證實，他在生前沒有做出任何暗示將要自殺的言行舉止。

到了這個地步，綸太郎只好再度祭出尙方寶劍。當下綸太郎立即聯絡父親法月警視，懇求派出本廳搜查一課的人員。就在即將拂曉之際，久能警部率領凶殺案搜查班抵達現場。乍看之下局面似乎有了轉機，但美佐子的丈夫及菱沼製作人都在接到消息後趕到園山家，整個屋子裡亂成了一團。不僅如此，而且林克斯媒體公司的人員在警方進行現場鑑識之前，就以攝影機拍攝下了交誼廳內的慘況，過程中導致現場遭到破壞，更是讓混亂的局面雪上加霜。綸太郎爲了順利擺平這整起事件，只好當起了臨時的和事佬，像《仲夏夜之夢》裡的帕克一樣東奔西走，在整棟屋子忙進忙出，完全沒有時間休息。因爲這個緣故，在夏日的豔陽即將西墜的時候，綸太郎已累得精疲力竭，幾乎說不出一句話，偏偏最重要的案情調查絲毫沒有進展。

「……喂，綸太郎！快醒醒，我讀完了。」

法月警視的聲音讓綸太郎驟然驚醒。雙眼到底是何時闔上了，綸太郎自己也不曉得。綸太郎趕緊以痠麻的手腕抹去嘴角的口水，甩了甩腦袋，讓朦朧的神智恢復清晰。接著綸太郎將椅子拉到辦公桌前，重新在椅子上坐好，與父親四目相交。法月警視將老花眼鏡收起，放在桌面上，說道：

「你可是『世界靈異現象終結者』，要是全世界的仰慕者看見你剛剛的窩囊樣，可是會對你大失所望。」

「你就別調侃我了，我已經快累死了。重要的是這份報告，你讀了有什麼感想？」

法月警視冷眼望著手上那一疊以夾子夾起的影印紙，說道：

「在我看來，從第一個字到最後一個字，都是愚蠢到無可救藥的屁話。現在的大學只會研究這種東西，難怪奧姆眞理教那種神棍能在社會上囂張跋扈。我認爲法律應該禁止任何人研究這種蠱惑人心的學問。」

「哇，沒想到你這麼極端。」

「……我開玩笑的。」

警視隨口敷衍，綸太郎不禁露出苦笑，說道：

「不過，聽說過世的丸山教授所研究的超心理學，確實在學術界相當被人瞧不起。他雖然使用大學的研究設施，卻是以個人的名義進行研究，而且正規的研究經費少得可憐。當初古賀所使用的那臺腦波儀，看起來也相當老舊了。」

「寫出這份報告的人，就是那個古賀吧？對於恩師突然慘死的原因，他自己有何見解？難不成他眞的認爲是一名十一歲的超能力少女在睡夢中發動念力，使樓下交誼廳裡的水晶燈墜落地面？」

「他確實是這麼主張。至於他自己是不是眞的相信，就不得而知了。」

法月警視將腦袋微微歪向一邊，模樣儼然像一隻老貓。他拿起辦公桌上的香菸盒，說道：

「就算我們退一百步，承認這份報告裡的內容都是眞的，還是有一些解釋不通的地方。那個RS什麼的……」

「RSPK，反覆性偶發性念力。」

「這個現象原本只會發生在園山繪里香的房間裡，不是嗎？爲什麼偏偏就在昨晚，她的念力傳到了樓下的交誼廳？而且根據當時在二樓的攝影人員的證詞，繪里香的房間當時除了麥克風採集到了一些微小的雜音之外，並沒有發生任何不可思議的奇妙現象。這個矛盾要怎麼解釋？就算是再空泛的理論，好歹在邏輯上也要解釋得通，否則如何讓人信服……唉，到底跑到哪裡去了……」

警視一邊說，一邊到處尋找著他最心愛的打火機。只見他叼著香菸，眼睛不斷左右張望，兩手在衣服口袋不停掏摸。綸太郎拿起桌上那份關於騷靈現象的報告書影本，打火機就在底下。接著綸太郎以俐落的動作拿起打火機，爲父親點了菸。

「就算不把麥克風採集到的雜音當作騷靈現象，依據古賀的見解……不，應該說是丸山教授的見解，在案發的前一天，交誼廳裡就已經出現過徵兆了。」

「他們認爲前一晚發生的小火災，正是念力造成的燃燒現象，對吧？」

「沒錯，根據古賀的說法，打從十九世紀中葉到一九七〇年代，全世界的騷靈現象共有一百一十六件案例，其中有十件曾經引發火災。因此燃燒現象稱不上是極端的特例。」

法月警視搖了搖頭，將一口煙霧噴在綸太郎的臉上。

「雖然我對這個案子的了解，僅止於久能警部的報告及你的轉述，但我的推論比那些人合理得多。在我看來，發生火災的原因是家裡有人蓄意縱火，而且依照我的直覺，長男公一的嫌疑最大。就連妹妹的房間裡發生的那些古怪現象，說不定也是他在搞鬼。」

綸太郎伸手揮去眼前的煙霧，露出賊兮兮的微笑，說道：

「……爸爸，看來你也不是省油的燈。不過若說從前發生的所有騷靈現象都是公一主導，這可能性恐怕不高。因爲如果眞的是這樣，古賀一定會察覺，畢竟他也是個精明人。好吧，這一點姑且不談，我們先來談談古賀自己想出來的有趣假設。他認爲昨晚騷靈現象由房間轉移至交誼廳，是因爲複數的執行者發生了心靈共鳴現象，ＰＫ的能量波集中在兩者的中間位置。」

「請說人話，好嗎？我完全聽不懂你在說什麼。」

「簡單來說，就是除了繪里香之外，當時屋裡還有另一個人擁有潛在的心靈能力。」

法月警視的下巴有氣無力地往下垂。他狐疑地瞪了綸太郎一眼，說道：

「……林克斯媒體公司的水野助導？」

「沒錯。根據丸山教授的ＲＳＰＫ理論，發生騷靈現象的中心地點，往往有個像繪里香這樣感受到沉重壓力的青春期少女。她在潛意識中累積的壓力能量，轉化成了引發騷靈現象的心靈能量。水野助導的年紀雖然已稱不上是少女，但就承受了強大精神壓力這點而言，她是符合條件的。雖然這只是我的想像，但我認爲她每天在職場上所受到的對待，幾乎已經可以算是霸凌了。光是我親眼目睹的事實，就足以證明她是一個受盡欺壓的助導。更何況她自己也說過，她可能擁有通靈的能力。這一點，古賀似乎也看出來了。當然如果只有她一個人，或許什麼事也不會發生。但昨晚繪里香所釋放出的強烈ＰＫ能量波，可能誘發了沉睡在水野心中的心靈能力。當時繪里香睡在二樓的房間裡，水野則站在一樓交誼廳的門口，如果畫一條直線將兩人連起來，水晶燈的吊環剛好就在中點的位置。古賀還說爲了確認這個假設是否成立，他這兩天會對水野進行潛在心靈能力的測試。」

綸太郎一口氣說了這一長串，警視聽得目瞪口呆，半晌說不出話來。好一會之後，他才將菸頭拿到菸灰缸裡按熄，說道：

「你似乎對那個古賀相當信任，難不成你想轉換跑道了？」

「我只是回答爸爸的問題而已。他在那麼短的時間裡，能夠擠出這種煞有其事的理論，確實挺了不起，但並不符合我的喜好。我還是比較喜歡找出捉摸得到的線索。水晶燈的鑑識結果還沒有出爐嗎？我敢打賭，垂吊水晶燈的扣環一定被人動了手腳。」

「這場賭局無法成立，因爲我也想賭同一邊。在你的慫恿之下，我可是從轄區手中硬生生搶走這起案子的偵辦權，如果什麼證據也查不出來，我的面子可就丟光了。水晶燈的鑑識是由久能警部負責，只要查出什麼疑點，他會立刻向我回報……撇開這個不談，剛剛提到的水野助導，她的證詞有沒有什麼可疑之處？案發的當下，只有她站在交誼廳的門口。按照你的描述，水野是個情緒相當不穩定的年輕女孩，誰能保證她沒有說謊？如果她眞的撒了謊，我們根本不必依賴那個RS什麼的理論，因爲交誼廳根本不算是密室。」

綸太郎強忍下了想要打呵欠的衝動，搖頭說道：

「案子發生後不久，我就和水野談過了，她的態度看起來不像撒了謊。何況爸爸應該也讀過鑑識報告了，交誼廳的出入口門把上只殘留著丸山教授的清晰指紋。像水野那樣的迷糊鬼，如果她眞的進入過交誼廳，多半不會想到不能留下指紋。」

「我並不是懷疑水野是凶手，而是擔心她心不在焉，沒看到有第三者進入交誼廳。」

「這可能性很低，我認爲水野的目擊證詞是可以採信的。而且她說丸山教授在走進交誼廳時看起來偷偷摸摸，似乎不想被人發現，這點也完全符合事實。我能這麼肯定，是因爲我在進入交誼廳時，曾經嘗試打開水晶燈的開關。經過事後的確認，我發現水晶燈的開關在案發當下是關閉的。換句話說，丸山教授獨自待在交誼廳裡的時候，並沒有打開水晶燈。多半是擔心燈光從門縫透出，被外頭的人察覺吧，這也正是爲什麼丸山教授的光筆會掉落在現場。由此可知，丸山教授生前待在交誼廳裡的時候，確實不想被任何人發現，這點與水野的證詞完全一致。」

法月警視輕哼一聲，撫摸著自己的下巴，說道：

「丸山教授生前的可疑舉動，也確實是重要的線索。關於這一點，你能作出合理的推論嗎？」

「勉強算是可以吧。我的推論就跟爸爸剛剛說的一樣，縱火的嫌犯可能是長男公一。」

「這麼說來，你也認爲案發前一晚在交誼廳發生的小火災，是長男公一幹的好事？」

綸太郎略帶猶豫地點頭說道：

「……應該吧。從案發前後那些人的舉動來研判，這可能性相當高。昨天晚上十一點半，我在離開一樓和室的時候，丸山教授與古賀正在偷偷談論關於交誼廳火災的事。不久之後，水野助導看見他們兩人走進了位於二樓的公一房間。到了十二點，教授就偷偷撕下交誼廳的膠帶封條，溜進了交誼廳裡。他做出這樣的舉動，顯然與他和公一之間的談話結果有關。據我猜測，丸山教授獨自偷偷溜進交誼廳，應該是爲了尋找公一縱火的明確證據。依昨晚拍攝現場的凝重氣氛，他不敢聲張這件事也是合情合理。」

法月警視發出若有深意的沉吟聲，重新戴上老花眼鏡，隨手翻看手中的報告書。

「根據久能警部的報告，長男公一及古賀針對這一點都沒有提出明確的證詞。難道你也沒有向他們好好問個清楚？」

「古賀那邊，我當然是問了。但公一整天把自己關在房間裡，我還沒有機會好好與他交談。」

「噢，那古賀怎麼說？」

「他似乎也懷疑交誼廳的火災是公一動的手腳。雖然他剛開始也認同教授的自燃理論，但是到了那天晚上，他似乎從公一的言行舉止中看出了不對勁。他原本打算隱瞞到攝影結束之後，但是快到十二點的時候，他改變了心意。他認為實在不應該掩蓋這件事，於是對教授坦承了自己的懷疑。接著兩人一起進了公一的房間，想要問個明白。」

「公一怎麼回答？」

「公一否認曾在交誼廳放火。丸山教授於是認為完全是古賀太多心，要古賀先回自己的崗位，自己則說要到一樓小解，獨自下一樓去了。那是古賀最後一次看見教授。但是古賀說他心裡還有一些想不通的點，所以目前只對我說出這些眞相。」

法月警視再度摘下老花眼鏡，以鏡腳尾端在太陽穴輕敲。

「原來如此，聽起來挺合理。不過在得到公一本人的證詞之前，最好別妄下斷言。話說回來，就算眞的是公一放了火，他恐怕也不會輕易承認。如果丸山教授已經跟他套好了話，或許他會抵死不認。」

「假如眞的是公一放的火，爲什麼他要幹這種事？」

「多半是想要捉弄電視臺的人吧。準備考試總是有心煩的時候，引起騷動也是排遣煩悶情緒的一種方法。」

「嗯？怎麼與丸山教授的RSPK理論有幾分相似？」

「不，這是一般常識。」

警視不屑地說道：

「……但是最重要的密室之謎如果沒辦法解開，談論再多也是無濟於事。堂堂『世界靈異現象終結者』，應該已經看出歹徒行凶的手法了吧？」

綸太郎舉起雙手，擺出投降的動作。

「目前還是完全摸不著頭緒的狀態。或許睡飽了之後，能夠想出一些端倪也不一定。我打算花個一天時間，待在園山家好好調查清楚。當然園山家的屋子裡完全沒有任何祕密通道，或是疑似自動墜落裝置的機關，這點已經確認過了。除此之外，還有什麼辦法能從交誼廳外的遠處讓水晶燈落下？我絞盡了腦汁，就是想不出個所以然來。」

「這麼說起來，你想要調查的事情，這份騷靈現象的報告裡不是寫得清清楚楚了？站在科學的角度來看，發生騷靈現象的原因有可能是低頻震動、靜電或異常空氣對流等等，但這份報告上頭已經排除了這所有的可能性。你想要查的，不就是這一類的線索嗎？」

「雖然大同小異，但我想要查的是更具有人爲性質的線索。水晶燈的墜落地點與吊環的位置有相當程度的偏差，這意味著水晶燈並非朝著地面垂直墜落。由此可知一定有某種重力以外的力量施加在水晶燈上頭。」

「……嗯，既然是這樣，爲了釐清水晶燈是不是因遠端操控而墜落，我們有必要再次確認所有人在事發當下的位置及行動。就先把擁有強力不在場證明的人排除掉吧。首先是園山繪里香，當時她正在二樓的自己房間裡睡覺？」

「半夜十二點的時候，有五雙眼睛透過攝影機螢幕監視著她。何況還有錄影帶爲證，她應該是毫無嫌疑。」

「當時隔壁房間有哪些拍攝人員？」

綸太郎伸出手指數道：

「我、林克斯媒體公司的松下導播、攝影師溝口、收音師小泉，再加上古賀，總共五個人。當時我們五個人擠在狹小的房間裡，如果其他四人有什麼詭異舉動，一定逃不過我的眼睛。我不記得當時有任何人形跡可疑。我相信就算他們設置了某種機關，在那當下也不可能瞞著我偷偷操控。」

「這麼說來，這四人也是清白的。接著是長男公一，他一直待在二樓的自己房間裡？」

「丸山教授與古賀進入他的房間時，他應該是在房間裡。但是到了案發前後的那段時間，他就沒有不在場證明了。或許他躡手躡腳地下了樓，沒有被人發現也不一定。事情剛發生後不久，我還看見他站在一樓的走廊上。」

「原來如此，那公一先保留。接下來，就只剩下待在一樓的兩個女人，水野助導及園山美佐子。」

綸太郎將雙手交叉在胸前，說道：

「她們的情況就更難說了。水野說她當時在交誼廳外頭的走廊上，美佐子夫人說她當時在廚房，但她們都是獨自一人，並沒有不在場證明。不過若依照我剛剛的推論，水野參與犯案的可能性不高。」

「原來如此。那最可疑的人物，是園山美佐子及公一。他們兩個都是原本就住在屋裡的人，應該有不少機會在交誼廳內設置遠端操控的機關。」

綸太郎一面抵抗著突然反撲的睡意，一面說道：

「除了他們之外，還有東邦電視臺的菱沼製作人，以及園山美佐子的丈夫。這兩人的不在場證明，已經確認過了嗎？」

「放心，我可沒忘了這兩人。雖然這份報告書上沒提，但兩人的不在場證明都已經求證完畢。菱沼製作人當時搭著計程車，正要前往位於六本木的一家同性戀酒吧，我們已取得計程車司機的證詞。至於美佐子的丈夫園山利春，當時正在位於麻布的情婦公寓裡，整個晚上都沒有外出。這一點，我們也取得了公寓管理員的證詞，絕對不會有錯。」

「原來如此，菱沼製作人在關鍵時刻突然告辭離開，我原本還偷偷覺得他的嫌疑最大呢。」

「……你還是先睡一下吧。我看你的腦袋已經不靈光了。」

法月警視搖頭說道。綸太郎聳聳肩，又打了個大呵欠。警視又點了一根菸，兩眼凝視著自己吐出的煙霧，半晌之後突然開口說道：

「綸太郎，老實說……」

「怎麼？」

「我突然覺得丸山教授的死，或許眞的是一場意外。」

綸太郎仰頭嘆了口氣，說道：

「終於連爸爸也不相信我了。你剛剛不是才說過，要是水晶燈的鑑識沒有查出任何眉目，你的臉就丟大了？」

「我不是那個意思。我指的是丸山教授的死，或許不在凶手的意料之中。你想想，所有相關人士之中，並沒有任何一個人擁有想要殺死丸山教授的動機。而且丸山教授遭水晶燈壓死的最大理由，是他在臨死之前所採取的行動，但他的行動沒有任何人能夠事先預測。換句話說，丸山教授遭水晶燈壓死，可能純粹只是一場意外。凶手讓水晶燈墜落，其實是基於完全不同的理由。」

「你的意思是說，凶手眞正想殺的是另一個人？」

法月警視搖頭說道：

「眞的想要殺死一個人，不會採用那麼不保險的做法。我先問你一件事，當初他們請你前往園山家，是爲了讓你作證拍攝過程沒有造假，對吧？」

綸太郎點了點頭。警視接著又問：

「結果呢？他們眞的沒有造假？」

「沒有，況且繪里香的房間裡根本什麼事也沒發生。」

「但是交誼廳裡的水晶燈掉下來了，而且還是在你的目光完全被園山繪里香的房間吸引的時候。何況如果不是因爲前一晚發生了小火災，那間交誼廳原本應該是節目製作人員的休息室，不是嗎？我認爲有必要將林克斯媒體公司的所有人重新徹底清查一遍。搞不好是他們想要在節目中裝神弄鬼，卻不小心把丸山教授害死了。如果眞是如此，這也算是業務過失致死。」

「不太可能吧？那些人聽到水晶燈墜落的撞擊聲時，是眞的嚇了一大跳，那反應不像是在演戲，何況……」

綸太郎還沒有說完，忽然傳來敲門聲，久能警部帶著一份資料夾走了進來。

「這是水晶燈的鑑識結果。垂吊的扣環部分確實遭人動過手腳。有人以老虎鉗之類的工具將扣環的銜接縫隙拉開，讓水晶燈處於很容易掉下來的狀態。」

法月警視露出鬆一口氣的表情，朝綸太郎笑著說道：

「現在我們至少可以排除騷靈現象的推論了。就算是再厲害的超能力者，也不會以念力操控老虎鉗在扣環上動手腳。」

「請讓我看一下。」

綸太郎從久能警部手中搶過資料夾，快速瀏覽鑑識報告中的文字。看到扣環損壞情況的相關描述時，突然有一行字吸引了綸太郎的目光。「——從該照明器具的兩根臂桿上，採集到了左右兩手的指紋（拇指、食指、中指、無名指、小指）及掌紋，比對結果與死者的指紋及掌紋一致」。

看到這行字的瞬間，綸太郎的睡意完全消失了。

4

隔天下午，位於田園調布的園山宅邸即將舉行一場奇妙的實驗。打從中午過後，鄰居都看見有人把好幾個舊輪胎搬進了園山家的屋子裡。在久能警部的指揮之下，來自警視廳的人員忙碌地在交誼廳裡進行著實驗前的準備工作。他們將舊輪胎堆疊成圓筒狀，並且以登山繩牢牢固定住。登山繩的尾端打了十字結，綁上登山扣環。接著他們搬來梯子，將登山扣環與天花板的水晶燈扣環勾在一起。如此一來，由舊輪胎綁成的圓筒就像水晶燈一樣垂吊在交誼廳的半空中。最後他們在舊輪胎的正下方，靠近交誼廳中央的位置擺上一張扶手椅，背對著門口。

當綸太郎與父親一同抵達園山家時，前一天深夜的所有涉案關係人幾乎都已聚集在交誼廳內。從昨晚到今天早上的這段期間，法月警視陸續向眾人提出了緊急到案說明的請求。如今不在交誼廳內的人物，只有以公司要召開董事會為由拒絕到場的園山利春，以及林克斯媒體公司的收音師小泉……不，此外還有一個人也不在現場，但他已不可能參與這場集會了。倒是在清掉了水晶燈殘骸的地毯上，除了隨處可見的燒焦痕跡之外，還以線條畫出了那個人在這世上最後擺出的姿勢。

法月警視先對眾人自我介紹，接著感謝眾人撥冗參加今天的集會。綸太郎趁著這段時間仔細觀察每個人的臉上表情。園山美佐子身穿勉強稱得上是喪禮服裝的黑色洋裝，緊緊牽著女兒繪里香的手，背對著南面的窗戶。長男公一則站在距離兩人稍遠處，低著頭倚窗而立。

古賀的模樣看起來就像是正在準備恩師的喪禮，但身上的喪服似乎是臨時借來的，不僅滿是皺紋且尺寸不合。他站在西側的窗前，背對著盛暑時節的午後豔陽，臉上卻一滴汗珠也沒有，不禁令人嘖嘖稱奇。

相較於美佐子及古賀的弔唁服色，林克斯媒體公司的三人身上打扮都與平時毫無不同。導播松下與助導水野大剌剌地坐在牆邊的沙發上，聽著法月警視的說明，臉上露出的是看熱鬧的表情。攝影師溝口依然拿著攝影機，像著了魔一樣在廳內來回走動，拍攝眾人的神情舉止。他的嘴裡依然默念著《般若心經》，今天或許還念得特別虔誠。

東邦電視臺的菱沼製作人則身穿短袖襯衫，打著黑色領帶，手中拿著扇子猛搧，頻頻低頭看表。一等法月警視說完話，他率先開口說道：

「這是什麼餘興節目？難不成要把這裡當成拳擊練習場？」

菱沼看著吊在半空中的輪胎，開了個無聊的玩笑。法月警視臉上絲毫不帶笑意，說道：

「犬子想要在各位面前進行一場實驗。好歹在你的節目裡，他的頭銜是『世界靈異現象終結者』，對吧？」

菱沼闔上扇子，說道：

「真是不好意思，上頭好像打算中止這個節目。節目製作總監在拍攝過程中意外慘死，這樣的節目確實不適合播放。不過這場意外並不是任何人的錯，這點在場的各位應該都很清楚。何況這是丸山教授生前大力推動的節目企劃，辯論會的來賓也都爲此排出了時間。我正在想辦法說服電視臺的高層，希望能以追悼故人的立場播放這個節目。」

「原來如此。如果這場實驗能夠成功，想必會成爲你們的追悼節目上的壓軸好戲。綸太郎，接下來就交給你了。」

在父親的呼喚下，綸太郎走到了交誼廳的中央。今天這場集會的一切聯絡及安排事宜都是由法月警視調度指揮，綸太郎一夜好眠，這時精神飽滿地環顧眾人，以彷彿宣布劇情即將接近尾聲的口吻說道：

「謝謝，寒暄問候的客套話就不說了，讓我們直接進入正題。今天請各位聚集在這裡，是希望進行一場實驗，重現這一個半月以來，在二樓的繪里香房間不斷出現的騷靈現象。」

「重現騷靈現象？」

松下問道：

「你的意思是說，這些騷靈現象並非眞正的超自然現象，而是人爲的騙術？」

「沒錯。」

松下轉頭望向站在窗邊的古賀。古賀將雙手交叉在胸前，只是默默搖頭，一句話也沒有說。園山美佐子宛如拚命記住了唯一臺詞的串場女演員，以誇張的口吻及動作問道：

「這麼說來，丸山教授的意外過世，不是我女兒的錯？」

綸太郎點了點頭。此時菱沼難得皺起了眉頭，說道：

「丸山教授的過世既然不是意外事故，那就是蓄意謀殺了。法月老師，你是這個意思嗎？」

「關於這一點，在進行實驗的過程中，各位自然會明白……在開始進行實驗之前，我想先向各位說明水晶燈殘骸的鑑識結果。警方在水晶燈的兩根臂桿上，採集到了丸山教授的雙手所有指紋及掌紋……也就是手掌心的紋路。這意味著在水晶燈墜落之前，教授曾經以雙手緊緊握著水晶燈上的兩根臂桿。當時他應該是整個人垂吊在水晶燈底下，姿勢就像拉單槓一樣。」

綸太郎以右手輕拍輪胎，接著說道：

「吊在這裡的輪胎經過計算，重量與當初墜落的水晶燈相等。我們已經對上頭的扣環進行了強化處理，應該不會有斷裂的危險，但是基於安全性考量，我們不使用眞正的水晶燈，而改爲使用輪胎。久能警部，請你抓住輪胎，試著加以搖晃。」

久能警部點了點頭，站上背對著門口的扶手椅的椅背，抓住了輪胎上的繩索，慢慢將身體靠在輪胎上。

「……這張椅子的放置位置及方向，都與當初發現丸山教授遺體時完全相同。多半是教授自己將椅子推到了這個位置，接著他將椅子當作墊腳石，以兩隻手掌抓住了水晶燈的臂桿。丸山教授的體重，與久能警部差不多。」

久能警部小心翼翼地讓雙腳的腳踝依序離開椅背，整個人隨著輪胎像鐘擺一樣在半空中搖擺。或許是因爲那模樣有些滑稽，水野嗤嗤笑了起來，松下低聲喝斥，她才趕緊摀住了自己的嘴巴。

「這次只是預演，動作不必太大。久能警部，請下來吧。現在各位都明白了實驗的內容，我們馬上開始進行正式的實驗。主要的觀測地點是二樓的繪里香房間，但由於那房間擠不下所有人，所以我只請幾位隨我一同上樓。」

綸太郎環視眾人，指名了其中四個人，分別是導播松下、攝影師溝口、園山美佐子，以及古賀。綸太郎請其他所有人都暫時留在交誼廳，接著與久能警部核對了手表時間。

「五分鐘之後，剛好是下午四點整。請你依照剛剛的方式，以更劇烈的動作搖晃輪胎。」

「更劇烈嗎？沒問題。」久能警部回答。

綸太郎接著讓法月警視負責監督交誼廳內的狀況，自行帶著四人前往位於二樓的繪里香房間。松下、古賀、美佐子、溝口依序跟著上樓，溝口在移動的過程中依然持續以攝影機進行拍攝。

進入房間後，四人分別站在房間的四個角落，綸太郎則站在中央。低頭一看時間，還有三分鐘左右的空檔。綸太郎還沒有開口說話，松下已搶著問道：

「……你想證明的是有人像鐘擺一樣在交誼廳裡搖來搖去，震動就會沿著牆壁及天花板傳到這個房間，引發騷靈現象？」

「沒錯，所謂的騷音，其實是梁柱、板材所發出的摩擦聲。在這房間裡發生的種種奇妙現象，也只不過是肉眼看不見的震動從牆壁及地板傳入房內，改變了家具及各種物體的位置。這個簡單明瞭的答案，也可以說明爲什麼騷靈現象只會發生在這個房間裡。當然這不是興建房屋時刻意設計出的特徵，而是房屋結構、水晶燈重量及建材老化等各種條件集合在一起所產生的偶然現象。住在這棟屋子裡的某個人，在某個因緣際會的巧合中發現了這個現象。於是這個人便開始利用這個現象，製造出根本不存在的騷靈假象。古賀，我相信你當初在撰寫調查報告的時候，也沒有發現這件事吧？」

古賀面色凝重地搖頭說道：

「現在還只是假設階段。在親眼看見實驗成果之前，我不會改變自己的結論。」

「這種懷疑論的立場眞不像是你的風格。」

「……祝你實驗成功，不要鬧了笑話。」

「請等一下！」

美佐子吃驚地大喊：

「難不成這一切都是我兒子公一幹的好事？」

綸太郎伸手制止美佐子繼續追問，低頭看著手表上的秒針。

「時間快到了。請大家呼吸放輕，盡量保持安靜。還有十秒，九、八、七、六、五、四……」

房間裡所有人都屏住了呼吸，不敢移動身體半分。

時鐘上的秒針越過了十二點鐘的位置。

……但是什麼事也沒發生。

房間裡一片死寂，沒有半點不尋常的聲響。書桌上的文具全都靜止不動，當然也沒有抽屜飛出、床架位移等情況。就連電燈的開關拉繩，也是文風不動地靜靜垂著。

三十秒、四十秒、五十秒……一分鐘……兩分鐘……情況完全沒有改變。原本屏息以待的四名見證人逐漸放鬆了緊繃的情緒，開始伸展四肢。

「眞是可笑！」

古賀的聲音劃破了寂靜。他走向房門，一面開門一面轉頭朝綸太郎說道：

「我對你相當失望。」

古賀走出了門外，並沒有將門關上。松下看著古賀的背影，忽然拍拍綸太郎的肩膀，以鼓勵的口吻說道：

「其實沒有那麼糟，法月。你的想法很有創意，而且給人一種眞實感，或許在節目裡能夠派上用場。總之我先下去向製作人回報結果，我們晚點聊。」

攝影師溝口拍下了綸太郎的特寫鏡頭，關掉攝影機，輕輕聳了聳肩，轉身跟著松下下樓去了。剩下的美佐子露出一副不知如何是好的表情，嘴裡嘀咕了兩句不知什麼話，朝著綸太郎輕輕點頭行禮，也跟著離開了房間。

❖

綸太郎一臉滿不在乎的表情，獨自走出了繪里香的房間。來到了鴉雀無聲的走廊上，綸太郎緩緩走到隔壁的衣飾間門口，確認四下無人後，在門板上輕敲。

門板開啓，房內一個人探出頭來。那個人的臉上氣色極佳，有如剛摘下的桃子，正是收音師小泉。他帶著賊兮兮的笑意，比了個ＯＫ的手勢。

綸太郎也跟著揚起嘴角。

過了一會，綸太郎來到了園山公一的房間裡。綸太郎坐在書桌前的椅子上，靜靜地等待著房間的主人歸來。公一開門走進房內，臉色相當難看。不僅臉頰僵硬，而且緊緊咬住了嘴唇，那模樣與丸山教授死後不久，在走廊上遇見綸太郎時的表情如出一轍。

公一看見綸太郎坐在自己的房間裡，第一個反應是恐懼。他甚至沒有想到應該斥責綸太郎擅自闖入自己的房間。

「……剛剛那場實驗，完全是爲了你才做的。」綸太郎說道。

公一低頭不語，宛如喪失戰意的拳擊手，內心早已失去自我防衛的能力。

「丸山教授過世的不久前，你與古賀、丸山教授三人在這間房間裡說了些什麼話，我已經都猜到了。但你應該是遭到了脅迫才會做出那種事，對吧？」

公一點了點頭。綸太郎接著說道：

「交誼廳發生的火災，以及繪里香房間的各種騷靈現象，都是你搞的鬼，對吧？繼續隱瞞下去，只會愈陷愈深。我希望你能把眞相一五一十地說出來。」

公一緩緩抬頭，五官逐漸扭曲。

他像個孩子一樣抽抽噎噎地哭了起來。

5

綸太郎走在東邦電視臺總部的走廊上，外套胸口處別著剛剛在門口櫃檯領到的表演人員識別證。這裡是一般民眾無法進入的樓層，綸太郎能進入此處，全靠著胸口的識別證。自從在園山家進行了人體鐘擺實驗後，已經過了三天。走廊的左右兩側都是等著錄製節目的演藝人員休息室，綸太郎來到了其中一間的門口，門牌上以簽字筆寫著「丸山研究室古賀先生」。綸太郎在門上輕敲。

「我正在猜會是誰呢。原來是法月先生。」

古賀打開門來。此時的他已完全換了一副模樣，不僅剪掉了一頭長髮，而且身上還穿著經過精心設計的高雅西裝，看上去儼然是個學術界的年輕英才。或許因爲不習慣這樣的場合，他的表情顯得有些僵硬，但萌生於心中的獨立意志讓他看起來脫胎換骨，彷彿換了一副面孔。

「方便打擾一點時間嗎？」

「請進。我來得太早了，正閒得發慌呢。」

綸太郎走進了古賀的休息室。裡頭空空蕩蕩，只有一張桌子及幾張鐵椅。綸太郎正左右張望，古賀忽然鞠躬道歉。

「上次說了那種失禮的話，眞是非常抱歉。那時我正在爲教授舉辦喪禮，還要負責與大學的事務處接洽，忙得焦頭爛額，所以口氣差了些。」

「沒關係，我完全不在意。」

綸太郎揮了揮手，在身旁的椅子坐下。古賀也在對面的椅子坐了下來。古賀的每個動作都迅速俐落，顯然是在刻意振奮自己的情緒。桌上凌亂地擺著好幾疊資料，上頭寫滿了原子筆的字跡，似乎在綸太郎來訪之前，他正在專心複習著參考資料。

「這次的公開辯論會，看來你已經做好了萬全的準備。這是關於水野助導的心靈能力測試的數據資料嗎？」

「法月先生，原來你是來查探敵情？雖然還不能透露細節，但我可以告訴你，測試的結果相當令人滿意。對我來說，等等要錄製的辯論會就像是弔慰教授在天之靈的復仇之戰，我絕對不會手下留情。何況這個節目還能繼續錄製，全多虧了想要完成教授遺志的菱沼製作人。若不是他努力說服了負責編排節目的電視臺高層，這個節目恐怕會無疾而終。如果我不竭盡全力，可就辜負了他的好意。」

綸太郎將頭一縮，說道：

「果然是勁敵。光靠熬夜一晚死背下來的內容，肯定不是對手。」

古賀正在收拾整理資料，綸太郎這句話似乎吸引了他的興趣。

「熬夜一晚死背下來的內容？」

「趁這個機會，讓我練習一下吧。『現在我必須再次站在父親的立場，向你說明我對騷靈現象的看法。因爲我想要向你說明的內容，與你想要相信的內容大相逕庭。』」

「原來如此……」

古賀在絕佳的時機點頭說道：

「一九〇九年四月，佛洛伊德寫給榮格的私信，對吧？」

「你眞行。那我就繼續背下去了。『我並不否認，你說的那些話及你的實驗帶給我相當深刻的印象。在你離去之後，我到處查看，得到了以下的結論。我在第一間房間裡，確實持續聽見了吱吱嘎嘎的聲響。但在那房間裡，有兩塊沉重的埃及石碑，壓在橡木書架的層板上。既然如此，聲音的來源可說是顯而易見。在第二間房間裡，我們確實聽見了那個聲音。但我在那房間幾乎不曾聽過類似那樣的聲音。當你還在那裡的時候，我們一起聽見了好幾次那樣的聲音，但你離開之後，那個聲音再也沒有出現。剛開始的時候，我一直想要爲這一點找出明確的理由。但是後來，那聲音又出現了好幾次，而且與我正在想什麼無關。就算我正在思考你的事情，或是正在思考你的這個特別的問題，那個聲音也絕對不會發生（爲了證明我沒有說錯，我敢保證那個聲音在現在這個瞬間也不會發生）。彷彿有人奪走了那個現象對我的一切意義。我的輕信，或者至少該說是我的信任心情，都隨著你的存在所帶來的詛咒一同消失，而且絕對不會因爲各種內心層面的理由而再度產生。家具在我面前不再擁有靈魂，就只是一些毫無生命的物體。就像是希臘諸神離去後，大自然在詩人的面前陷入了沉默，不再帶有神靈的氣息。

「『因此我要在這裡再度戴上父親的方框眼鏡，對我親愛的兒子提出警告。保持冷靜，不要被熱情沖昏了頭。如果要付出這麼大的犧牲才能理解眞相，不如不要理解。』」

綸太郎背誦完了全部的內容，古賀起身輕輕拍手鼓掌。

「了不起，眞是勤奮好學。」

「能夠聽丸山教授的弟子這麼稱讚，我眞是開心，不枉費我熬夜背下這些內容。那天晚上，教授說我討厭榮格只是先入爲主的厭惡感，對我就像是一記當頭棒喝。從那天之後，我就找了榮格的《自傳》來讀。但是讀來讀去，比起本文的內容，反倒是附錄裡的那些來自佛洛伊德的私信更加令我感興趣。果然還是這一邊的想法比較合我的胃口。對了，我在讀了這封來自佛洛伊德的私信之後，忽然產生了一個念頭。」

古賀一臉嚴肅地問道：

「什麼樣的念頭？」

「這說來話長，如果可以的話，我希望你能耐著性子，好好坐著聽我說。其實也沒什麼大不了，只是拿佛洛伊德的學說來班門弄斧而已。那天晚上，在發生那場意外之前，我們坐在園山家的和室裡，丸山教授不是對我提到了個關於佛洛伊德與榮格這對師徒之間的小故事嗎？在這個小故事裡，我們已經隱約可以看到佛洛伊德與榮格未來將反目成仇的徵兆。丸山教授告訴我這個小故事，眞的只是單純的偶然嗎？而且丸山教授爲什麼要特地命令你這位高徒，代替他說出這個小故事？這讓我不禁懷疑，丸山教授會不會在潛意識之中，已經察覺到了你對他的反感？」

古賀流露出不滿的神情，搖頭說道：

「這種空穴來風的解釋方式，簡直是在褻瀆佛洛伊德的學說。」

「我非常能夠理解你的不滿。但爲了保險起見，我向許多相關人士打聽了你與丸山教授的關係。我得到了一些證詞，足以證明我這樣的解釋方式絕對不是空穴來風……聽說丸山教授最近的研究手法，在一些正派的超心理學研究者之間引發了不少批判。許多人都說他涉嫌竄改實驗數據資料，而且許多作爲明顯只是在炒作媒體。還有，丸山教授最近的著作似乎大部分都是抄襲了你的論文內容。我所問的每一個人，都對於你的踏實態度及研究成果給予相當高的評價。但是大家也感嘆，只要你繼續跟隨丸山教授，就永遠沒有出頭的一天。

「不僅如此，而且你自己也並不認同教授的所作所爲。你從以前就經常在好朋友面前訴苦，批評教授的惡形惡狀。而且這次的電視節目企劃，你原本一點也不想參加。我非常能夠理解你的心情，因爲聽說東邦電視臺的菱沼製作人在你們的專業領域裡，可說是惡名昭彰。某位超心理學家告訴我，任何人只要與菱沼扯上關係，都會被正派的超心理學研究者認定爲拒絕往來的對象。如果想要爲超心理學奠定良好的學術形象，與菱沼合作只會帶來反效果。丸山教授竟然會與菱沼攜手製作節目，只能說他們是一丘之貉，不是嗎？」

對於綸太郎的蓄意挑釁，古賀並沒有流露出絲毫怒氣與敵意。他只是一臉不耐煩地嘆了口氣，說道：

「師生之間有一些小小的意見分歧，並沒有什麼大不了。教授使用學生的論文內容，也是稀鬆平常的事情。丸山教授在使用我的論文之前會事先告知，已經算是很有良心了。何況現在日本的超心理學界實在太狹窄，隨口說一句謠言或壞話，馬上就會傳開。要是囫圇吞棗地相信那些人說的話，只會被耍得團團轉。對於丸山教授，我是打從心底尊敬，這次的節目企劃，我也是全心全意地盡一己之力。雖然我確實曾聽見一些關於菱沼製作人的負面風評，但這次的情況是特例。因為我們都相信園山繪里香是眞的擁有心靈能力。」

「沒錯，就像你所說的，繪里香的情況是特例。在這樣的節骨眼，搭配上你親手所寫的調查報告，難怪丸山教授絲毫沒有起疑，就這麼誤中了你設下的陷阱。」

古賀以原子筆的尾端輕敲自己的下巴，歪著腦袋說道：

「我不明白你在說什麼。」

「裝傻也沒有用。關於繪里香的心靈能力騙局，全部被我揭穿了。就在進行舊輪胎實驗的那天，公一已經對我說出了一切眞相。雖然眞相讓人聽了有些不舒服，但既然你還想死鴨子嘴硬，我就代替你說出來吧……六月初的時候，公一參加了一場模擬考，成績不太理想。從那天之後，他就陷入了暫時性的精神焦躁狀態。而且打從更早之前，他就對家人隱隱抱持著不滿的情緒。為了宣洩鬱積在心中的情緒，他決定捉弄同父異母的妹妹繪里香。某天晚上，他趁著繼母熟睡的時候，偷偷溜進了妹妹的房間，對妹妹做出了一些性騷擾的行為。他這麼做當然不對，但畢竟園山家的家庭狀況比較複雜，再加上繪里香雖然年紀幼小，卻已開始帶有女性的魅力。公一做出這樣的行徑，還是有令人同情之處。難怪父親不希望繪里香繼續當童星，或許正是擔心發生這種事。公一對繪里香的性騷擾只做了一次，心虛的公一威脅繪里香絕對不能把這件事說出去。繪里香雖然服從哥哥的命令，但是那一晚的恐怖經驗在心中留下了陰影，導致繪里香從六月下旬開始出現幻聽的症狀。

「公一很快就察覺繪里香變得不太對勁。但由於擔心繪里香說出祕密，公一決定讓她更加害怕，因而在她的房間裡搞出了各種騷靈現象。公一以錄放音機製造出了騷音，還數次趁繪里香睡著時溜進房間，把房間裡的東西弄得一團糟。母親對騷靈現象的目擊證詞，有一半來自於你在報告中提到的『親密共生型親子』常見的二聯性精神病，另外一半則是公一在暗中搞鬼。例如公一曾經趁繪里香不在時偷偷溜進她的房間，將掛在牆上的獎狀匾額調整成非常容易掉落的狀態，接著到了晚上，又偷偷溜進隔壁的衣飾間搖晃牆壁，讓陪著女兒睡覺的美佐子親眼看見匾額掉下來。公一陪著美佐子守在繪里香的房間裡時，也曾在黑漆漆的房裡趁著美佐子不注意，偷偷移動家具的位置。當時家庭裡的氣氛，早已處於疑神疑鬼的狀態，因此公一要動手腳可說是一點也不困難。簡單來說，園山家發生的騷靈現象，是由家中三人合力塑造而成。繪里香的幻聽、母親的妄想症，以及公一的裝神弄鬼。」

古賀瞇起雙眼，嘴角揚起了充滿自信的高傲微笑。

「如果只是這麼單純的騙術，你以爲我看不出來？」

綸太郎像鏡子一樣模仿對方的微笑，說道：

「你當然看出來了。打從你造訪園山家的第一天，你就看出來了。你首先找上了公一，以言詞誘導他說出了眞相。不僅如此，你藉由掌握這個祕密，讓公一成爲對你唯命是從的共犯。說得更明白點，他就像是完全受你操控的傀儡。你這麼做，全是爲了安排下一個引誘丸山教授中計的巧妙陷阱。你提交給教授的騷靈現象調查報告，內容當然充斥著各種謊言與虛假詞句。除了公一之外，你還在交談中巧妙誤導繪里香及母親，引誘她們說出比實際狀況更加誇張的證詞。提交給丸山教授的騷音錄音帶，當然也是你自己捏造出來的東西。雖然報告的內容都是假的，但你知道丸山教授一定會信之不疑。雖然你們師徒之間頗有摩擦，但正因爲你的研究態度極爲誠實而不肯造假，令教授感到相當頭疼，所以教授必定會徹頭徹尾相信你所提交的調查報告。再加上電視特集節目的企劃，更是讓好大喜功的教授心動不已。說得更明白點，你下定決心要利用園山繪里香這個案件制裁心術不正的教授，最大的契機正是教授答應了參與電視節目演出。」

古賀此時已放棄繼續裝傻，只是努力不讓情緒顯露在臉上。他不願與綸太郎四目相交，只是盯著休息室的牆壁。雖然他一直沉默不語，但從緊握原子筆的僵硬手指動作，不難看出他內心的動搖。綸太郎接著說道：

「打從你第一次造訪園山家，你應該就已經構思出了以水晶燈殺人的計畫。水晶燈因騷靈現象而墜落……這聽起來合情合理，而且或許在你的心中，這也象徵著教授的權威已經跌落谷底。你用盡了心機，安排出一個既能夠殺死丸山教授，又能夠不弄髒自己的雙手，而且還能讓自己擁有完美不在場證明的高明計畫。這個計畫的關鍵人物，就是公一。首先你命令公一，在拍攝的前一天晚上到交誼廳放火。如此一來，你就可以光明正大地封閉交誼廳，當丸山教授遭到殺害的時候，就不會有閒雜人士接近殺人現場。藉由那場火災，你成功避免交誼廳成爲攝影人員的休息室。水晶燈的吊環，當然是你事先以老虎鉗動了手腳。你要做這件事一點也不難，畢竟負責拿膠帶將交誼廳的門封住的人是你，而且你站在調查騷靈現象的立場，就算帶著長梯走進交誼廳，也不會有人起疑。

你就這麼懷抱著對丸山教授的殺意，靜靜等待夜晚的到來。就在即將進入騷靈現象頻發時間的不久前，你以懷疑交誼廳火災不單純爲理由，引誘教授隨你一起前往公一的房間。特別值得注意的一點，是教授在進入公一的房間之前，原本深信園山繪里香的案例是眞正的心靈現象。光從他在一樓和室的言行舉止，就可以看得出來他對這個案例相當有信心。從開始到結束，教授的每個行動都符合你的預期。在公一的房間裡，教授才終於得知了驚人的事實。原來繪里香房間裡的種種騷靈現象，都是公一在暗中搞鬼。而且公一告訴教授，他引發騷靈現象的作法相當奇特，竟然是讓交誼廳的水晶燈像鐘擺一樣搖晃，藉由震動讓繪里香的房間出現種種奇妙現象。當然我在上次的實驗已經證實，這個手法根本無法引發騷靈現象，完全只是無稽之談。公一會這麼告訴教授，純粹是受了你的指使。但是教授受到的打擊，肯定遠遠超越了得知眞相。而且你挑選了一個最具效果的時機點……電視臺的攝影機已開始對繪里香的房間進行拍攝。站在教授的立場來看，他為了繪里香的案例而答應與惡名昭彰的菱沼製作人攜手合作，可說是賭上了一生的聲譽。因此無論發生任何事，他都不可能親口承認這個案例裡的騷靈現象只是一場騙局。眞相一旦傳開，他必定會成為全天下的笑柄。丸山教授已經被逼得走投無路，除了鋌而走險之外沒有其他辦法了。

「教授首先嚴厲禁止公一將這件事說出去，接著命你回到攝影崗位，他自己卻悄悄前往了交誼廳。中途他的身影被水野助導看見，更加增添了整起謀殺案的不可能性，但並沒有對你的計畫造成直接的影響。不難想像當時教授已經陷入了六神無主的驚惶狀態，他甚至沒有辦法愼重確認繪里香是否已進入快速眼動睡眠狀態，一等到半夜十二點，他立刻親自抓住水晶燈，像鐘擺一樣搖晃起來。那時候他滿腦子只想著必須守護自己的尊嚴與權威，根本沒有察覺你對水晶燈動了手腳。你坐在衣飾間看著繪里香的腦波儀，內心明白自己實現了一場完美的犯罪，一定正在暗自竊笑吧。就在這個瞬間，在一樓的交誼廳內，水晶燈的吊環因水晶燈的重量、丸山教授的重量，以及鐘擺運動造成的離心力而完全斷裂。

水晶燈並沒有垂直落下，而是斜斜地落在稍遠處，正是鐘擺運動造成的力矩作用。丸山教授瞬間遭水晶燈壓死，甚至沒有時間發出慘叫。

「對了，你以為我上次的實驗鬧了笑話，其實那場實驗非常成功。當初進行節目攝影的那個晚上，在水晶燈墜落的前一刻，收音師小泉聲稱麥克風採集到了奇怪的聲響，這件事不曉得你還記不記得？那正是水晶燈所發出的震動，沿著天花板及地板傳進了繪里香的房間。那震動聲非常細微，一般情況下根本不可能聽得見。後來在進行人體鐘擺實驗的時候，我們又在繪里香的房間裡設置了集音麥克風。小泉當時躲藏在衣飾間裡，再次聽見了那個聲響。他斬釘截鐵地告訴我，那個聲響與當初發生命案時的細微聲響一模一樣。有了小泉的證詞，再加上遭人動過手腳的水晶燈吊環，以及公一的供詞，要證明你的犯罪計畫應該不會太難。」

綸太郎說完了這一段話，靜靜地等待著古賀的回應。但古賀的身體宛如石像般僵硬不動，兩眼只是凝視著牆壁上的一點，堅持不肯開口說話。正如同拍攝的那個夜晚，他坐在衣飾間的腦波儀前，靜靜等待著恩師送命。從他的表情上看不出任何訊息。經過了漫長的沉默，綸太郎忽然踢開椅子，起身將桌上的資料粗魯地掃到地上。

「到了這個地步，你還不認罪嗎？」

綸太郎厲聲說道：

「你所犯的最大錯誤，是你步上了丸山教授的後塵。你捏造了調查資料，安排出一些根本不存在的心靈現象，誆騙了電視臺人員及丸山教授。而且你現在打著弔慰教授在天之靈的名義，還想要說出更多的謊言。你成功對丸山教授做出了死亡的制裁，或許正感到志得意滿，但如今你的嘴臉比教授更加傲慢而醜陋。你糟蹋了你自己過去的研究成果，卻還不敢認罪，我眞是對你太失望了。」

就在綸太郎說完這段話的瞬間，古賀的眼神中似乎閃過了一絲傲氣。他緩緩轉頭凝視綸太郎，臉上帶著若有似無的微笑。

「……法月先生，你犯了三個錯誤。第一，我從來不認爲教授非死不可。我那麼做是在考驗教授的良心，期盼他能夠懸崖勒馬，在最後一刻對節目製作人員說出實情。何況就算水晶燈眞的墜落，教授也不見得一定會被壓死。我原本只是打算讓他吃點苦頭，好好懺悔自己過去的所作所爲。」

綸太郎皺起了眉頭。古賀沒有理會，繼續說道：

「第二點，我說想要以今天的公開辯論會弔慰教授在天之靈，並不是你所想的那個意思。我原本打算在節目上公開丸山教授過去所犯下的各種欺騙行徑，把節目搞得一團亂。我今天準備來的所有資料，全都是爲了這個目的……但看來是我太天眞了。原來今天的公開辯論會，只是爲了把我引誘到這間休息室的藉口。法月先生，你剛剛說要證明我的犯罪計畫應該不會太難，但如果沒有讓我自己認罪，要憑那些證據將我定罪應該不容易吧？爲了讓我自己說出犯行，你才會故意裝出激動的態度，對我說出各種挑釁的言詞。這裡與隔壁休息室之間的牆上開了一個洞，那裡頭應該藏了攝影機吧？如果我沒有猜錯，這間休息室裡也設置了集音麥克風。」

綸太郎頓時像洩了氣的皮球，嘆了口氣。

「果然被你發現了。」

「你讀過我所寫的調查報告，應該知道我對觀察環境很有一套。警察已經守在樓下的大廳，我早就看出來了。如果可以的話，我想要獨自一個人走出去投案。」

「你該不會是想要逃走吧？整棟大樓可是到處都有警察在守著。」

「你在說什麼傻話？如果我畏罪逃走，可就眞的步上了丸山教授的後塵。榮格在《自傳》的最後一章寫了這麼一句話……『我很後悔自己因爲頑固而幹了很多蠢事。但如果沒有這份頑固，我不可能實現自己的目標。因此我雖然很失望，卻一點也不失望。』」

古賀站了起來，對散落一地的資料連看也沒看一眼，挺直著腰桿走向門口。綸太郎對著他的背影喊道：

「等等！你說我犯了三個錯誤，但你還沒說第三個！」

「第三個錯誤，就是你認爲我捏造了根本不存在的心靈現象。我所寫的調查報告，確實包含了一些謊言，但那捲錄音帶所錄下的騷音卻是貨眞價實，沒有動任何手腳。那天晚上，我是眞的聽見了騷音。即使到了現在這一刻，我依然相信繪里香眞的擁有心靈能力。」

古賀說完這幾句話，轉身開門離去。綸太郎雖然沒有無條件相信古賀所說的每一個字，卻也沒有起身追趕，只是默默目送著古賀離開。

下一瞬間，隔壁的休息室響起開門聲，菱沼製作人奔了進來，將綸太郎緊緊抱住。他的手裡握著捲成了棒狀的節目腳本，臉上堆滿了笑容。

「法月老師，你眞不愧是神探，讓我佩服得五體投地！你們剛剛的對話，將會在節目的後半段完全公開，保證一刀不剪！這節目一定能創下驚人的收視率！打開天窗說亮話，如果這裡是美國，這個節目搞不好還能得艾美獎！第二波的企劃案也已經出爐了，節目雖然下下星期才會播出，但我們會先寄錄影帶給你過目。」

綸太郎推開菱沼，奪下他手中的節目腳本。封面上所寫的節目暫定名稱是……

《鬼魂獵人法月綸太郎．靈異事件檔案①「超時空密室ＲＳＰＫ之謎」／恐怖的人體鐘擺陷阱！操控著超能力少女的惡魔即將現身……？》

綸太郎將腳本沿著書背撕成兩半，毫不猶豫地扔進了休息室的垃圾桶。

「你不必寄錄影帶給我，我也不收你們一毛錢。打開天窗說亮話，當初實在應該讓水晶燈把你們一起壓死。」

綸太郎不再理會啞口無言的菱沼，獨自走出了休息室。

（本作中的佛洛伊德私信引用自《榮格自傳2──回憶・夢・省思──》（劉國彬、楊德友譯，張老師文化出版。中文爲本書譯者自譯））

Return the gift

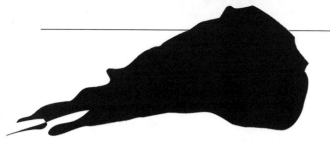

1

一月二十九日深夜，位於神樂坂的某公寓三樓發生了一起傷害案件。居住於此處的二十七歲女子平日在酒店上班，這天忽然遭某男子侵入屋內襲擊。男子以自己攜帶的菜刀攻擊女子，所幸受害女子奮力抵抗，只是受了輕傷，歹徒並未得逞。其後歹徒倉皇跳下陽臺逃走，卻在著地時扭傷了左腳，在公寓前的路上痛得無法行走，牛込警署的警員接到通報後立即前往加以逮捕。

遭逮捕的歹徒是一名四十歲的上班族，居住在東京都八王子市。根據犯案手法研判，歹徒的動機應該不是單純覬覦財物或美色。牛込警署以殺人未遂的罪名詳加訊問，歹徒坦承企圖殺害女子，且聲稱與受害女子並不相識，犯下此案完全是受了在街上偶然結識的一名名叫武藤浩二的男子所委託。受害女性所提供的證詞，與犯案歹徒的供詞完全相符，於是搜查本部以教唆殺人的罪嫌向東京地方法院申請核發武藤的逮捕令。

二月二日下午，警視廳搜查一課的搜查班在法月警視的率領下，為了逮捕武藤浩二而前往了位於世田谷區深澤×丁目的武藤住處公寓。在房東的陪同下，法月警視帶隊搜索了武藤的住處，但房間裡一個人也沒有。

「看起來似乎好一陣子沒有回來了。」久能警部環視房內說道。

公寓房間約八張榻榻米大，附廚房及浴室，但房內顯得冷冷清清，較大型的家具只有一張電暖桌及一座掛衣架。電視、電話等家電用品全部都是直接擺在榻榻米上。電暖桌上放著兩個星期前的電視節目雜誌，但嫌犯似乎沒有訂報紙。法月警視吸著冰冷又布滿灰塵的房內空氣，說道：

「似乎是這樣。衣物及生活用品都還在嗎？」

「……找不到外套及鞋子。嫌犯大概是匆忙打包了行李，不知逃到哪裡躲起來了。」

「看來我們晚了一步。立刻聯絡本部，對武藤發布通緝。」

久能一邊拿出手機，一邊問道：

「要調派鑑識人員嗎？」

「當然。另外你們所有人分頭進行屋內的搜索，以及對周邊住戶實施訪問調查，千萬別遺漏了任何有關藏身地點的線索。」

法月警視向部下作出了指示之後，找來了公寓房東。那房東是個上了年紀的老人，身上穿著異常時髦的羽絨背心。明明是直挺挺地站著，脖子卻看起來特別短。

「你是否常接到武藤浩二的通知，說要出門旅行，或是好幾天不會回來？」

房東有些惶恐地搖頭說道：

「與房客溝通接洽的工作，都是由租屋管理公司負責。我完全沒跟武藤先生接觸過，只在當初簽租賃契約時見過一次面。」

「他是什麼時候住進來的？」

「前年四月。」

「房租都付清了?」

「上個月跟這個月的都還沒付。過完年之後，我請管理公司的人員打了好幾通電話，但聽說完全聯絡不上他。」

「以前他也常像這樣遲繳房租嗎?」

「沒有，頂多超過月底的期限兩、三天，從來不曾這麼多天沒繳房租。」

「武藤任職的公司去年夏天倒閉了，後來他一直沒有工作，你知道這件事嗎?」

房東瞪大了眼睛。

「是眞的嗎?我完全不知道。」

「是眞的。爲了保險起見，請留下管理公司的聯絡方式及負責人員的姓名。接下來我們將依照《刑事訴訟法》第二二〇條的規定，進行屋內搜索並且扣押證物。結束之後，還須要麻煩你在相關文件上簽名蓋章。」

法月警視請房東離開後，看了一眼手表。這時是下午兩點十七分。距離鑑識人員抵達，應該還需要一點時間。雖然沒能來得及逮捕嫌犯，但警視可不打算空手而歸。調派鑑識人員前來，最大的目的在於採集武藤浩二的指紋。以殺人未遂收場的神樂坂案，只不過是武藤所犯下的兩起案子中，較輕微的那一邊。目前逮捕令的罪嫌只是教唆殺人，但另外還有一起與神樂坂案有著密切關聯的凶殺案，警方已鎖定武藤爲行凶的主嫌，那才是警方追捕武藤的最大理由。

另一起凶殺案的受害者，遭人以電線的延長線絞死，警方在作為凶器的延長線上找到了一些凶嫌的指紋。原本此案的搜查行動陷入了瓶頸，但透過神樂坂案落網的嫌犯供詞，警方意外得知電線絞殺案是武藤獨自一人犯下的罪行。基於兩起案子的關聯性，警方對嫌犯住處進行搜索及扣押證物完全合法，並沒有違法搜查的疑慮。只要確認武藤的指紋與電線上的指紋一致，警方就會立即將武藤浩二的嫌疑罪名變更為更重的罪名。

法月警視將手伸進大衣口袋裡，想要在鑑識人員抵達前抽一根菸。但辦案人員依規定不能在搜索現場抽菸，要走到寒風刺骨的屋外又嫌麻煩。警視只好一面把玩著口袋深處的打火機，一面對著房間內的壁面隨意張望。偶然間，警視看見了一本全新的今年度月曆。那月曆上頭有著民俗風格的版畫，看起來像是某種活動的贈品，與整個房間的氣氛顯得格格不入。翻開的那一頁是一月的月曆，警視揚起嘴角，將久能警部叫到身邊說道：

「你看看，一月十九日及二十日上頭做了記號。」

「啊，這不是新宮和也的出差日期嗎？」

「新宮的妻子在十九日的晚上遭到殺害。換句話說，做這個記號是為了確保殺害妻子時，新宮擁有完美的不在場證明。這月曆可證明武藤與八王子命案有關，一併扣押下來吧。」

「好的，我們在那邊也找到了耐人尋味的東西，長官要過目一下嗎？」

久能接著轉頭比了個手勢，原本蹲在組合式簡易書架前的刑警仲代立即起身，指著書架最上層並且退到一旁。法月警視跨過電暖桌，探頭望向書架內。裡頭除了一些雜誌及證照考試的介紹手冊之外，還有三本文庫版的小說。這三本小說上頭都貼著圖書館的分類索引標籤，警視凝神細看，書名及作者分別是——

《陌生的乘客》（*Strangers on a Train*）派翠西亞．海史密斯（Patricia Highsmith）

《血腥的報酬》（*A Penknife in My Heart*）尼可拉斯．布萊克（Nicholas Blake）

《交換殺人》（*The Murderers*）弗雷德里克．布朗（Fredric Brown）（註）

「《交換殺人》……眞是一針見血的書名。」

警視不禁看得目瞪口呆。久能也在一旁彎著腰望向書架，彷彿對著三本書品頭論足。

「是啊……另外這本《陌生的乘客》被希區考克翻拍成電影，我曾經看過。」

「我也曾看過。劇情大概是有個網球選手在火車上認識一個男人，對方提出交換殺人的計畫，最後的結局好像是遊樂園的旋轉木馬一直轉，停不下來？」

「沒錯，這兩本都是以交換殺人爲題材的懸疑小說，當然最後一本應該也……」

警視面色凝重地點頭說道：

「應該吧。這個說來，武藤是參考圖書館借來的小說，構思出了交換殺人的計畫。他邀約偶然結識的新宮參與這個計畫，並且實際付諸了行動。雖然結識新宮與想出計畫的順序可能相反，但多半就是這麼回事吧。」

久能也一臉認真地回應道：

「我們可以查一查這三本書的借閱日期。只要能證明武藤在犯案前借了這三本書，就可以成爲新宮和也的供詞的強力佐證。」

「嗯，剩下這一本叫《血腥的報酬》……我想到了，尼可拉斯．布萊克這個名字，我好像在我兒子的書架上見到過。他應該很清楚這本書的內容，只要打個電話問問他就行了。剛好我家就在這附近，如果有必要，可以直接把他叫到這裡來。」

法月警視掏出手機，撥了自家的電話號碼。但沒有人接電話，進入了電話答錄機的錄音模式。警視心想這個時間兒子多半還賴在床上睡懶覺，於是大喊兒子的名字，希望聲音能傳進兒子的寢室裡，把兒子喚醒。但喊了幾聲，卻是毫無反應，警視嘖了一聲，一面嘆氣一面掛斷通話。

「看來是不在家。綸太郎這小子，怎麼偏偏挑這個節骨眼出門，到底跑到哪裡鬼混

註：本處的三本書中文譯名皆是由該書的日文版譯名直譯而來，與原文的書名頗有不同。因日文版譯名涉及本作劇情，故酌予保留。其中派翠西亞．海史密斯的 *Strangers on a Train* 由希區考克翻拍成電影，即著名的《火車怪客》。

了？」

「會不會是跟編輯討論原稿內容？」

「沒聽他說過今天要見編輯。雖然他現在確實正在幫雜誌寫散文，但我猜他一定是丟下正事不做，跑出去摸魚了。這時多半正假借蒐集小說參考資料的名義，在區立圖書館的閱覽室泡妞……」

警視說到這裡，腦中忽然閃過一個念頭，趕緊重新戴上手套，從簡易書架上抽出那三本文庫版小說。

「果然沒錯。」

警視翻開標題頁，看著上頭的圖書館藏書印，臉上揚起微笑。

「長官看出了什麼？」

「我家就在這附近，所以我猜想這些都是從我兒子的朋友上班的地點借出來的書。一看之下，果然不出我所料。既然如此，事情就好辦了。」

「令公子的朋友？」

「嗯，一位叫澤田穗波的小姐，她在這附近的區立圖書館擔任館員。不知該說是這世界太小，還是他們跟凶殺案太有緣。既然這三本書是從那間圖書館借的，或許她會認得武藤的臉。」

❖

一如法月警視的預料，這天星期二下午，綸太郎來到了熟悉的區立圖書館。綸太郎正坐在二樓一般閱覽室的參考服務區前，以手掌拄著臉頰，呆呆地看著澤田穗波敲打鍵盤的模樣。

但綸太郎當然不是丟下工作來這裡摸魚泡妞，當然也不會趁女館員不注意時伸手到她的腋下呵癢。今天綸太郎來到這裡，可是有著冠冕堂皇的理由。昨天晚上，綸太郎正寫著某雜誌所委託的散文，心裡忽然想起山川方夫在《名爲登古的男人》中的一段話。印象中這部作品連載於老舊的日文版《EQMM》（註）上，那句話的大意是「天底下沒有一個神探擁有孩子，那多半是因爲他們都是基因突變的異類」，但綸太郎說什麼也想不起來那句話的正確說法。

心中一浮現這個疑問，便再也無法置之不理。綸太郎從衣櫥裡拉出了塞滿舊雜誌的紙箱，一箱箱打開來尋找。但經過一陣東翻西找，實在找不到山川方夫的作品，只是徒然增

註：《EQMM》：《艾勒里．昆恩推理雜誌》（Ellery Queen's Mystery Magazine）的縮寫，爲推理文壇上相當重要的雜誌期刊之一。

加了書房內的能量損耗。綸太郎在書堆裡苦戰到天空泛起魚肚白，最後終於投降，決定等天亮後到圖書館找找單行本。

穗波不愧是老練的圖書館員，馬上就查出了眉目。山川方夫在昭和四十年因車禍而驟逝，同年十月，早川書房出版了《名爲登古的男人》的單行本。可惜這本書不在區立圖書館的藏書目錄內，但穗波並不灰心，馬上又查到圖書館購買了冬樹社所出版的《山川方夫全集》（全五冊），裡頭應該也包含該作品。穗波滿心以爲只要調出全集，馬上就能完成使命，沒想到才剛以藏書管理搜尋系統找到全集的目次資訊，原本敲打鍵盤的輕快動作頓時止歇，穗波凝視電腦螢幕的臉龐也瞬間蒙上一層陰影。

「唉，眞是討厭。」

穗波嘆了口氣。綸太郎忍不住微微抬起上半身，將臉湊向電腦螢幕，問道：

「……《名爲登古的男人》不在全集裡？」

「不，這部作品共十回，全部收錄在以散文及電影評論爲主的第五冊之中，偏偏這第五冊如今不在館內。」

「不在館內？意思是借出去了？」

「嗯，算是借出去了吧，但是不知道何時才會回來。」

綸太郎歪著頭，露出一臉納悶的表情。穗波雙眉微蹙，轉過頭來說道：

「這本跟收錄極短篇小說及戲曲的第四冊一起被列爲遺失書籍。兩年前有人借了這本書，卻沒有歸還。」

「這不是偷竊的行爲嗎？有沒有打電話去催？」

「應該有吧。你等我一下……」

穗波輸入指令，叫出另一個畫面，抄下一組疑似電話號碼的數字。接著她關掉畫面，離開了座位，似乎是跑到另一間房間打電話去了。但沒過多久，她就走了回來，以誇張的動作搖頭說道：

「我依據借書人留下的資料，打電話過去詢問，但那個人似乎已經搬家了，接電話的是完全不相關的人。借書人並沒有與我們聯絡，我們完全不知道他去了哪裡。你特地花時間來借書，卻撲了個空，眞是非常抱歉。」

「太可惡了，搞不好是故意留著書不還。」

「那也不見得。畢竟那個人並非借走全套，搞不好只是一時懶得歸還，後來搬了家，就把書的事情忘得一乾二淨。或許他並沒有什麼惡意。」

穗波的態度簡直就像是理性的大人在安撫一個鬧脾氣的孩子。或許對身爲圖書館員的穗波來說，這種事已經是見怪不怪了吧。但綸太郎沒借到書，心中的一股怨氣實在難以發洩。

「讓我看看這傢伙的名字和聯絡方式，我要把他找出來，好好給他一番教訓。」

綸太郎將手臂越過櫃檯，但還沒碰到滑鼠，已被穗波狠狠拍了一下。

「不行！你應該很清楚，圖書館員不能洩漏借書人的個人隱私。」

「這傢伙借書不還，還管他什麼隱私不隱私？」

「你對我發脾氣也沒用。我知道你很不滿，但這件事攸關圖書館與使用者之間的信賴關係。對於非館內相關人員的第三者，圖書館的立場還是必須以守護個人隱私為優先考量。你應該也不希望被一個陌生人知道自己借了什麼書吧？」

穗波說得斬釘截鐵，完全沒有商量的餘地。綸太郎雖然臭著一張臉，心裡也明白穗波的立場並沒有錯。一九八〇年，日本圖書館協會決議通過《圖書館員倫理綱領》，其中第三條的宗旨正是「圖書館員應維護使用者隱私」，該條文內容明定「圖書館員為保障國民的讀書自由，不得因屈服於任何壓力與干涉，或因疏於提防，而將藉由資料或館內設施所得知的使用者個人姓名及資料名稱等等對外公開，或做出其他侵犯使用者隱私權的行為」。

穗波聳了聳肩，轉頭面對電腦，說道：

「我幫你詢問看看可能會有這套書的其他圖書館。但如果要申請館際書籍調閱，得花上幾天的時間，你很急嗎？」

「有一點。如果是這附近的圖書館，我倒不如親自跑一趟……咦？」

綸太郎說到一半，突然不再說下去。因為這時有個人一面左顧右盼，一面走進了閱覽室。綸太郎的兩眼直盯著那個人瞧。

「怎麼了？」穗波停下敲打鍵盤的動作，轉頭問道。

「那不是我爸爸嗎？」

「哎呀，眞的耶！」

今天到底是吹什麼風來著？綸太郎歪著腦袋起身走上前去。法月警視的劈頭第一句話，便是「你果然在這裡」，彷彿一切都在他的算計之中。

「『果然』是什麼意思？爸爸，你今天不是要逮捕嫌犯嗎？」

「被逃了。我剛好到了這附近，就順便過來問兩句話。」

警視若有深意地揚起眉毛，對著櫃檯內的穗波微微點頭致意。這是警視第一次造訪這間圖書館，但穗波過去曾參與過數起案子的偵辦行動，與警視早有數面之緣。

「爸爸，你要問我什麼話？」

「你別會錯意了。我這兩句話不是想問你，是想問穗波小姐。」

穗波驚訝得瞪大了雙眸，下意識地挺直了腰桿。

「……問我？」

「是的，我就開門見山地說了，我想請妳看看這三本書。」

警視從公事包中取出一個塑膠袋，放在櫃檯上。塑膠袋裡正是那三本文庫版的小說。

穗波忐忑不安地伸出手，警視忽然提醒道：

「抱歉，這是刑案的證物，請不要直接觸摸。」

警視接著戴上手套，將三本書從袋中取出，排列在穗波的面前。綸太郎一看這三本書的書名，兩眼霎時流露異樣的神采，說道：

「爸爸，這三本書都是……」

「你先閉嘴，我知道你想講什麼。穗波小姐，這三本都是從貴館借出的書，對嗎？」

警視依序翻開三本書的標題頁，讓穗波確認書上的藏書印。穗波露出一副若有所思的表情，略帶遲疑地點了點頭。

「對……請問這三本書是哪裡來的？」

「目前我在偵辦一起凶殺案，這是從嫌犯的住處扣押的證物。穗波小姐，我想請教的是借書人的姓名，以及借出的時間。」

穗波一聽到警視的目的，表情頓時變得僵硬。她緩緩吸了一口氣，以恭敬但堅毅的口吻說道：

「對不起，不論任何理由，我都不能回答任何與使用者隱私有關的問題。這是《圖書館自由宣言》及《圖書館員倫理綱領》中的明定事項。我們圖書館員在執行業務時，必須維持與使用者的信賴關係，不能做出任何違背此基本原則的事情。」

警視舉起右手，搖頭說道：

「抱歉，是我的問題問得不好。借這三本書的人，其實我們早就知道了，是一個名叫武藤浩二的男人，住在深澤×丁目。在他的房間裡，除了這三本書之外，我們還找到了借書證，上頭的名字確實是他本人……請看，這是貴館核發的借書證，對嗎？」

警視取出了借書證，上頭記載著圖書館的名稱及核發日期（去年九月）。穗波瞥了一眼，無奈地點了點頭。警視揚起微笑，再度試圖說服穗波。

「因此我剛剛的問題，並不是想從妳的口中問出這個人的隱私資料，只是形式上的確認程序而已，應該不算是侵犯隱私權吧？在妳身爲館員的裁量範圍內，讓我確認一下這個人借這三本書的紀錄，照理來說並無不當之處，不是嗎？」

但警視說了老半天，穗波還是堅持不肯讓步。

「不行就是不行。只要沒有《憲法》第三十五條所規定的搜索票，我不會回答任何問題。」穗波斬釘截鐵地搖頭說道。

「這可眞傷腦筋。」警視搔了搔頭，「好吧，既然這是規定，那也沒辦法。這個問題就先擱下不理，我想詢問另一個不涉及隱私的一般性問題，不曉得方不方便？」

「……一般性問題？」

警視翻開書本的最後一頁，上頭貼著歸還紀錄卡。根據卡上所蓋的日期章，最新的歸還期限是一月九日，三本書都一樣。

「請問貴館的書籍外借期限是幾天？只要知道天數，就可以往回推算出借書的日期。」

穗波一時遲疑不決。雖然借書期限只是輕易可以查到的資訊，但該不該據實以告，還是讓穗波拿不定主意。綸太郎決定幫爸爸一把，於是說道：

「借書期限是十五天，大廳布告欄上寫得清清楚楚，你進來時沒看見嗎？」

「噢，這麼說來，這三本書的借出日期是去年的十二月二十六日，對吧？」

穗波瞪了綸太郎一眼，只是聳聳肩，一句話也沒說。警視見氣氛不對，趕緊收起櫃檯上的書，準備逃之夭夭。他朝著兒子努努下巴，問道：

「還不回家？」

「我還有些事情要辦。」

「好，那我們回家後再詳談吧。搜索票的部分，我會回去想想該怎麼處理。抱歉，今天打擾妳了，我先告辭。」

法月警視離開閱覽室後，穗波依然面色凝重。綸太郎還沒開口說話，她已搶先說了一句「我先解決你的事情」。接著她以電子郵件向附近的圖書館詢問有無山川方夫的藏書，寫完信之後，她沉吟片刻，才緩緩說道：

「剛剛你一看見你父親拿出的書，本來想要說話，對吧？那時你想說的是什麼？」

「妳應該也猜到了吧？那三本都是以交換殺人爲題材的著名懸疑小說。」

「果然……交換殺人的意思，就是兩個偶然認識的歹徒，互相交換想要殺死的對象。這麼一來，有行凶動機的歹徒就能事先安排好完美的不在場證明，對吧？」

「沒錯。由於雙方殺害的都是對自己而言毫無關係的陌生人，警察找不出動機，只要雙方的共犯關係不被發現，要達成完美犯罪就不是難事。這年頭除了小說及電影之外，就連電視上的兩小時懸疑劇也常以交換殺人爲題材，但現實生活中幾乎沒有實際案例。不過這次的案子，警察在嫌犯的房間裡扣押到這種小說，或許眞的與交換殺人有幾分關係。對了，我看妳欲言又止，是不是想到了什麼疑點？」

「算是吧……」

穗波似乎不願被他人聽見，壓低了聲音說道：

「去年的十二月二十六日，剛好遇到過年休館期間前一天的星期六，借書的人比平常多很多。借書櫃檯因爲人手不足，我也去幫了忙……剛剛那三本書，爲借書人辦理手續的館員就是我。」

綸太郎噘起了嘴，裝出吹口哨的動作。

「這麼說來，當時妳就坐在櫃檯裡，看見了嫌犯武藤的臉？」

「我也不知道那算不算看見……那個人的舉止有些可疑，讓我留下了深刻印象。不過，也有可能只是我太多心了。」

「怎麼個可疑法？」

「我也不知道該怎麼形容，總之看起來就是不太對勁。不過那時櫃檯前大排長龍，我忙著辦手續，也沒想那麼多。何況當時正值年底，很多人感染了流行性感冒……」

穗波說到這裡，忽然住了口。她皺起眉頭，露出猶豫不決的表情。

「交換殺人啊……嗯……」穗波沉吟了老半天，最後還是說道，「如果我把細節告訴你，應該也算是違反規定吧。畢竟有侵犯隱私權的疑慮，我得先問過館長才行，對不起喲。」

穗波敷衍了事地朝綸太郎鞠了個躬。綸太郎知道穗波有不能說的苦衷，卻是心癢難搔，抱怨道：

「妳不必對我道歉。但妳這麼賣關子，反而讓我無法不在意。」

「這麼說也對……」

穗波以食指抵著臉頰，說道：

「不然這樣好了。你回家先問問令尊這個案子的詳情。如果我這邊眞的有什麼線索，我會再想一想該怎麼提供幫助。」

2

所幸穗波詢問到尾山台圖書館藏有全套的《山川方夫》全集。綸太郎跑了一趟尾山台，向該館館員申請《名爲登古的男人》的全文影本。綸太郎立即趕回家中，以最快的速度將剩下的稿子寫完，接著便引頸期盼著父親的歸來。

當晚九點多，法月警視終於回來了。他換上居家服，在客廳一坐，臉上擺出一副什麼事也沒發生的表情，朝綸太郎問道，「《血腥的報酬》也是以交換殺人爲題材？」

綸太郎將頭轉向一邊，說道，「白天你不是叫我閉嘴？」

「別氣，那只是一種場面話。照我推測應該不會有錯，但我沒時間詳細確認。與其把整本書讀完，不如問你比較快。」

「如果你沒這麼懶，早就已經找到答案了。」

綸太郎露出戲謔的微笑，回房間取出自己收藏的《血腥的報酬》，翻開最後一頁遞給父親。該頁的標題為「追記」，文章內容只有不到一頁。警視戴上老花眼鏡，讀了起來。

本書送印之後，我才發現劇情架構與派翠西亞．海史密斯女士的《陌生的乘客》（一九五〇年由克雷瑟特出版社〔Cresset Press〕出版，後來改編為電影）極為雷同。我沒有看過這部作品的小說或電影，也不記得曾聽過關於這部作品的內容。在劇情架構的基本靈感（交換受害者）上，我的作品與海史密斯女士的作品截然不同，但我發現我的作品中有兩個主要人物，其洗禮名（Christian name）與海史密斯女士的作品中的主要人物相同，我幾乎不敢相信自己的眼睛。這場命運的作弄讓我的處境變得相當尷尬，幸好海史密斯女士對此事表達了諒解，在此致上我的感謝之意。

尼可拉斯．布萊克

「……原來如此。」

警視抬起老花眼鏡，轉頭朝綸太郎問道：

「兩個作家剛好想到了相同的點子……這個插曲很有名嗎？」

「不知道的一定是門外漢。推理迷聊起以交換殺人爲題材的作品，一定會拿這個插曲當作話題。就算不是推理迷，聽過的機率也很高。」

「嗯，既然如此，如果說武藤浩二偶然得知這個插曲，因此決定參考小說情節，安排出一場完美犯罪，似乎也是合情合理。太好了，我的問題問完了，沒你的事了。」

「……等等，別以爲我會善罷甘休。」

綸太郎將身體往前湊，說道：

「那個姓武藤的男人，眞的以交換殺人的手法犯下了案子？」

「是啊，交換殺人雖然是常聽見的劇情，但我也是第一次在工作上遇到。不過跟他攜手合作的共犯是個膽小鬼，最後落得可笑的失敗下場。畢竟交換殺人只是紙上談兵，現實生活中是辦不到的。」

「爸爸去圖書館的目的是什麼？」

「爲了蒐集提起公訴時的重要證據。想要對武藤提起公訴，就必須證明他是這案子的主犯。對了，後來搜查一課收到了一張來自圖書館的傳眞，上頭鄭重拒絕向我們公開借書人的個人隱私。希望穗波小姐別因爲這件事，對我們留下不好的印象。」

「我想這點應該不用擔心。不過對於這案子，她好像想到了一些疑點。」

「想到一些疑點？」

綸太郎轉述了穗波的話，警視露出一臉狐疑的表情，說道：

「眞是讓人摸不著頭緒。看來還是得申請正式的搜索票，向她好好問個清楚。她提到了流行性感冒，那是什麼意思？」

「……我大概能猜到那是什麼意思。但是在我回答之前，我想知道這件案子的詳細來龍去脈。」

綸太郎提出了條件。法月警視點了根菸，顯露出一副提不起勁的態度。

「跟你說是無妨，但這個案子你可沒有插手的餘地。我們已經掌握了證據，接下來只剩下逮捕逃亡中的武藤，破案只是時間早晚的問題。」

「過去有好幾次爸爸也這麼說，後來還不是出現案情大逆轉？」

「你那是什麼目中無人的態度？有事情要拜託長輩的時候，不是應該更低聲下氣一點嗎？」

綸太郎心想，要是父親鬧起脾氣，事態可不好收拾，於是綸太郎決定放低身段。

「爸爸！你工作累了一整天，我來幫你揉揉肩膀！」

「我對揉肩膀沒興趣。要消除一天的疲勞，最好的方法是泡個熱水澡。如果我在這裡抽一根菸的時間，浴缸能變得乾乾淨淨，裡頭放好熱水，不知該有多好。」

「唉，眞是難搞的老人。」綸太郎低聲嘀咕。

「……嗯？你說什麼？」

「沒什麼。但你可要趕快出來，別讓孝順兒子等太久。」

綸太郎說完之後走進了浴室。

❖

四十五分鐘後，法月警視終於走出了浴室。他心滿意足地開了一罐啤酒，開始說起案子的詳情。他的語氣流暢自然，彷彿在浴室裡已經練習過了。

「上個月十九日的晚上，一個名叫新宮妙子的三十七歲家庭主婦，在位於八王子市小比企町的自家內遭到殺害。那是一棟預建式的獨棟住宅，死亡現場是在寢室內。死者身上穿著睡衣，在隔天早上的九點被人發現。第一發現者是一個名叫長澤晴代的派遣家庭幫傭。小比企警署的員警接獲報案後，立即趕往現場。家裡被人翻箱倒櫃，寢室內的梳妝臺上放著死者的錢包，裡頭原本有數萬圓，全都被拿走了。」

「死者請了派遣的家庭幫傭，是因爲行動不便？」

綸太郎問道。警視舔去嘴唇上的泡沫，點了點頭。

「那是交通事故的後遺症。去年五月，死者在東京都內遭一名大學生開車撞成重傷，住院了三個月。出院之後，死者的右半邊身體癱瘓，必須定期接受復健治療。雖然還不到必須整天躺在床上的地步，但復健狀況並不理想，沒有辦法做家事。於是在出院後的九月，死者透過仲介所雇用了家庭幫傭長澤晴代。長澤每星期會來家裡三天，除了幫忙做家事之外，也陪死者說話解悶。長澤是個五十三歲的寡婦，有三個孩子。」

「死者的家裡有些什麼人？」

「她在九年前結婚，與丈夫和也住在一起，夫妻之間並沒有孩子。發生車禍之後，也沒有邀雙方的父母一起同住。新宮和也的年紀比妻子大三歲，在位於四谷的一家辦公儀器販賣公司上班。十九日那天，和也剛好要出差，一大早就出門了。和也出差的地點在仙台，隔天他接到了妻子遭到殺害的消息，在下午返回自家。換句話說，發生凶案的那天晚上，新宮家裡只有死者一人。」

「原來如此，若按照交換殺人的規則，丈夫和也是共犯之一……」

「你不是想知道案子的詳情嗎？先別這麼早下定論。」

法月警視以溫和的口氣提醒兒子。

「死者的死因是遭人勒住脖子，導致窒息死亡。屍體的脖子上，纏繞著一條兩端經過裁切，長度剛好適合行凶的電線延長線。那條延長線原本並不是死者家裡的東西，而是凶手的遺留物。死亡推測時間為十九日的晚上十一點至二十日的凌晨一點之間。死者似乎是在睡夢中遭到攻擊，幾乎完全沒有抵抗的跡象。不過死者原本就半身不遂，就算抵抗多半也是難逃一死。員警詢問過附近的街坊鄰居，或許是因為行凶時間為三更半夜的關係，沒有人聽見奇怪的聲響或可疑人物。」

「凶手是怎麼進入屋內的？既然丈夫出差，行動不便的妻子一個人留在家裡，照理來說對居家安全應該會格外小心才對。」

「嗯，搜查本部也是以此爲偵查的重點。新宮家的門窗都沒有遭到破壞，鎖頭也沒有遭人撬開的痕跡。既然死者當時已經睡著，當然也不可能起床爲凶手開門。經過現場勘驗，警方發現了一個驚人的事實。那就是凶手是以備份的鑰匙打開玄關大門，大剌剌地走進了家裡。」

「原來如此，難怪沒有引起街坊鄰居注意。」

「沒錯。既然凶手擁有備份的鑰匙，當然不會是隨機闖空門搶劫。而且凶手知道死者的丈夫出差不在家，很可能是個對新宮家非常了解的人物。」

綸太郎一時嘴饞，拿了幾顆父親用來配酒的柿種（註）放進嘴裡。

「凶手準備得這麼充分，還狠心殺害熟睡中的死者，卻只搶走數萬圓，實在太不合理。何況行凶的武器不是刀子或棍棒，而是特地帶在身上的延長線，光從這一點就可以知道凶手打從一開始的目的就是殺害新宮妙子。凶手取走財物，只是爲了誤導警方的偵辦方向。」

「如果先說結論，確實就是這麼回事。」警視說道。

這麼明顯的結論，誰看不出來？爸爸故意大繞圈子，只是爲了吊我的胃口吧？綸太郎心裡這麼抱怨，卻沒有說出口。反正就算說了，也只會引來一句「學你的」。

「凶手把屋裡弄亂，一看就知道只是做做樣子。就像你所說的，如果這傢伙是闖空門的老手，舉動不該有這麼多不合理之處。而且警方在死亡現場的寢室裡，還採集到了一部分的指紋。那些指紋附著在作爲凶器的延長線表面，據推測應該就是凶手的指紋。警方以竊盜前科的罪犯指紋資料庫進行比對，沒有找到相符的指紋。」

「等等，這不僅不合理，而且手法簡直亂七八糟。如果凶手想僞裝成闖空門，好歹該戴上手套，這可是常識。」

綸太郎一時有如丈二金剛摸不著腦袋。警視氣定神閒地搖頭說道：

「不，你搞錯了。凶手從頭到尾一直戴著手套，所以屋裡找不到凶手的其他指紋。延長線上的指紋不是做案時附著上去的，而是原本就在延長線上，做案前忘了先擦掉。」

「……唔，聽起來很像是門外漢很容易犯的疏忽。」

「是啊。但搜查本部的偵辦態度相當謹愼，並沒有因爲這些證據而立即排除竊盜動機。第一個該懷疑的人物，當然就是長澤晴代。她身爲家庭幫傭，手上本來就有備份鑰匙，而且她對新宮家的家庭狀況也非常了解。如果她是一時起了歹念而搶劫行凶，手法不

註：柿種：一種以糯米製成的長條粒狀米果，並非眞正的柿子種子。

專業似乎反而相當合理。」

綸太郎皺起了眉頭，耐著性子說道：

「我倒認爲遭懷疑的家庭幫傭很可憐。如果說她一時起了歹念，偷偷趁家人不注意時取走小額現金，那還可以理解。但她就算殺了雇主，也得不到任何好處，怎麼可能會做這種事？而且死者是遭人以裁切成適當長度的延長線勒死，不是嗎？這實在不像是女性凶手會選擇的凶器。」

「看來你的腦袋也挺靈光。」

警視露出賊兮兮的笑容，昂首說道：

「正如同你的推測，警方經過指紋比對，證實了長澤晴代的清白。不過如果你以爲她是個差點揹黑鍋的可憐婦人，那你就錯了。對於這件案子的眞相，她有她自己的一套見解，而且她非常堅持她自己的想法，甚至沒有察覺警方曾經懷疑過她。」

「什麼樣的見解？」

「她一再向偵辦的員警強調，殺死新宮太太的凶手，就是丈夫和也。由於她和死者相處的時間很長，經常聽死者訴苦，所以知道很多新宮夫妻之間的祕密。她向員警指稱，新宮夫妻長久以來感情不睦，再加上妻子妙子車禍受傷，更是讓夫妻兩人的關係徹底決裂。和也似乎認爲半身癱瘓的妻子是個沉重的負擔，再加上妻子住院期間，和也的工作受到影響，導致好幾場重要的生意沒有談成，似乎也讓和也懷恨在心。有時和也還會當著長澤晴代的面，對妻子發脾氣。妙子這邊對丈夫也同樣充滿了怨恨，一來住院期間丈夫的態度相當冷漠，令她心生不滿，二來傷後復健的狀況一直不理想，妙子心中煩躁，有時會故意遷怒丈夫和也，說出一些激怒和也的話。長澤晴代從受到雇用的九月起，已看過這對夫妻不知爭吵了多少次，而且一天比一天激烈。這段期間裡，長澤不只一次聽和也說過『眞希望妳當初被車子撞死』之類的話。」

「……簡直像在演《家政婦的見證》（註一），市原悅子聽了也會自嘆不如吧。但若說丈夫爲此而決定殺死妻子，說服力似乎有點不夠。」

「除了夫妻的爭執之外，還牽扯到外遇與金錢的問題。首先說錢的問題，新宮夫妻在發生車禍後，保險金及賠償金加起來總共拿到了一大筆錢。車禍肇事者是成城（註二）某富豪的三男，父母爲了不讓事情鬧大，支付了相當龐大的賠償金。妙子緊緊抓著這筆錢，不讓丈夫有機會染指。畢竟夫妻已經貌合神離，妙子當然會對未來感到不安。既然丈夫無法倚靠，就只能倚靠錢了。但是妻子一死，錢還是會落入丈夫的手中，這是每個人都想得到的事。」

註一：《家政婦的見證》：原文作「家政婦は見た！」，日本朝日電視臺所播出的電視劇。一九八三年至二〇〇八年期間皆是由市原悦子擔任女主角。「家政婦」即爲家庭幫傭之意。

註二：成城：位於東京都世田谷區內的高級住宅區。

綸太郎以手掌拄著臉頰，慵懶地說道：

「原來如此，那外遇又是怎麼回事？」

「嗯，這也是在聽了長澤晴代的證詞後才得知的事情。妙子生前一直懷疑丈夫有外遇，外遇的對象叫沼田佐知子，今年二十六歲，是和也所任職公司的庶務課職員。據說早在妙子遭遇車禍前，就已經有許多徵兆顯示和也有了婚外情。雖然不管妙子怎麼逼問，和也從不曾坦承有外遇，但任何人都看得出來和也在說謊。或許剛開始只是抱著玩玩的心態，但是在妻子長期住院後，和也的心完全倒向外遇對象那一邊了。當然以上這些都只是長澤晴代的個人見解。」

「聽起來是很常見的家庭糾紛，警方有何看法？」

「家庭幫傭為受害的女主人抱不平，或許作出的證詞有些加油添醋，但既然有這麼多佐證，不容警方不對丈夫起疑。何況新宮和也本人在案發後的態度相當不自然，更是加深了搜查本部對他的懷疑。」

「怎麼個不自然法？」

「剛開始的時候，員警只是單純想要釐清案情，他就表現出相當強的戒心。他一再強調自己從昨天一大早就到仙台出差，擁有完美的不在場證明，妻子的死絕對與他無關。結縭近十年的妻子遭人殺害，他完全沒有任何感傷，滿腦子只想著自己的不在場證明，反而引起了員警的懷疑。」

綸太郎將手掌從臉上移開，挺直了腰桿，興奮地說道：

「終於講到案情的核心了。或許問這句話是多此一舉，但我還是想確認一下，新宮和也的不在場證明眞的那麼完美？」

「沒錯。細節就不說了，我自己也記不得。總而言之，從十九日早上到隔天下午，他在出差地點的每個行動，警方都派人前往確認過了。在妻子的推測死亡時間，他正在仙台的飯店裡，當然不可能在同一時間出現在東京的八王子，勒死自己的妻子。」

「比對過延長線上的指紋了嗎？」

「比對過了，那不是新宮和也的指紋。換句話說，他絕不可能親手殺死妻子。但畢竟和也對妻子有著強大的殺害動機，再加上凶手擁有備份鑰匙……」

「這意味著當和也待在仙台時，可能有個共犯幫他殺死了妻子……」

綸太郎激動地說道。警視緩緩點了根菸，點頭說道：

「搜查本部原本懷疑那個共犯是沼田佐知子，也就是被長澤晴代一口咬定爲和也婚外情對象的公司女職員。但是在接受詢問時，沼田佐知子提出案發當晚的不在場證明，駁斥了警方的懷疑。她說那天晚上，她一直待在男朋友的公寓裡，直到早上都沒有外出，她的男朋友可以爲她作證。當然這個男朋友不是新宮和也，而是另有其人，兩人是以結婚爲前提在交往。」

「噢？這麼說來，所謂和也的婚外情，只是一場誤會？」

警視吐了一口煙霧，舉起夾著香菸的手指搖了搖。

「不，沼田佐知子也坦承，她跟新宮和也確實有一段時間發生了親密關係。但剛好和長澤晴代的推測相反，在新宮的妻子車禍住院後的去年秋天，兩人就徹底分手了。據說當時和也原本不想分手，但沼田佐知子認爲和也的妻子實在太可憐，因此毅然決然結束了這段感情。」

「聽起來斷得挺乾脆，但眞相到底是如何，你們仔細查過了嗎？」

「嗯，說穿了佐知子是認爲跟新宮在一起沒前途吧。警方細查了和也在公司的工作狀況，發現妻子住院期間及出院後的看護似乎對和也造成很大的負擔，導致他過去半年的業績大幅下滑。再加上這兩年經濟不景氣，公司於是將和也列入了預定裁員的名單中。站在沼田佐知子的立場，當然會認爲繼續和新宮維持婚外情關係沒有任何好處。由此可知，佐知子不太可能爲了和也而殺人，凶器上的指紋也不是她的，目前看來她跟這個案子毫無關係。」

「新宮和也會不會有其他外遇對象？」

「搜查本部也這麼懷疑過。但徹底清查了和也的生活周遭，沒有找到任何可疑的對象。當然警方並沒有因此而排除和也的涉案可能，但沼田佐知子這條線斷了之後，調查一度陷入瓶頸……」

警視說到這裡，忽然打了一個大噴嚏，差點將香菸的灰吹散。綸太郎看父親身上只穿著單薄的衣物，說道：

「洗完澡怎麼不披一件保暖的衣服？小心別感冒了。」

「你不說，我也知道。我去上個廁所，你幫我準備一點能夠暖暖身子的飲料吧。」

3

法月警視在睡衣上披了一件網購來的棉襖，上了廁所，一回到客廳，頓時聞到一股咖啡的香氣。警視不滿地皺眉說道：

「我說的飲料，可不是指咖啡。」

「接下來才正要進入重頭戲，我可不想讓你喝醉了。你想喝睡前酒，等說完了再喝吧。」

「你這小子，我跟你可不一樣，明天一大早我還得起床上班。」

「既然如此，你更應該趕快把案情說完。想要虎頭蛇尾，我可不會善罷甘休。」

警視聽了兒子的威脅，一邊咕噥一邊端起咖啡啜了一口。

「……咦？你換了便宜的咖啡豆？」

綸太郎喝了一口自己的咖啡，說道：

「你多心了吧？這就是我們平常喝的咖啡。」

「是嗎？總覺得少了點甘醇的芬芳……我們剛剛講到哪裡了？最近年紀大了，變得有些健忘。」

綸太郎嘆了口氣，懶得再陪父親演戲，從小矮櫃中取出一瓶威士忌，在父親的咖啡杯裡滴了幾滴。「太少了吧？」警視一邊埋怨一邊喝了一口，臉上這才露出笑意。

「嗯，很好，腦袋清醒多了。我們剛剛說到八王子命案的調查一時陷入了瓶頸，對吧？但就在新宮妙子遭到殺害的十天後，也就是一月二十九日的晚上，案情突然有了重大突破，搜查本部終於掌握了破案的重要線索。」

「上個星期五？」

「正確來說，應該是星期六的凌晨。一名酒店小姐下班回到位於神樂坂的住處，在房間裡遭一名手持菜刀的男人攻擊。所幸酒店小姐只受了輕傷，並沒有生命危險，歹徒也遭到當場逮捕。酒店小姐指稱不認識歹徒，不明白為什麼會遭到攻擊。員警將歹徒帶回牛込警署訊問，歹徒知道隱瞞不了，才坦承他是新宮和也。」

「噢……警方是在那個時候，發現了這起傷害案與八王子命案的關聯性？」

「嗯，其實員警還沒查清楚，新宮就自己招供了。於是牛込警署的員警立刻聯絡搜查一課，確認新宮就是偵辦中的命案嫌犯。而且新宮還自己承認妻子妙子是另一名共犯所殺。那名共犯就是武藤浩二，與新宮是在小酒館裡偶然認識。武藤在殺了新宮的妻子之後，逼迫新宮殺死酒店小姐作為回禮。」

「……新宮和也這男人挺沒用，不僅殺人沒有成功，還輕易就招供了共犯的身分。」

綸太郎放下咖啡杯，取笑了一句。警視揚起眉毛，說道：

「我從一開始就說過了，他是個膽小鬼。而且他在行凶的過程中，一直表現得很膽怯。他以備份的鑰匙溜進公寓，埋伏在房間裡，酒店小姐一回到家，他立刻拿出預藏的菜刀，砍了酒店小姐一刀。但酒店小姐一大聲尖叫，他立即嚇得跳下陽臺逃走。那裡是三樓，他在著地時扭傷了腳，就這麼被員警逮個正著。」

「在房間裡遭受攻擊的酒店小姐，又是什麼來歷？」

「武藤譽子，二十七歲。從四年前開始，在新宿×丁目的酒店『洋酒天國』上班。那雖然是一家會員制的酒店，但還算正派，沒有提供什麼特殊服務，經營者也算中規中矩。譽子逐漸成爲店裡的紅牌小姐，經常獲得酒客指名，她在店裡工作的時間不算短，除了金錢借貸方面顯得有些小器之外，在店裡的名聲也不差。據說她的夢想是靠當酒店小姐存下一筆資金，三十歲之後開一家販賣進口雜貨的舶來品商店。」

「……跟武藤浩二同姓，兩人是什麼關係？」綸太郎問道。

警視喝乾剩下的咖啡，抹了抹嘴唇。

「同父異母的姊弟。他們是靜岡人，譽子的母親病逝後，父親娶了續絃，生下弟弟浩二。過了幾年之後，父親與繼母也都相繼過世了。」

「沒有其他親戚？」

「沒有。所以譽子一旦過世，爲了開店而辛苦存下的錢都會落入弟弟的口袋。」

「所以武藤浩二的目的相當單純，就是為了錢？」綸太郎問道。

警視搔搔鼻頭，說道：

「這個我們等等再談。總之八王子命案的搜查本部一接到新宮遭逮捕的消息，當然掀起了一陣騷動。隔天一大早，高層下令在牛込警署內設置兩案的共同搜查本部。新宮也被移送到牛込警署，繼續進行針對兩案的進一步偵訊。就從這個時候起，為了統一指揮權限，我成了共同搜查本部的最高負責人。」

「難怪爸爸從週末就看起來很忙。那關於新宮和也與武藤浩二的具體關係，新宮作了什麼樣的供述？」

法月警視又叼起一根菸，說道：

「根據新宮的自白，他與武藤浩二結識於去年的十二月二十二日，也就是天皇誕辰的前一天。雖說是結識，但他當時還不知道武藤的名字，而且兩人見面的次數，前後加起來只有兩次。」

「共犯之間盡量避免接觸，完全符合交換殺人的基本原則。」

「是啊。那天新宮的上司以拐彎抹角的方式，將新宮已被列入裁員名單一事告知了新宮。下了班之後，新宮獨自上酒館喝悶酒。不知喝到第幾間的時候，新宮趁著醉意，把自己即將遭公司解雇一事，顛三倒四地告訴了坐在身旁的年輕男人。兩人愈說愈投機，一問之下，原來那年輕男人也因為上班的公司在去年夏天倒閉，如今靠著失業保險金及賭小鋼珠過日子。」

「公司倒閉？這是眞的嗎？」

「是眞的。武藤浩二原本任職於銷售電動熱水器的公司，是個負責配線工程及維修的作業員。那間公司在去年夏天倒閉，他就一直過著遊手好閒的生活。失業保險金的給付只到今年十二月就結束了，他與新宮可說是同病相憐，所以雖然新宮的年紀比他大得多，兩人還是一拍即合。」

「……原來這案子還牽扯到了日本的長期經濟蕭條及僱用環境的動盪不安，有點社會派推理小說的味道了。」

綸太郎低聲呢喃。警視板起臉說道：

「這是很嚴肅的案子，別耍嘴皮子。總之兩人互相抱怨起自己的遭遇，愈說愈起勁。新宮喝得爛醉，逐漸口無遮攔，把自己對妻子的怨恨也全說了出來。『眞希望那女人當初被車撞死』，新宮又對年輕男人說了這種話。或許對方是連名字也不知道的陌生人，新宮才會毫無戒心地說出這種深藏在心中的可怕念頭吧。據說當時男人聽得非常專心，臉上表情異常認眞。後來兩人都沒有趕上最後一班電車，只好換了另一家店，繼續喝了一整晚。最後新宮完全醉倒了，只依稀記得男人幫他攔了計程車。至於兩人到了哪些店喝酒，以及詳細的談話內容，他都記不得了。就連男人的名字，他也忘了問。」

「這麼說來，當時兩人還沒有約定交換殺人？」

「似乎是這樣。遇見新宮的四天後，也就是四月二十六日，武藤浩二才到區立圖書館借了書。多半是在這四天的時間裡，武藤靠著電視上的兩小時懸疑劇或是其他方式，得到了交換殺人的靈感。所以他才會上圖書館，想要尋找更具體的參考資料。」

綸太郎低下了頭，一邊以拇指的指甲敲擊門牙，一邊催促父親繼續說下去。法月警視手中香菸的菸灰落在桌上，但他並沒有理會，繼續說道：

「新宮和也在過了那一晚之後，就把男人的事忘得一乾二淨，完全不知道對方正在安排殺人計畫。當時新宮滿腦子只煩惱著即將遭到裁員的事吧。沒想到就在過完年之後的一月五日下午，那男人以洽談公事的名義，打電話到了新宮的公司。那男人自稱武藤浩二，新宮剛開始完全想不起他是誰，一時不知如何應對。直到聽了對方的說明，才知道他是上次一起喝酒的年輕男人。武藤以熟絡的口氣告訴新宮，想要歸還上次一起喝酒時借的酒錢，邀新宮下班後見上一面。」

「武藤怎麼會知道新宮的公司電話？」

「似乎是新宮在喝醉酒的時候，下意識地給了他一張名片。明明馬上就要被裁員了，卻還不忘隨手遞名片，這也算是業務員的可悲職業病吧。當時新宮完全不知道武藤的底細，原本想要拒絕，但武藤強調自己有個『對雙方都有利』的點子，新宮不禁動了心。雖然明知道天底下沒有白吃的午餐，但新宮心想，反正見個面也不會有什麼損失，於是就答應了。或許也是因爲武藤的年紀比較輕，讓新宮疏於提防吧。新宮在偵訊室裡接受訊問的時候，對此感到相當後悔。」

「第二次見面，地點在哪裡？」

「那天晚上九點，兩人約在新宿的ＡＬＴＡ大樓前碰面。新宮已不太記得對方的長相，武藤卻記得一清二楚。兩人在人潮中會合之後，在武藤的指引下一同走進歌舞伎町某一家卡拉ＯＫ的包廂。當然他們的目的不是爲了唱歌。兩個男人想要偷偷交談而不令人起疑，卡拉ＯＫ的包廂是相當好的選擇。剛開始的時候，武藤浩二只是天南地北閒聊，巧妙地問出了新宮的家中格局及工作的行程安排。在得知新宮將於十九、二十日到仙台出差後，武藤接著拿出同父異母的姊姊照片，開始向新宮詳細說明關於姊姊的大小私事。新宮愈聽愈是納悶，不明白武藤對自己說這些話做什麼。最後武藤話鋒一轉，向新宮提出了交換殺人的計畫。」

「……『我幫你殺你老婆，請你幫我殺我這個同父異母的姊姊』？」

綸太郎裝出想像中的武藤嗓音，法月警視淡淡點頭。

「根據新宮的轉述，在那昏暗的卡拉ＯＫ包廂裡，武藤浩二說出來的話大概就像這樣。只不過語氣多半更加激動，而且隱隱帶著殺氣。武藤想要殺死姊姊嚳子，是因爲覬覦姊姊的存款，這點我剛剛已經提過了。但武藤急著想要下手，事實上還有另外一層理由。」

「什麼理由？」

「根據姊姊譽子的描述，武藤從以前就沉迷於小鋼珠及賭博麻將，經常向有黑道背景的地下錢莊借錢。借貸的金額愈來愈多，討債的兄弟也逼得愈來愈緊，由於姊弟倆沒有其他親戚，武藤總是會跑來向姊姊求助。據說武藤有時還會口出惡言，要求姊姊一定要拿錢出來。對譽子而言，弟弟雖然與自己並非同母所生，但畢竟是如今世上的唯一親人。所以明知道弟弟的品行不佳，譽子還是好幾次拿錢出來幫助弟弟。但弟弟不僅從一開始就不打算還錢，而且還食髓知味，三番兩次前來伸手討錢。譽子的忍耐終於到了極限，就在去年的十二月初，當弟弟又來討錢時，譽子毫不留情地告訴弟弟，『從今以後我不會再給一毛錢，也不想再繼續跟你往來，我們從此斷絕姊弟關係』。當時武藤在離去之前，說了一些走著瞧之類的狠話。接下來有好一段時間，譽子一天到晚接到恫嚇電話。那時候已接近年底，兄弟逼債逼得特別緊，武藤拿不出錢來還債，據說吃了不少苦頭。案發後譽子告訴員警，她早就擔心弟弟走投無路，會圖謀殺害自己。」

警視將香菸拿到菸灰缸裡捻熄，看了一眼菸灰缸裡堆積如山的菸蒂，皺起了眉頭。綸太郎不等父親開口，趕緊拿起菸灰缸，將裡頭的菸蒂倒進垃圾桶，還順便到廚房重新泡了咖啡。警視趁機說道：

「對了，我有點餓了，你順便弄點吃的來吧。」

❖

綸太郎帶著加熱過的冷凍披薩回到客廳時，法月警視正在看著電視上的新聞節目。

「……有什麼新的案情進展？」

「什麼也沒有。我們在記者俱樂部（註）裡向各大媒體提出要求，在逮捕武藤前別公開交換殺人的消息，我只是在確認有沒有哪一臺的新聞不聽話偷跑。」

警視拿起遙控器關掉電視，轉頭望向盤裡的披薩，噘起了嘴抱怨：

「睡覺前吃這種黏糊糊的東西，可是會消化不良。」

如果擔心消化不良，大可以不要吃，但警視一邊抱怨，一邊卻在轉眼間把盤裡的披薩掃了個精光，連兒子的份也吃得一乾二淨。綸太郎提出抗議，警視卻裝傻說道：

「你也想吃嗎？如果你早點說，我也不必勉強把它全部吃完。」

綸太郎懶得與父親爭辯，立即將話題拉回案情上。

「在卡拉ＯＫ的包廂裡，新宮聽了武藤提議的『對雙方都有利』的點子，有什麼反

註：記者俱樂部：日本各大媒體爲了長期進行採訪而設置在公家機構或大型企業內的組織，多半有記者輪流值班，以便一有風吹草動可以立即採訪。

應？若照前後的案情描述來判斷，他應該意願不高吧？」

「豈止意願不高，他聽了武藤的話，嚇都嚇死了。不過這也是相當正常的反應吧。雖然他確實希望妻子趕快死，但說出口跟動手殺人完全是兩碼子事。就算不必親自動手殺死妻子，也不可能輕易答應。更何況還必須殺死另一個女人作爲回禮，任何人聽了都會打退堂鼓吧。雖然武藤號稱實現完美犯罪一點也不難，但日本的警察可是相當優秀，就算擁有不在場證明，警察也不會善罷甘休。況且就算實現了完美犯罪，新宮還是得一輩子活得戰戰兢兢，擔心共犯不知何時會洩漏祕密。」

警視說到這裡，啜了口咖啡，潤潤喉嚨。不過這次他終於不再要求喝酒了。

「說穿了，交換殺人的共犯之間若沒有完美得幾乎逾越常理的信賴關係，成功的機率趨近於零。但是沒有喝酒時的新宮，根本不認爲武藤浩二是足以信賴的夥伴。兩人爭論了將近一小時，新宮說什麼也不肯答應。最後新宮告訴武藤，『今天的事我會當作沒聽過。你可以去找其他人實現你的交換殺人計畫，我絕對不會把你的祕密告訴警察』。說完了這句話，新宮像逃命似地匆匆離開卡拉OK包廂。」

綸太郎緩緩搖頭說道：

「但新宮妙子還是被殺了，不是嗎？而且還是在一月十九日，和也擁有完美不在場證明的那天晚上。更何況凶手是使用了事先準備好的備份鑰匙。新宮說他拒絕了武藤的邀約，但他的供詞眞的能夠採信嗎？」

「若依我的直覺來判斷，他應該沒有說謊。」

警視說道：

「新宮說他在聽到妻子的死訊時，幾乎嚇得魂飛魄散。因爲他立刻就猜到，一定是武藤浩二未經他的同意，擅自執行了交換殺人計畫。對新宮來說，那就像是一場走向滅亡的計畫。在案發之後，他在員警面前表現出的不自然態度，也足以證明他的心中非常焦慮，殺人計畫完全是武藤的獨斷行爲。」

「等等，新宮如果沒有參與計畫，武藤怎麼會知道他家在哪裡？」

「第一次偶然相遇的晚上，臨別前武藤幫新宮攔了計程車，聽到新宮要司機開往八王子。接下來就簡單了，只要以新宮和也這個名字在八王子市的公共電話簿上尋找，就可以查到新宮的地址。」

「但武藤怎麼會有新宮家的備份鑰匙？」

綸太郎繼續追問：

「根據爸爸剛剛描述的案情，武藤是在十二月二十六日以後才訂出具體的交換殺人計畫。雖然新宮和也在兩人第一次見面的二十二日喝得爛醉如泥，但武藤不太可能在那天就偷偷取得新宮家的鑰匙。換句話說，在兩人第二次見面的一月五日，如果新宮沒有自願交出鑰匙，武藤應該沒有機會取得備份鑰匙。」

警視似乎早已預期綸太郎會提出這樣的疑問，侃侃說道：

「新宮聽到凶手以備用鑰匙侵入自己的家，也是嚇得目瞪口呆。他向員警表示，他的鑰匙從來不曾借給武藤，也不曾失竊。但回想起當初和武藤的互動，他馬上想到了一種可能的理由。」

「噢？」

「一月五日晚上，他和武藤在卡拉ＯＫ的包廂裡交談的過程中，武藤曾經一度離席上廁所。但新宮回想起當初剛進包廂時，曾將大衣脫下來摺好放在手邊，而包含住家大門鑰匙的鑰匙圈就放在大衣的口袋裡。武藤可能是利用包廂內光線昏暗，偷偷取走了鑰匙圈，並且趁離席小解的時候製作了鑰匙的模印。回到包廂之後，再假裝若無其事地將鑰匙圈放回大衣口袋裡。」

「嗯，聽起來還算合理。這麼說來，新宮完全沒有與武藤共謀犯罪的意圖？」

綸太郎作出了讓步。警視信心十足地說道：

「應該吧。根據新宮的供詞，他在十天後襲擊武藤譽子，也是受了武藤浩二逼迫而不得不從。打從新宮出差回來的隔天晚上起，武藤就不斷打電話來催促他趕快動手。光是要應付警察的偵訊，就會造成不小的精神壓力，再加上來自武藤的卑劣脅迫，更是讓他毫無喘息機會。過度緊繃的精神，已幾乎讓他喪失理性判斷能力。他請了一星期的喪假，直到二十八日才到公司上班，沒想到武藤竟然直接打電話到公司來，逼迫新宮盡快下手殺害武藤譽子。當時在辦公室裡的其他同事，都記得新宮在接到電話時的神情相當詭異。」

「查過電話紀錄嗎？」

「新宮家及公司的電話紀錄，目前都還在調查當中。雖然武藤每次都使用公共電話，但他不顧共犯關係遭發現的風險，竟然直接打電話到公司，接下來難保他不會使出更激烈的手段。新宮被逼得走投無路，終於因強烈的恐懼而決定殺害譽子。」

「所以他在隔天晚上採取了行動？就跟武藤一樣，他也是使用備份鑰匙侵入了武藤譽子的公寓？但他的備份鑰匙是怎麼來的？」

警視流露出諷刺的眼神，說道：

「就放在他家書房的抽屜裡。武藤在殺死新宮妙子的那天晚上，順便留下了自己姊姊家的備份鑰匙。新宮說他在電話裡得知鑰匙的擺放位置，實際打開抽屜，看見了鑰匙，感覺一股涼意竄上背脊。」

綸太郎語氣平淡地說道：

「既然他打從一開始就嚇得像驚弓之鳥，難怪打算加害的女人一抵抗，他就害怕得跳陽臺逃走。若依爸爸的描述，新宮的處境似乎頗令人同情……」

「可以這麼說吧。雖然我說他是膽小鬼，但其實他也很可憐。這兩人該如何定罪，只能交由地檢署判斷，但如果要將武藤與新宮列爲同等的同謀共犯，我是抱持反對意見的。至少新宮和也在犯案的途中就喪失了犯意，而且也有明顯的悔意。若再考量實際案情，我認爲有從輕量刑的餘地。但現在想這些還嫌太早，當務之急是逮捕武藤。」

警視似乎說得有些累了，他吁了口氣，伸了個大大的懶腰，接著看了眼手表。

「……原來已經這麼晚了，這案情說得可眞久。這下你明白了吧？就像我一開始所說的，這案子沒有你可以插手的餘地。」

「爸爸，還有一件事。延長線上的指紋是誰的，已經查出來了嗎？」

「咦？我還沒跟你說嗎？其實也沒什麼好說的，凶器上的指紋確實是武藤浩二的指紋。今天我們在武藤的公寓裡採集了指紋，經過比對之後，確認完全相符。以上就是全部的案情，我明天還要早起，先去睡了。」

綸太郎忽然將手舉到眼前，堅定地搖了搖頭。警視一愣，驟然停止了起身的動作，不悅地說道：

「眞是麻煩的小子。案情已經說完了，還有什麼問題？」

「大有問題。你們完全搞錯了搜查方向。繼續追捕武藤浩二只是浪費時間而已。」

「但武藤的指紋明明……」

綸太郎打斷了父親的反駁，說道：

「延長線上的指紋只是眞凶刻意留下的假證據。爲了讓你們誤以爲凶手是武藤，眞凶從武藤的公寓房間裡偷了一條舊延長線當作凶器，就這麼簡單。」

「這推論太牽強。」

「一點也不牽強，而且我有辦法可以證明。」

法月警視狐疑地瞇著眼睛問道：

「如何證明？」

「請你們再次仔細調查武藤浩二從年底到一月上旬的一舉一動，尤其是要查清楚有哪些人進出過他的公寓房間。」

「就這樣？」

「還有一點，請鑑識人員加快動作，盡速確認你們今天扣押的那三本書上，是否有武藤的指紋。而且務必請他們一頁一頁仔細確認，不要嫌麻煩。」

「……爲什麼要做這種事？」

「如果我的推測沒有錯，那些書上根本不會有武藤的指紋。」

綸太郎露出賊兮兮的笑容。警視一翻眼，怒斥道：

「你想表達什麼？書上沒有指紋，代表什麼意思？快給我說個明白！」

綸太郎說出了心中的推測。警視聽完之後，錯愕得雙眼圓睜，像魚一樣張開大口，卻一句話也說不出來。

4

「你到底向你父親說了什麼？」穗波問道。

隔天是星期三，綸太郎在下午又來到了圖書館的參考服務區櫃檯。綸太郎簡單扼要地說明了昨晚費盡苦心才從父親口中問出的案情，算是對穗波昨天的要求給了個交代。此時聽了穗波的疑問，綸太郎故意以演戲般的誇張口吻說道：

「向新宮和也提議交換殺人，並且殺了他的妻子的凶手，根本不是武藤浩二。凶手另有其人，只是借用了武藤浩二的名字。去年十二月二十六日，眞凶經過喬裝打扮，來到了區立圖書館，以武藤的借書證借了描寫交換殺人的小說。接著眞凶進入武藤的公寓房間，將書放在醒目的位置，讓警方以爲武藤是訂定作案計畫的主犯。由此可知，揹黑鍋的武藤本人很可能已經遭到殺害。」

「……眞可怕。」

穗波嘴上說可怕，表情卻不顯得害怕，甚至連驚訝的反應也相當小。多半是在聆聽案情描述的過程中，已經猜出了結論。

「當初來借那三本書的人，確實戴著眼鏡及特大號的口罩，幾乎遮住了整張臉，簡直像色情狂一樣。但我並沒有告訴你，你怎麼會知道？」

「因爲妳曾說那個人形跡可疑，還提到流行性感冒，當然很容易聯想到那個人一定是以口罩遮住了臉。」

綸太郎說得彷彿一切都是理所當然。穗波不禁一愣，說道：

「就只因爲這個理由，你就一口咬定武藤已經遭到殺害？會不會太武斷了點？」

「如果只是這樣，我當然不會作出如此大膽的推測。但我有更明確的證據，能夠證明武藤是遭到了誣陷。」

「什麼樣的證據？」

「就是武藤所借的那三本書的歸還日期。明明已經超過歸還期限很久了，如果借書的人眞的是武藤，他怎麼可能會把這種危險的證據一直留在身邊？就算他爲了擬定交換殺人的具體計畫，有必要反覆閱讀那三本書，最晚在他將計畫告訴新宮和也的一月五日之後，那三本書對他應該就沒有用處了。武藤的住處就在這附近，他應該有很多時間拿書來還。但他在殺害了新宮妙子之後，卻還是將這種有可能被警方識破作案計畫的重要線索留在身邊，正常人絕對不會作出這樣的決定。因此借那些書的人絕對不會是武藤浩二，當然構思出交換殺人計畫的人也不是他。換句話說，一定還有另一個眞凶，我們就姑且稱他爲X吧。這個眞凶X故意把書放在武藤浩二的房間裡，想要把罪嫁禍給他。」

「聽你這麼一說，確實有點道理。」

穗波在櫃檯上以手掌拄著臉頰說道：

「逾期一個月才還書的情況，對我們來說已經是見怪不怪，所以我反而沒想到這一點。再加上昨天的事，看來我以後得謹愼一點才行。話說回來，武藤浩二已經被眞凶X殺死的結論，你非常有把握？」

「八九不離十吧……妳所目擊的眞凶X既然持有武藤的借書證，而且還能夠將書放在公寓房間的顯眼位置，這很可能意味著X能夠自由進出武藤的房間，而且武藤本人至少已超過一個月以上沒有回房間了。根據這些條件，再考量本案的性質，武藤已經遭X殺害這個結論應該是相當站得住腳才對。假如武藤已遭到殺害，這又衍生出另一個問題，那就是武藤是在什麼時間點遭到了殺害。從X擁有武藤的借書證這一點來看，武藤遭殺害的時間點最晚不會超過十二月二十六日。另外根據我父親的描述，武藤過去每個月都確實支付隔月的房租，但是今年一月份之後的房租卻遲遲未繳，從這點也可印證武藤在十二月二十六日之前就遭到了殺害。另外我父親又說，武藤的房間裡掛著今年的月曆，上頭一月十九、二十日被打上了記號，這兩天正是新宮和也出差不在家的日子。但根據我剛剛的推測，X能夠自由進出武藤的房間，所以那份月曆一定也是X留下的假證據。這跟X故意從房間帶走沾有武藤浩二指紋的延長線，用來當作殺死新宮妙子的凶器，手法可說是如出一轍。但是X從圖書館借走的那幾本書，我猜測上頭應該沒有武藤的指紋。當然從屍體的手指將指紋移到書本上並非不可能，但在X借書的二十六日，武藤應該已死了好幾天，屍體也都處理掉了。不過是否眞是如此，只能等我父親那邊的鑑識結果了。」

穗波耐著性子聽完了綸太郎的說明，緩緩聳了聳肩，說道：

「你解釋得很清楚，但不能說得更簡潔一點嗎？」

「怎麼我爸爸這麼說，妳也這麼說。我可是已經盡量精簡了。」

「還好你遇上的是我。像你這種硬邦邦的說話方式，一般的女孩子可是會掉頭就走。如果你在小說裡也這麼寫，大概別指望會有女性讀者了。」

綸太郎滿不在乎地說道：

「無所謂。我所寫的小說，正是卡爾．巴特（Karl Barth）（註）所稱的『男性形式的智慧精髓』。推理小說被稱爲智慧的遊戲，理由就在於其推理爲充分理解了推理之無益的推理，就像是一種將推理視爲虛構事物的精神競賽。當然推理小說必須在推理上站得住腳，才能視之爲眞正的推理小說，這是無庸置疑的事情。但這些推理不管建構得再怎麼精細縝密，終究也只是眞相以外的次元空間內的塡空遊戲。推理這個行爲，原本就不足以成爲逼近眞相的武器，充其量只不過是爲眾多眞相之一塗上色彩而已……所以不管是讓自己或讓他人思考這個色彩的過程，都足以成爲一種類似拼圖的益智遊戲……這樣妳明白了吧？」

綸太郎對穗波眨了眨眼睛。穗波聽完之後，眼神中更多了幾分不信任感。

「這一大串是抄了誰的話？」

「被妳發現了？昨天我到尾山台圖書館影印了《名爲登古的男人》，這串話正是裡頭一篇名爲〈Ars Amatoria〉的文章中的一小段。雖然我一開始想查的不是這種東西。」

穗波嘆了口氣，臉上帶著放棄抵抗的表情。

註：卡爾．巴特（Karl Barth，一八八六—一九六八）：瑞士籍新教神學家。

「既然我已經蹚了這趟渾水，事到如今也無法抽身了。好吧，我會繼續聽你嘮叨下去。那個假冒武藤的眞凶X，你已經有了眉目？」

「差不多吧。如果從交換殺人這個表面上的犯案計畫，將武藤這個角色拿掉，另外塡入符合條件的某個眞凶，就只有四種可能的狀況……」

綸太郎說了句吊人胃口的話，接著話鋒一轉，卻又說道：

「但是說到底，妳的證詞才是最重要的關鍵。因爲雖然眞凶X經過喬裝打扮，但只有妳隔著借書櫃檯，與那個人有了直接的接觸。當然我很清楚妳想要維護『圖書館自由』的理念，但我總認爲這案子的情況有些不同。眞凶X不僅擅自使用了武藤浩二的借書證，而且還利用從圖書館借來的書，想要將殺人罪嫌嫁禍給無辜之人。『圖書館自由』的理念目的，應該是維護使用者的人權及建立圖書館與使用者之間的信賴關係。站在圖書館員的道德立場，反而應該盡全力提供協助，洗刷武藤浩二的冤屈才對。」

「……這次是你自己想的，不是抄來的？」穗波問道。

綸太郎點了點頭，穗波一臉嚴肅地說道：

「我認同你說的話，但我還需要一點時間好好想一想。我並不是想拿規則當盾牌，但我怕一旦輕易答應了你，等於在程序上開了一個妥協的前例。更何況在現階段，武藤浩二已遭到殺害只是你個人的推測而已。我不是想要駁斥你的個人推測，但我認爲至少在掌握確切實據之前，我不應該擅自作主告知任何事。所以說，雖然對你感到很抱歉，但請讓我再觀望一陣子，好嗎？」

「既然妳這麼說，那也沒辦法。」

若逼得太緊，倒也覺得穗波有點可憐，綸太郎決定暫時退讓。

「……但案情的進展速度可能會比妳的想像還快得多。我爸爸說他會去申請正式的搜索票，而且搜查本部若掌握了關於武藤是否存活的最新消息，我也會接到通知。如果快的話，或許在今天之內，搜查本部就會對妳進行正式的案情詢問，並且請妳指認嫌犯相貌，到時請妳務必提供協助。」

「當然，包在我身上吧。」

穗波拍了拍胸脯，但馬上又低下頭，說道：

「但是老實說，我的記憶可能對案情沒有任何幫助。雖然我看到了疑似眞凶的人物，但對方可是全副武裝的狀態。」

「全副武裝？」

「除了眼鏡和口罩之外，那個人還戴著蓋住整個頭部的滑雪帽，身上穿著長達腳踝的大衣，扣上了所有鈕扣。此外還戴著手套及圍巾，一次都沒有拿下來過。」

「噢？戴手套可以理解，竟然連圍巾也戴上了？」

「所以就算讓我再看見一次凶嫌，我也不見得認得出是同一個人。更何況如果要當指認凶嫌的證人，新宮和也應該比我更合適吧？雖然第一次見面時喝醉了，但是第二次見面時，新宮不僅滴酒未沾，而且還和凶嫌對談了很久。」

綸太郎緩緩搖頭說道：

「不，新宮和也自己也身負嫌疑，不適合當證人。我跟我爸爸不同，並沒有全盤相信新宮的說詞。他在本案的涉案人關係圖裡到底扮演什麼樣的角色，目前還說不準。」

穗波輕推眼鏡，問道：

「……什麼意思？」

綸太郎揚起嘴角。

「妳別猴急。我剛剛不是說過，符合條件的眞凶有四種可能的狀況嗎？現在我們依序就這四種可能的狀況好好討論一番，妳看如何？」

「正合我意。反正今天沒什麼人，這個櫃檯就讓你包下了。你愛怎麼玩你的『眞相以外的次元空間內的塡空遊戲』，隨你高興。」

❖

「首先能想到的可能狀況，就是①**眞凶X的目的是殺害『洋酒天國』酒店小姐武藤譽子**。譽子是酒店裡的紅牌小姐，雖然在客人及店內同事之間的名聲不差，但聽說金錢借貸方面有些小器。除了同父異母的弟弟之外，或許與其他人也有金錢糾紛，有人對她懷恨在心的可能性也不低。眞凶X可能剛好在小酒館裡遇上新宮和也，得知他不希望妻子繼續活著，於是想出了交換殺人的計畫。但是交換殺人有一個致命的風險，那就是自己的身分隨時可能從共犯的口中洩漏出去。因此眞凶X爲了迴避這個風險，假冒武藤譽子的同父異母弟弟。X在新宮和也面前聲稱自己是武藤浩二，並且執行交換殺人計畫，就算計畫失敗，新宮向警方招供了共犯的身分，X也可以高枕無憂。但這個做法有個前提，那就是如果武藤浩二活著，必定會向警方否認涉案，因此X必須先將武藤浩二滅口。根據我的猜想，X應該是在結識新宮的數天之內，就殺害了武藤，並且取得了武藤的借書證及公寓鑰匙。接著X故布疑陣，安排下幾個誣陷武藤爲凶手的假證據，到了一月五日，再度與新宮接觸，提出交換殺人的計畫。當然這一天是X第一次在新宮面前自稱武藤浩二。新宮不肯參與計畫，X不顧新宮的反對，擅自採取了行動……」

綸太郎說完之後，偷眼觀察穗波的反應。穗波露出些許不以爲然的表情，說道：

「從你的說明聽來，X好像布下了一個非常聰明狡猾的犯罪計畫，但實際上X不僅多殺了兩個原本沒有必要殺的人，而且因爲新宮下手失敗的關係，X眞正想殺的武藤譽子依舊活得好好的。天底下會有這麼蠢的做法嗎？」

「以結果來看確實是如此，但至少X現在依然逍遙法外，這應該也能算是完美犯罪吧？」

穗波歪著頭說道：

「我可不這麼認爲。而且你這個假設，還有一個無法解釋的疑點，那就是爲什麼X知道武藤譽子有個同父異母的弟弟，而且對這個弟弟的事情瞭如指掌？」

「應該是從譽子的口中聽來的吧？」

「這有可能嗎？誰會對一個跟自己有金錢糾紛的人，說出自己有個誤入歧途的弟弟？這麼丟臉的事情，一般人肯定是守口如瓶吧？」

聽了穗波的犀利反擊，綸太郎臉上的笑容逐漸消失。

「……我贊成妳的想法。就像妳所說的，在這個假設裡，X可說是偷雞不著蝕把米，而且關於X及武藤浩二之間的關係，也有很多難以說明的疑點。除此之外，這個計畫還有一個根本上的缺陷，幾乎不可能實現完美犯罪。」

「什麼根本上的缺陷？」

綸太郎一邊以指背輕搓鼻頭的下方，一邊說道：

「這個等等再說，我們先來討論第二種可能的狀況吧。②**真凶X在結識新宮和也之前，就因為某種理由而殺害了武藤浩二**。這個假設簡單來說，就是爲了消除①的情況所產生的一些疑點，而將X的犯案動機的主要對象從姊姊變更爲弟弟。」

「我完全聽不懂你在講什麼。X因爲某種理由而殺害了武藤浩二？例如什麼樣的理由？」

穗波將雙手交叉在胸前，皺著眉頭問道。綸太郎搔了搔頭，說道：

「畢竟還只是假設的階段，這個理由請妳就別追究了。總之我的意思是這樣的……我們先假設X因為某種理由而殺害了武藤浩二，這個理由與交換殺人的計畫無關，可能是過失致死或其他任何理由。X與武藤浩二從以前就有所往來，所以X對武藤生活上的一切相當清楚。X偷偷處理掉了武藤的屍體，原本以為不用擔心犯行曝光，沒想到X的運氣不太好，有個人發現了這件事。」

「那個人就是武藤的同父異母姊姊？」

「沒錯。譽子本來就把這個品行不佳的弟弟當成了燙手山芋，因此得知弟弟死亡後，並不感到悲傷或憤怒。但譽子的夢想是開一家舶來品雜貨店，正在尋找資金的來源。譽子認為這是個好機會，所以答應X不向警方報案，但向X勒索龐大的遮口費。X當然沒有付錢的打算，而且既然譽子已經知道了祕密，X絕對不會讓她繼續活下去。換句話說，X想要殺人滅口，將譽子除掉。」

穗波鬆開原本交叉在胸前的雙手，說道：

「原來如此。將犯案動機的主要對象從姊姊變更為弟弟，原來是這個意思。」

「但是向X索求遮口費的譽子，當然也知道X想要殺掉自己。為了防止遭到殺人滅口，她一定已經做了適當的安排，只要她有什麼三長兩短，就會有一封告發X犯罪事實的文書自動公諸於世。X苦無對策，正不知如何是好，某天X在小酒館裡結識了新宮和也，得知新宮不希望妻子繼續活著，於是構思出了交換殺人的計畫……」

「接下來就跟①一樣？」

「沒錯，但這個假設情況與①的最大不同點，在於X早在想出交換殺人計畫之前，就已經殺害了武藤浩二，因此不必爲了找替死鬼而多殺一個人。而且X打從一開始就跟武藤很熟，因此可以輕易假冒武藤，不用費心蒐集武藤的個人資料。」

「如果新宮按照計畫殺死了武藤譽子，告發X犯罪事實的文書公諸於世，又會演變成什麼樣的結果？」

「眞是個好問題。」

綸太郎說道：

「首先關於譽子的死，X一定會事先安排下完美的不在場證明，所以不會有任何問題。至於浩二的死，X逃避嫌疑的方法是這樣的……在告發犯罪行爲的文書遭公開的當下，X會以某種不洩漏自己身分的方法，向警方密告新宮和也就是殺害譽子的凶手。如此一來，新宮一定也會供出武藤浩二的名字，指稱武藤浩二就是交換殺人計畫的共犯。警方受新宮及X的種種假證據所誤導，會以爲武藤浩二是在殺害了新宮的妻子後，因得知交換殺人的計畫曝光而逃逸無蹤。一旦有了這種先入爲主的觀念，譽子那封告發X殺害武藤浩二的文書也就形同廢紙，X就可以擺脫嫌疑。」

穗波聽完了綸太郎的說明後，將雙手交叉在腦後，仰望著閱覽室的天花板。

「唔……」

穗波口中發出了沉吟聲。在抬起頭的瞬間，穗波的雙手不小心鬆開，手掌拍在膝蓋上。

「聽起來像是經過重重計算的縝密計畫，但內容包含了太多的假設，讓整個計畫看起來有種挖東牆補西牆的感覺。而且這個假設最讓我感到不合理的一點，是武藤譽子在差一點遭到殺害之後，怎麼可能傻傻地向警方說出對X有利的證詞？她既然已經得知弟弟遭X殺害，自然應該猜得到新宮和也是受了X指使才襲擊自己。」

「譽子沒有向警察供出X，當然是不希望失去這棵搖錢樹。她的目的從頭到尾都只是向X勒索金錢，而不是將X以謀殺罪送進監牢。她遭到襲擊後大難不死，反而知道了另一個可以向X勒索的祕密，那就是X才是殺害新宮妙子的眞凶。這下子她可以拿到兩倍的遮口費，怎麼可能傻傻地跟錢過不去？」

「我就知道你會說出這樣的理由。」

穗波按著眼鏡的鏡框，嘴角漾起笑意，說道：

「但除此之外，還有另一個難以解釋的疑點。新宮和也是以X事先提供的備份鑰匙，侵入了譽子的公寓，對吧？但如果譽子真的想要向X勒索財物，爲了確保自己的生命安全，平常在居家防護上應該會非常謹愼小心才對，怎麼會讓X輕易取得房間備份鑰匙？」

「看來妳的思路也挺清晰。妳說得沒錯，包含備份鑰匙的取得方式在內，這第二個可能情況是以許多牽強的假設作爲前提，犯案計畫本身也帶有太多的破綻。而且就跟①一樣，這個假設情況也在計畫的初期階段就有著根本上的缺陷，因此絕對不可能是現實中發生的案情眞相。那個根本上的缺陷就是……」

穗波故意輕咳一聲，打斷了綸太郎的話。她以有些得意洋洋的表情說道：

「我想我應該猜到了。」

「噢？那妳說說看。」

「就算眞正的武藤浩二已經遭到殺害，沒有辦法主張自己的清白，但新宮和也只要一看見武藤生前的照片，馬上就會察覺那個自稱武藤浩二的共犯根本不是武藤浩二。因爲X與武藤浩二的長相差距非常大，絕對不可能魚目混珠。」

「妳怎麼知道？」

「如果外貌差不多，我所目擊的X根本沒有必要爲了隱藏外貌，而穿上那麼大陣仗的全副武裝。假如不是非那麼做不可，整個人包成那樣只會引來側目，造成反效果。」

綸太郎揚起嘴角，說道：

「沒錯，妳能想到這一點，算妳有兩把刷子。昨天我和我爸爸討論的時候，他在這個階段就放棄思考了。而且他在聽我說話的時候，還打了好幾次瞌睡。」

「我眞同情慘遭酷刑的法月警視。」

綸太郎只當作沒聽見，接著說道：

「……讓我們繼續討論下去吧。從妳剛剛這個推論可以得知，『眞凶X假冒武藤浩二向新宮和也提議交換殺人』這個假設有著根本上的缺陷。換句話說，我們剛剛所作的所有假設內容都在前提的階段就隱含著重大瑕疵。而且我老實告訴妳吧，根據我爸爸的轉述，新宮和也在看了武藤浩二的照片後，已證實這個人就是他的共犯。所以我建議我們應該退回推理的起點，再次檢視最初的前提。」

「最初的前提？」

「去年十二月二十六日，借了那三本以交換殺人爲題材的小說的人物，並不是武藤浩二。如果這個前提是錯的，那麼眞相可能是第三種情況，也就是③**武藤浩二本人向新宮和也提議交換殺人的計畫，並且殺死了新宮的妻子**。」

穗波睁大雙眼，說道：

「等等，你也退太多了吧！這下子我們眞的回到起點了！那剛剛的討論不都是浪費時間？」

綸太郎安撫道：

「妳先別激動，冷靜聽我說。」

「怎麼可能不激動？那我問你，去年十二月二十六日，我看見的那個人不就眞的是武藤浩二？」

綸太郎點了點頭。穗波氣得彷彿隨時會踹開椅子站起來。

「你是腦袋有問題嗎？如果他眞的是武藤，爲什麼他要喬裝打扮？他拿自己的借書證借書，爲什麼不敢以眞面目示人？」

「就像妳自己說的，那時候很多人感染了流行性感冒。或許武藤那天眞的感冒發燒，所以戴上了口罩，爲了不讓身體著涼，所以穿上了保暖的服裝。」

穗波聽得目瞪口呆，一時不知該說什麼才好。綸太郎看著穗波的表情，露出了賊兮兮的笑容。

「武藤借了那幾本書，理由當然是爲了當作交換殺人計畫的參考。所以他才願意拖著生病的身體，特地跑到圖書館借書。問題是不管怎麼說，武藤都不應該把有可能洩漏犯罪計畫底細的證據一直留在房間裡，至少這個推論應該是站得住腳的。那麼，武藤爲什麼沒有盡早親自帶著書回來歸還？能夠想得到的唯一理由，就是武藤把書借給了其他人。爲什麼武藤要做這種事？唯一合理的理由，就是那個人是交換殺人的共犯。」

穗波倒抽了一口涼氣。

「……新宮和也！」

「沒錯。一月五日那天，武藤多半是在新宿的卡拉ＯＫ包廂裡，將書硬塞入新宮的手中。或許他認爲那書裡的描述包含著交換殺人的共犯應該抱持的心態，就像是交換殺人計畫的指導手冊，因此他要求新宮一定要讀。當然他也要求新宮必須在還書的期限內，將書放進圖書館的非開館時間還書箱裡。」

「但這麼一來，不就與新宮的供詞產生了矛盾？」

穗波逐漸恢復了冷靜，接著說道：

「他不是從頭到尾都沒有答應武藤的提議嗎？爲什麼沒有當場以堅定的態度歸還給武藤？」

「嗯，我之前就說了，我並沒有全盤相信新宮和也的供詞。一月五日那晚，新宮眞的拒絕了交換殺人的計畫嗎？我認爲相當值得懷疑。」

穗波緊閉雙唇，深吸了一口氣。稍微停頓之後，她緩緩吐氣，以專注的眼神凝視著綸太郎。

「……如果你的懷疑是眞的，整個案情的眞相恐怕會與過去的推論截然不同。但有一點我不明白，那就是武藤借給新宮的書，爲什麼在案發後又回到了武藤的房間裡？」

綸太郎毫不遲疑地點頭說道：

「這正是最重要的關鍵線索。把書放回武藤房間裡的人，當然就是新宮。他沒有依照武藤的指示，把書放進還書箱裡，光憑這一點，就足以讓我們懷疑他想要陷害武藤。但就算這個推論沒有錯，問題是他是在什麼樣的時間點，以什麼方法進入了武藤的房間？如果武藤當時也在場，新宮不可能有機會將足以作爲證據的書留在房間裡。換句話說，新宮一定是獨自溜進了武藤的房間。而且新宮在做這件事的時候，他很清楚這些書將來一定會被警察發現，武藤不可能早一步發現這些書，並且將書處理掉。新宮手中的武藤房間鑰匙是怎麼來的？當然是從武藤的身上搶來的。新宮在殺死了武藤之後，從他身上取走了鑰匙。」

穗波嚥了一口唾沫，瞪大一對妙目，緩緩搖頭說道：

「但新宮有什麼理由殺害武藤？」

「當然是因爲他計算了殺人的投資報酬率。一月十九日晚上，武藤浩二依照計畫，殺死了新宮妙子。作爲凶器的延長線上的指紋，並不是任何人留下的假證據，而是武藤自己一時疏忽的結果。新宮和也成功讓妻子死亡，而且完全沒有弄髒自己的雙手。在這個階段，新宮就已經達成了自己的全部目的。既然如此，這時他最想除掉的人是誰？不用說，當然是共犯武藤浩二。就算新宮依照武藤的要求，殺死武藤的同父異母姊姊，完成了交換殺人的全部計畫，未來武藤還是隨時有可能洩漏新宮的犯行。只要新宮照著武藤的指示去做，就絕對無法迴避這個風險。反正同樣得殺一個人，與其殺武藤譽子，不如直接把交換殺人計畫的共犯這個『風險的源頭』殺掉，不是更加一勞永逸嗎？新宮想必打從一開始就抱著這樣的主意。在武藤打電話到新宮的公司，催促新宮殺害譽子之後，新宮見時機成熟，於是在二十八日的夜裡，暗中與武藤見了第三次面，並且當場殺掉了這個不再有利用價值的共犯。」

穗波以兩手捧著腦袋，露出一副苦苦思索的神態。

「就算我退一百步，接納你這些推論，但爲什麼到了隔天晚上，新宮又要襲擊武藤譽子？在武藤死了之後，照理來說新宮已經沒有殺死譽子的義務，這樣的舉動不是很矛盾嗎？」

「……因爲新宮和也是個膽小鬼。」

綸太郎模仿了父親的口氣。

「在殺死武藤之後，新宮突然感到忐忑不安。他擔心自己的殺人罪行遭警方輕易識破，因而受到嚴厲制裁。就算原本自認爲毫無破綻，畢竟實際下手殺人跟原本的紙上談兵完全不可同日而語。不過籠罩在新宮內心的這股陰影能否算是單純的罪惡感，我也說不上來。因爲他在聽見妻子的死訊時，並沒有絲毫的悔意。直到新宮殺死了武藤，他才眞正體會到親手殺人而非假借他人之手是什麼樣的感覺。新宮低頭看著武藤的屍體，內心開始拚命思考，要怎麼做才能讓自己徹底逃過這個殺人之罪……最後新宮得到的結論，是遵循死去的共犯所構思出的交換殺人計畫，攻擊武藤譽子。但是不能眞的殺了她，只是做做樣子就逃走，而且當場被警察逮捕。面對警察的訊問時，就說自己遭武藤浩二強迫參與交換殺人計畫，不得已而攻擊武藤譽子。如此一來，警察就會認爲武藤失去下落，是因爲察覺事跡敗露而畏罪逃走了。警察完全不會想到武藤已經死於非命，而且就算將來發現了武藤的屍體，只要新宮曾經攻擊過譽子，警察就絕對不會懷疑是新宮殺害了武藤。因爲就像妳剛剛所說的，假如新宮已經殺死了武藤，根本沒有必要再攻擊譽子。當然新宮攻擊譽子，必須背負謀殺未遂的刑責。但謀殺譽子未遂的刑責，比謀殺武藤得手的刑責要輕得多，而且只要聲稱是受武藤脅迫，把所有責任推給武藤，相信法官應該會從寬量刑。死人不會說話，武藤浩二絕不會站出來爲自己辯白。新宮大概早已推導出了這樣的結論，所以在殺死武藤的那天晚上，他立即隱藏武藤的屍體，並且利用從屍體上取得的鑰匙，溜進武藤的公寓房間，將當初武藤交給自己的三本書放回房裡。新宮這麼做，是爲了加深警方的印象，讓警方更強烈認定武藤浩二才是訂下交換殺人計畫的主犯，而新宮只不過是受武藤操控的人偶，甚至也算是個可憐的受害者。」

就在綸太郎說完這些話的同時，久能警部走進了閱覽室。

5

「……我父親呢？」

綸太郎對著走到參考服務區櫃檯的久能警部問道。

「警視正在向館長打招呼。我們已申請了搜索票，但爲了避免執行上的阻礙，必須先向館長說明原委。這位就是圖書館員澤田小姐？」

穗波一臉恭謹地點了點頭。久能向穗波說明了自己的身分及來訪的用意後，轉頭朝綸太郎眨了眨眼睛，在綸太郎的肩頭輕輕一頂，問道：

「你們是什麼關係？」

「我也很想知道這個問題的答案。先別提這些，關於武藤浩二的下落，有沒有新的進展？」

「你猜得沒錯，武藤很可能是遭到誣陷，眞凶另有其人。不僅如此，而且武藤很可能在去年的年底就已遭到殺害。」

驀然間，櫃檯的另一側響起了刺耳的乒乓聲。轉頭一看，穗波正愣愣地站著不動，原本她所坐著的椅子竟然翻倒在地上。久能錯愕地看著穗波，問道：

「我說了什麼話，讓妳這麼驚訝？」

「……你說武藤浩二在去年年底就已經遭到殺害？」

「雖然目前還只是推測，但應該不會有錯。」

穗波搖了搖頭，扶起地上的椅子，轉頭朝綸太郎惡狠狠地瞪了一眼。綸太郎裝出一副渾然不覺的態度，對久能問道：

「你們查到了能夠支持這個推測的線索？」

「查到了好幾項線索，我現在逐一說明。首先，鑑識報告出爐了，從武藤的房間裡扣押的那三本書上，都沒有武藤的指紋。」

「我就知道。不過鑑識的速度未免太快了吧？他們是怎麼辦到的？」

「他們用了一點投機取巧的方法。」

久能毫不掩飾地說道：

「實際上他們只檢查了封面、目次頁及隨機翻開的幾頁。如果要每一頁都檢查，實在太花時間了。」

「好吧，這也足夠了。」

綸太郎一面撫摸下巴，一面催促久能繼續說下去。

「我們找到了一家武藤常去的麻將館，店員證實武藤從去年的耶誕節前後就不曾再光顧。經常和他一起打麻將的牌友都說，他大概是被逼債，所以躲起來了。」

「原來如此，那公寓的鄰居怎麼說？」

「武藤是個從不曾與街坊鄰居往來的人，就算在走廊上遇見了，也不會打招呼，所以從鄰居口中問不出什麼確切的線索。綜合所有鄰居的證詞，我們只知道在過完年之後，就再也沒有人見過武藤。不過住在武藤房間正下方的鄰居，則表示在過完年之後，曾有一次在三更半夜聽見武藤的房間傳出有人走動的聲音。那鄰居也不記得那是幾月幾日，只知道大約是一月中旬。另外，似乎也沒有債主跑到公寓來鬧事。」

「一月中旬的三更半夜……完全符合推測。還有嗎？」

「最後還有一項非常重要的線索。昨天我們在搜索武藤的房間時，找到了牙醫診所的診療紀錄卡。最後一次的預約日期，是去年的十二月二十六日。我們認為有必要查個清楚，所以在今天實際拜訪了這家牙醫診所。」

「……十二月二十六日？」

穗波忍不住將身體往前湊，久能朝她點了點頭，說道：

「沒錯，那一天剛好是我們推測武藤到這間圖書館借小說的日子。而且那間牙醫診所就在這附近，走路只要五分鐘的時間。診所名稱是『兒玉齒科醫院』，不知道你們有沒有聽過？」

「聽過。」穗波回答。

久能接著說道：

「我們到『兒玉齒科醫院』一問之下，才知道武藤浩二在那一天並沒有前往就醫，而且之後再也沒去過。在那之前，武藤每個星期都會依照預約的時間前往就醫。牙醫師還表示武藤正在接受麻煩的蛀牙治療，牙齒上挖開的洞只是暫時塡補起來而已。爲什麼突然不再做後續治療，牙醫師也感到一頭霧水。」

「那天的預約時間是幾點？」

穗波問得有些焦急。久能翻開筆記本，說道：

「下午一點。爲什麼問這個？」

穗波先請久能稍待片刻，轉頭面對電腦，迅速打了一串指令。她凝視著畫面，半晌後才將頭轉回來，再一次重申出示搜索票的要求。

「武藤浩二在二十六日借走的書，由於還沒有歸還，所以借書紀錄還留在系統裡，並沒有被刪除。這個借書紀錄可以證實當天使用武藤的借書證借書的人，並非武藤本人。但我還是想遵守圖書館員的規範，在公開這個借書紀錄之前，我必須親眼看見搜索票。」

這對久能警部來說，當然是求之不得的事情。「謝謝妳的協助，我立刻請法月警視過來。」久能說完這句話，快步離開了參考服務櫃檯。穗波一等久能離開，立即伸出手，在綸太郎的臉上狠狠捏了一把。

「好痛！妳太過分了！」

「你才太過分了！什麼武藤浩二剛好罹患感冒，虧你還說得一臉認真！」

「我確實相當認眞！所謂的推理，本來就是眞相以外的次元空間內的塡空遊戲。何況我打從一開始就說過了，可能的狀況總共有四種。」

「哼，那你倒是說說看，第四種可能的狀況是什麼？」

「在我說出來之前，妳能不能先告訴我，妳到底從十二月二十六日的借書紀錄中看出了什麼？」

穗波以略帶自豪的口吻說道：

「辦理借書手續的時間。系統會記錄下讀取借書證及書上磁條的時間，其實我自己也還依稀記得，查看只是再次確認而已……那個時間是下午一點十三分。」

「嗯，看來是不會有錯了。」

綸太郎拍拍穗波的肩膀，說道：

「武藤定期就診的牙醫診所就在這附近，既然他在那個時間跑到圖書館來，怎麼可能不去治療重要的牙齒？如果是武藤本人，絕對不會出現這樣的現象。但是對眞凶來說，他們當然不會知道武藤那天要看牙醫。」

穗波吃了一驚，瞪著綸太郎說道：

「你剛剛說『他們』？難道殺害了武藤的眞凶不止一個人？」

「沒錯，這就是第四個，也是最後一個可能的狀況。**④新宮和也明知道共犯X假冒武藤浩二的身分，卻為了掩護X而裝作不知情……**」

綸太郎這句話還沒有說完，久能警部又走進了閱覽室。久能的背後跟著法月警視，以及另一個男人。那個男人看起來像退休又縮水的梅格雷探長，正是這間圖書館的館長。館長一臉嚴肅地看著櫃檯內的穗波，絮絮叨叨地說道：

「關於今天的搜查行動，法月警視已經確實向我說明過了。妳看，他們還帶來了法院的正式搜索票。我以館長的身分，認定本案例並不構成侵犯使用者的隱私，並決定對警方的搜查行動盡力提供協助……」

穗波仔細查看搜索票，確認上頭明確記載著搜索標的，於是在館長的見證下，說明起了十二月二十六日某人以武藤浩二的借書證辦理借書手續的過程。

「……拉攏館長這一招可眞是高明。」

綸太郎拉扯父親的袖子，在父親的耳畔低聲說道。警視不悅地回應：

「你在說什麼傻話？我這麼做只是不想讓場面變得太尷尬。對了，關於牙醫診所的事，你已經知道了嗎？」

「都知道了。從麻將館及公寓鄰居的證詞，也可看出武藤早在去年年底就已遭到殺害，對吧？」

「嗯，雖然有點不甘心，但這次也是你的功勞。我們讓新宮和也看了武藤的照片，他竟然指稱照片中的人確實是他的共犯，可見得他爲了包庇眞正的共犯，對我們撒了瞞天大謊。既然新宮的供詞已無法採信，如今我們只能仰賴穗波小姐的目擊證詞了……」

「我相信她會是個優秀的證人，不過……」

穗波確實是個優秀的證人。她不僅將嫌犯身上的大衣、滑雪帽、圍巾等服裝的特徵記得清清楚楚，而且還能夠以精準的用字遣詞加以形容出來。雖說嫌犯當時的可疑打扮相當引人側目，但畢竟是超過一個月前的事，只能說穗波的記憶力實在驚人。

但是穗波的證詞所能提供的幫助還是相當有限。就像她自己所說的，在十二月二十六日下午，出現在區立圖書館借書櫃檯的可疑嫌犯，爲了不讓人看出自己的眞面目，身上的穿著只能以全副武裝來形容。對於久能警部不斷提出的種種問題，穗波幾乎全都回答不出來，只能一次又一次搖頭。

「那個人的身高多高？」

「大約一百六十五公分。但我們中間隔了櫃檯，我看不見那個人的腳，或許那個人腳下穿著厚底的鞋子。」

「體格呢？胖還是瘦？」

「看不出來。那個人的身上穿著大尺碼的長大衣，而且大衣底下似乎也穿了不少衣物。」

「說話有什麼特徵？」

「那個人從頭到尾一句話也沒說。雖然咳了幾聲，但我猜應該是裝裝樣子吧。」

「至少應該看得出性別吧？」

「對不起，滑雪帽讓我看不出那個人的髮型，圍在脖子上的圍巾讓我無法確認有沒有喉結……」

穗波緊咬嘴唇，低下了頭。久能似乎已不知該問什麼問題，誇張地聳了聳肩，轉頭望向自己的長官。法月警視嘆了口氣，問道：

「有沒有辦法從穿著的特徵找出線索？」

「就算能夠查出服裝，也沒有辦法根據服裝鎖定嫌犯。當初我們在武藤房間裡找不到外套，很可能是被嫌犯帶走了。換句話說，嫌犯到圖書館借書時所穿的服裝，很可能都來自武藤的房間。」

「原來如此，嫌犯隱藏身分的舉動眞是做了個十足十，這下子可麻煩了。穗波小姐，妳記不記得那個人有沒有什麼特別的舉止或習慣動作？就算是再微不足道的小事也沒關係。」

穗波一臉歉意地搖頭說道：

「很抱歉，我已經想不起來其他細節了……」

「我們到借書櫃檯去，實際重演一遍如何？」

綸太郎如此提議，接著轉頭問道：

「有沒有人身上帶著口罩？」

此時館長突然伸手到西裝外套口袋掏摸，拿出了一個皺巴巴的口罩。

一行人等到圖書館開放時間結束後，移動到入口大廳處。法月警視的身高與凶嫌最接近，所以由他扮演凶嫌。警視戴上自己的老花眼鏡及館長的口罩，蓋住了大半張臉。至於帽子及圍巾，則以使用者忘記帶走的遺失物代替。警視戴上搜查用的手套，從開放式書架上拿了幾本文庫版的書本，站在借書櫃檯前。整個人看起來就是個可疑分子，完全不像是警視廳搜查一課的主管。穗波在櫃檯內坐下，警視裝出一副神經兮兮的態度，問道：

「妳當時看到的人，是不是就像這樣？」

穗波忍俊不禁，回答：

「不太像，但似乎有點勾起了我的記憶。」

穗波這句話並不是客套之詞。心情獲得放鬆之後，表情也不再那麼緊繃。穗波持續凝視著警視，接著將雙腕交疊在胸前，緩緩閉上了雙眼。從穗波的胸口起伏，可看出她深呼吸好幾次。最後她輕輕睜開雙眼，慢慢環顧四周，似乎想要讓記憶中的凶嫌身影融入眼前的景色中。

穗波的視線停留在大廳的布告欄上。那上頭張貼著區民中心的海報，海報的內容爲市民講座的舉辦日期及演講內容。穗波微微張開了原本緊閉的雙唇，一股氣息自雙唇的縫隙間流洩而出。

「……對了。」

「想到了什麼嗎？」

「我突然想到一件事，只是不知道對你們有沒有幫助。」

在場所有男人都湊了過去。

「再細微的瑣事也沒關係。」警視說道。

穗波將手掌輕輕貼在唇邊，說道：

「那天借書的人很多，櫃檯前大排長龍，那個人也在隊伍裡排了好一會。我還記得他看起來緊張兮兮，似乎相當在意他人的目光。但他似乎也知道自己的舉止不自然，所以努力裝出若無其事的樣子。」

「嗯……」

「剛開始的時候，那個人只是焦躁地左右張望，但是當他的視線移動到大廳布告欄上時，心情好像恢復了一點平靜。市民講座的海報似乎引起了那個人的興趣，他仔細讀起了海報上的文字。我感覺他看得非常專心，可見得他是眞的對海報的內容感興趣，並非只是想要分散自己的注意力。」

「……市民講座的海報？」

警視歪著腦袋問道：

「那天布告欄上貼的是哪一張海報，有可能查得出來嗎？」

「請稍等一下。當時的海報應該還放在辦公室裡，並沒有丟掉。」

穗波匆忙走進辦公室，不久後拿著一個捲成圓筒狀的海報走了回來，將海報放在櫃檯上。

「應該就是這個。」

法月警視與綸太郎爭先恐後地攤開了海報。上頭列出了今年一月份的三場市民講座的日期及演講題目。寫在正中央的題目深深吸引住了綸太郎的目光……

《舶來品魅力無法擋～靠網拍起家的個人進口事業入門講座》

「原來如此，果然我猜得沒錯。」綸太郎嘴裡如此咕噥。

「舶來品……進口雜貨的意思嗎？」警視大喊，「聲稱將來想獨立創業，開設一家進口雜貨商店的人是……等等，這不可能吧？」

「爸爸，這才是眞相。」

綸太郎搖了搖頭，盡量維持冷靜的口吻。

「就是這個人，在去年的十二月二十六日，僞裝成同父異母的弟弟，出現在這間圖書館。到了上個月的十九日，這個人又在八王子殺害了新宮妙子。沒錯，新宮和也不惜背負殺人未遂的罪名也要掩護的眞正共犯，就是他當初襲擊的武藤譽子。」

❖

四天後，警方根據新宮和也的自白，在秋留野市的秋川溪谷附近山中找到了一具男性的他殺遺體。腐爛的情況相當嚴重，推估已死亡六、七週，而且身上沒有任何衣物或隨身物品，難以確認死者身分。所幸警方根據「兒玉齒科醫院」所保留的武藤浩二就診資料，證實死者的牙齒特徵與武藤浩二一致。

搜查本部同時亦要求武藤譽子到案說明。警方重新調查嫌犯新宮與譽子之間的關係，大約就在新宮坦承殺死武藤浩二的同時，譽子也招供了自己的犯行。於是警方在二月九日於牛込警署內逮捕譽子，犯罪嫌疑爲殺害新宮妙子。其後警方將譽子移送至八王子警署，持續實施進一步的嚴密偵訊，以便能徹底釐清案情。

「……這只是警方對媒體放出的消息吧？我想問的不是這種枯燥無味的案情大綱，而是隱藏在案子背後的眞相。」

穗波一面攪拌著咖啡，一面擺出了打破砂鍋問到底的態度。綸太郎搖頭說道：

「那可不行。警方才剛開始對武藤譽子展開正式調查，新宮和也延長羈押也只是數天前的事。我爸爸特別警告我，在確認起訴內容之前，不能隨便洩漏搜查內容。」

「你以爲用這種話就能打發我嗎？」

穗波嘟嘴說道：

「這案子可不是你獨力解決的。如果沒有我，這案子可能到現在還是件懸案。何況針對第四種可能的狀況，你也交代得不清不楚。」

「唉，被妳這麼一說，我也不能拒絕。好吧，我就告訴妳，但妳可千萬不能洩漏出去。」

綸太郎再三提醒，穗波以手按著胸口說道：

「放心，圖書館員的口風最緊了，這點你應該很清楚。」

這天是二月十二日，也就是建國紀念日的隔天。兩人的所在地點，還是那熟悉的咖啡廳「L'ambre」。這次難得是由穗波主動邀約，兩人說好七點在咖啡廳內碰面，然而正如同綸太郎心中的擔憂，穗波的眞正目的是追問這件案子的後續發展。綸太郎暗自嘆了口氣，先說了句「這是個聽了會讓人心頭鬱悶的故事」作爲開場白，接著才侃侃說起案情的細節眞相。

「……武藤浩二遭到殺害的時間點，是在去年十二月二十二日的深夜。也就是新宮和也在最初的供詞中，聲稱自己第一次遇見武藤的那一晚。殺害的現場，是位於神樂坂的譽子公寓房間內。那一天，新宮從上司的口中得知自己被列入了裁員名單。新宮算準了譽子已經回到家的時間，前來拜訪譽子，討論未來的人生計畫。兩人從以前就開始交往，甚至有結婚的打算，但別說是警察，就連生活中的親朋好友都沒有人知道這件事。兩人正在談話的時候，武藤浩二出現了。浩二已遭譽子告知斷絕姊弟關係，但還是經常跑來糾纏這個同父異母的姊姊。這一晚他再度厚著臉皮跑來向姊姊要錢，卻偶然在公寓外看見了新宮。他認爲這是威脅姊姊的絕佳機會，於是直接闖進了姊姊的房間裡。事實上浩二似乎從以前就懷疑姊姊有祕密交往的對象，一直在暗中查探這件事。浩二的目的，當然是想要利用新宮的婚外情，向新宮勒索金錢。譽子遭弟弟掌握把柄，也不敢一直將弟弟擋在門外。姊弟兩人就這麼當著新宮的面發生口角，接著還扭打成一團。新宮上前勸解，反遭浩二痛打，新宮一時勃然大怒，於是抓起房間內的花瓶，就這麼將浩二打死了。」

「新宮勃然大怒，失手將武藤打死？要殺死一個人，有那麼容易嗎？警方眞的相信了這番供詞？」

穗波露出一副嫌劇情不夠精彩的態度。綸太郎搖頭說道：

「以上只是新宮的供詞，但響子的供詞又有所不同。根據響子的說法，那晚浩二埋伏在公寓門口，一等響子回來，立刻上前糾纏，幾乎是靠著蠻力闖進了房間裡。換句話說，兩人在房間內發生口角的時候，新宮並不在場。浩二一再索求金錢，響子一時失去理智，抓起花瓶朝弟弟的頭頂敲了下去。響子察覺弟弟沒了呼吸，整個人傻住了，此時剛好新宮前來拜訪……」

穗波露出懷疑的表情，瞇著眼睛說道：

「他們兩人都爲了袒護對方，把殺人罪攬在自己身上？該不會又在打什麼鬼主意吧？會不會是故意說出相反的供詞，打算直到最後一刻都讓警察摸不著頭緒？」

「似乎倒也不是這麼回事。警方對這兩人是分開進行偵訊，但不管是新宮還是響子，供詞中都有著自己一個人把罪攬下來的傾向。兩人的供詞在細節上都交代得模糊不清，而且有許多矛盾之處。在我看來，新宮的供詞應該接近眞相多一些。拿房間裡的花瓶毆打浩二的人，很可能是新宮。響子所扮演的角色，頂多是從旁相助而已。」

「何以見得？」

「因為新宮殺死浩二的假設，與兩人構思出的偽裝交換殺人計畫，串在一起比較合理。雖然他們堅持不肯承認，但我們懷疑譽子從以前就一直有個不可告人的祕密，被同父異母的弟弟當作勒索的把柄。譽子長年以來願意一直拿錢給浩二，當然也是因為這個緣故。所以譽子應該早就希望讓這個弟弟從世界上消失。我爸爸甚至推測，這對同父異母的姊弟可能曾經發生過男女關係，浩二在新宮面前說出這個事實，成為新宮決意殺死浩二的直接動機。」

「確實聽了讓人心頭鬱悶。」

穗波如此嘀咕，轉頭望向窗外。綸太郎端起變涼的咖啡，啜了一口。

「當然這只是我爸爸的推測，連我也覺得他有點想像力過於豐富。總之譽子如果早就巴不得殺死弟弟，當看見弟弟死在新宮的手裡時，譽子決定殺死新宮的妻子作為回禮，想起來也是合情合理的事。」

穗波旋即又將視線移了回來。她換了一副語氣，彷彿想要重新整理心情。

「這麼說起來，他們不是事先構思出了犯罪計畫，接著才依照計畫殺死浩二。他們是一時衝動殺死了浩二，接著才以此為出發點，構思出了虛假的交換殺人計畫。這就是你想表達的論點，是嗎？」

綸太郎揚起嘴角，說道：

「妳的領悟力眞高。當然若要追根究柢，那天新宮得知自己將遭到裁員，應該也是間接的犯罪理由。總而言之，他們爲了構思出以武藤浩二爲主犯的虛假交換殺人計畫，從深夜一直討論到了天空泛起魚肚白。」

「他們怎麼處理浩二的屍體？」

「脫光全身衣服，藏在浴室裡。而且爲了延遲腐爛、抑制屍臭，據說他們在浴缸裡放滿冷水，把屍體浸在水裡。接著新宮暫時離開譽子的公寓，僞裝成喝得爛醉如泥的模樣，回到了位於八王子的自家公寓。」

「……屍體就這麼留在譽子的公寓裡？」

穗波詫異地問道。綸太郎點頭說道：

「他們別無選擇。要把屍體神不知鬼不覺地處理掉，一定要有車子，但譽子並沒有車子。隔天是天皇誕辰，新宮爲了避免引起妻子的懷疑，白天一直待在家裡。等到了晚上，新宮多半是對妻子下了安眠藥，等妻子熟睡之後，新宮立刻開著車子趕往位於神樂坂的譽子公寓。譽子一直在自己的房間裡等著新宮回來，新宮一到，便由譽子把風，由新宮以電梯將屍體搬到一樓。接著新宮將屍體放入停在路旁的車上，載運到秋留野市郊外的山區，挑了個四下無人的地方，將屍體埋了。據說棄屍的過程是新宮一手包辦，譽子完全沒有在一旁幫忙。在新宮載屍體前往山中丟棄的期間，譽子留在自己的公寓房間裡，將浴室徹底打掃乾淨。接著譽子穿上弟弟的衣服，前往位於深澤的弟弟住處，物色虛假交換殺人計畫的所需物品。就是在這個時候，譽子想到可以僞裝成弟弟浩二，到圖書館借幾本以交換殺人爲題材的小說，放在房間裡引起警方懷疑。多半是酒店的常客裡有推理迷，讓譽子聽到了不少關於僞造證據的知識吧。但是譽子把這個主意告訴新宮時，新宮並不贊成。新宮認爲這麼做很可能反而讓警方察覺案情並不單純，而且就算沒放那幾本書，單憑自己的供詞應該也可以騙過警方。新宮勸譽子別去圖書館，但譽子還是一意孤行。或許是因爲譽子實在是恨弟弟入骨，想要親手放一些具體的證據在弟弟的房間裡，誣陷弟弟是殺害妙子的凶手。」

穗波以手掌撐著臉頰，臉上的表情相當複雜。

「如果武藤譽子當初聽從新宮的建議，或許根本不會東窗事發。」

「……接著兩人什麼也不做，觀望了一段時間，確認浩二遭新宮殺死一事並沒有驚動警察。直到過完年之後，兩人才開始執行謀殺新宮妙子的計畫。動手的日子，就選在新宮出差的十九日。在這之前，譽子再次潛入弟弟的房間，貼上新的月曆，擺放當期的電視節目雜誌，製造出弟弟還活著的假象。當然譽子也趁這個時候，將圖書館借來的三本書放進了房間裡。公寓鄰居指稱在一月中旬的深夜聽見浩二房間裡有人走動的聲音，證實了譽子當時的行動。」

穗波聽到這裡，搶著說道：

「到了一月十九日的晚上，武藤譽子溜進位於八王子的新宮家，殺害了新宮的妻子。譽子用來打開大門的備份鑰匙，正是新宮爲她準備的。但我不懂，爲什麼她要使用備份鑰匙？這不是等於告訴警方凶嫌身分特殊，縮小了搜查的範圍？」

「話是這麼說沒錯……」

綸太郎說道：

「但一來新宮的妻子每天必定會將門窗上鎖，二來擊破窗戶或破壞門鎖是需要蠻力的舉動，新宮不希望增加譽子的負擔。雖然新宮妙子半身癱瘓且正在熟睡當中，但殺人畢竟不是件容易的事，對身爲弱女子的譽子來說，本來就有執行上的困難。至於以電線的延長線絞殺妙子的殺害手法，雖然不適合由女人來做，但一來凶器的選擇不能引起警方的疑竇，二來上頭必須殘留武藤浩二的指紋，因此延長線成了唯一的選擇。此外兩人知道警方一定會調查通話紀錄，因此在妙子死後，武藤譽子打了好幾通電話到新宮的家裡及公司，僞裝成來自浩二的威脅電話。」

穗波聽到這裡，忽然想起一件事，問道：

「對了，我剛開始忘了問，新宮與譽子是怎麼認識，又是怎麼發展出了親密關係？警方在調查新宮的異性關係時，爲什麼沒有發現這兩人的關係非比尋常？」

「想起來很不可思議，其實說起來沒什麼大不了。新宮的工作是業務員，他所負責的某客戶公司的課長是『洋酒天國』的常客。這個課長經常指名譽子，譽子曾向他提到自己爲了實現未來的開店夢想，想要學習電腦方面的經營管理技術。這個課長爲了取悅譽子，將新宮的電子郵件地址告訴了譽子，並且聲稱新宮是這方面的專家。新宮在販賣辦公室儀器的公司上班，因此擁有一些電腦方面的知識。這個課長又悄悄拜託新宮給予譽子一些建議，但沒有讓新宮知道譽子是酒店裡的紅牌小姐。因此新宮剛開始只是爲了幫客戶的忙，與譽子以電子郵件交談了數次，建立起一點交情。這就是兩人認識的契機，但直到去年秋天，那個課長突然罹癌過世，兩人才在喪禮會場上第一次見面。」

「……去年秋天，不就是新宮妙子出院的時期？」

綸太郎雙手插胸，說道：

「嗯，自從第一次見面後，兩人的感情迅速升溫。但畢竟妻子身受重傷，新宮爲了隱藏兩人的關係，日常生活中非常謹愼小心。就連跟公司女同事的不尋常關係，對新宮來說似乎也只是一種障眼法而已。而且新宮與譽子似乎是眞心相愛，未來有結爲連理的打算。新宮也就罷了，女方竟然也不是基於私心或覬覦錢財才接近新宮，愛情的魔力眞讓人無法理解。我爸爸也不禁感嘆，因爲譽子是酒店小姐，搜查本部只把焦點放在酒店內的人際關係上，卻沒有注意到她在酒店之外，也有著一般人的正常生活。不過這也不能怪警察不中用，畢竟居中介紹兩人認識的人物已經死了。」

穗波低頭看著桌面，陷入了沉思。半晌之後，她才緩緩抬頭，注視著綸太郎低聲呢喃：

「但是……還是有一點讓我無法釋懷。」

「哪一點？」

「如果新宮和也與武藤譽子只是想要達成完美犯罪，大可以不必特地僞裝出交換殺人的計畫。在譽子殺死新宮的妻子之後，兩人就可以收手了。因爲除了譽子的弟弟浩二之外，根本沒有人知道新宮與譽子之間有著親密關係。新宮根本沒有必要演出那段攻擊譽子的戲碼，兩人只要等風頭一過，不就可以逍遙法外了？」

綸太郎放開原本盤在胸前的雙手，將身體往前湊，說道：

「正是因爲做不到這點，所以他們才決定僞裝出一場交換殺人的計畫。說起來他們失敗的原因，正是由於他們是眞心相愛，彼此都不抱私心。就像妳所說的，如果他們在殺死新宮妙子之後就不再採取任何行動，或許根本不會有事跡敗露的一天。但如此一來，爲了不引起警方的懷疑，他們將再也無法見面。因爲一旦警方發現他們兩人的關係，立刻就會察覺譽子是殺死妙子的共犯。將來不管他們演出一場多麼自然的『邂逅』，只要警方依然懷疑新宮涉嫌謀害妻子，一定會有人追溯往事，挖掘出兩人不可告人的關係。因此他們的唯一解套辦法，是事先製造出另一種不一樣的『邂逅』。」

穗波歪著腦袋問道：

「……不一樣的『邂逅』？」

「刑事案件的歹徒與被害人萌生感情並不算是什麼稀奇的事。尤其是像這個案子的情況，兩人表面上看起來都算是受害者。如果把殺人罪嫁禍給武藤浩二的虛假交換殺人計畫成功了，新宮與譽子就算在未來成爲戀人，也不會引起任何人懷疑。新宮確實曾一度想要殺死譽子，但站在譽子的角度來看，新宮也跟自己一樣，是遭受弟弟浩二脅迫的受害者。新宮是在不得已的情況下才攻擊譽子，而且在事後表現出了想要贖罪及懇求原諒的態度。更何況如果浩二所挑上的共犯不是新宮，而是其他人，或許譽子早已遭到無情殺害。」

穗波終於露出了恍然大悟的表情。

「我明白他們心裡的盤算了……新宮妙子所遺留下的錢，應該會以傷害賠償金的名義落入譽子的手中。雖然在虛假交換殺人計畫成功之後，新宮將會因刑責而喪失對妻子遺產的繼承權，但如果將那筆錢視爲夫妻共同財產，再雇用高明的律師來打官司，相信新宮要取得那筆錢應該不是難事。譽子在得到錢之後，就能開一家舶來品雜貨店，實現長年來的夢想。新宮雖然必須入監服刑，但譽子會經常去探視他，爲他出獄後的更生盡一份心力。

兩人的關係會傳爲佳話，每個人都會對他們獻上由衷的祝福。」

綸太郎點了點頭，感慨萬千地說道：

「所以他們才會大繞圈子，僞裝出交換殺人的計畫，讓新宮抱著必須坐牢的覺悟，上演一齣襲擊譽子的戲碼。這完全是爲了製造出一場清清白白、沒有人會懷疑的『邂逅』。」

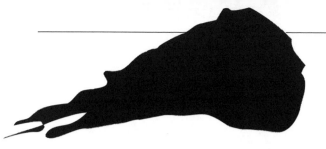

1

「當你看到『沒開燈算你命大』這排字，會想到什麼？這不是口頭說出的一句話，而是一排手寫的文字。」

「沒開燈算你命大……？」

綸太郎歪著腦袋說道：

「好耳熟的句子，這是猜謎的題目嗎？」

「不，是我現在正在偵辦的一起凶殺案。星期一深夜，在世田谷區松原的一間公寓套房裡，一名大學生慘遭殺害。現場的牆壁上歪歪斜斜地寫著這麼一排紅色文字……顏料當然是死者的鮮血。」

「凶案現場牆上的血字？」

警視一臉嚴肅地點了點頭。

週末的夜晚，法月警視穿著睡衣，正在享受飯後的一根菸。綸太郎頓時興致全失，搖頭說道：

「別想騙我。什麼正在偵辦的凶殺案，這根本是有名的都市傳說。」

「有名的什麼……？」

「都市傳說，簡單來說就是在現代都市裡口耳相傳的謠言，例如『裂口女』或『廁所裡的花子』之類。散播者通常會聲稱『這是我朋友的朋友的親身經歷』。除了最常見的靈異現象或怪談之外，還有一些較貼近眞實生活，例如名人的醜聞或是可怕的犯罪案件。爸爸剛剛說的這個，在都市傳說裡算是相當有名。」

「……等等！」

法月警視一臉驚愕地說道：

「這麼說來，這是從以前就存在的傳說？你沒有騙我？」

「我騙你做什麼？爸爸，你已經被我破哏了，還想裝蒜？」

「又不是你寫的小說，誰跟你拐彎抹角說話？那到底是什麼樣的傳說，你快說來聽聽。」

「唉，爸爸的嘴可眞是毒辣。好吧，我知道的都市傳說大概是這樣……」

女大學生A子隨著一群社團朋友到B學長的公寓房間玩。大家喝酒聊天，度過了一段歡樂的時光。到了深夜，聚會結束了，A子跟著朋友一同離開學長的房間。

但是走到半路，A子察覺提包忘在房間裡。於是A子向朋友道別，獨自回到了學長的公寓房間。來到門口一看，裡頭的燈已經關了。A子按了門鈴，裡頭沒有反應，看來B學長已經睡了。A子正感到不知如何是好，試著轉動門把，卻發現門應手而開，似乎是學長忘了鎖門。

房間裡黑得伸手不見五指，但A子還記得提包的擺放位置，而且不想吵醒熟睡中的學長，所以A子並沒有打開電燈，只是低聲說了一句：

「我來拿忘記帶走的東西。」

A子在房間裡摸黑找到了自己的提包，就這麼轉身離開了房間。

「噢，聽起來挺有意思。」

法月警視故意裝出泰然自若的口吻，表情卻異常嚴肅。過長的菸灰快要掉落在桌面上，他卻沒有察覺。

「後來呢？」警視問。

隔天，A子發現B學長沒有到學校，有點放心不下，決定回學長的公寓看看。來到公寓附近一看，發現門口停了一輛警車，周圍擠滿了警察及圍觀的人群。

「請問發生什麼事了？」

A子詢問附近鄰居。

「昨晚公寓裡發生命案，X號室的B學生被殺了。」

鄰居這麼回答。似乎是昨晚A子等人回家之後，有人從沒有上鎖的門侵入了房間，以小刀刺殺了熟睡中的B學長。

（昨晚回來拿提包的時候，如果我把學長叫起來鎖門，就不會發生這種事了……）

A子感到非常後悔，但再怎麼自責也是於事無補。

隔天起，每個曾經在B學長遇害前與B學長一起喝酒的社團同學，都被警察找去問話。A子對B學長的死感到相當自責，因此也主動聯絡警察，鉅細靡遺地告知了當晚發生的事情。最後刑警取出一張照片，先提醒A子保持鎮定，接著才問道：

「命案現場寫著這麼一句話，妳知道這代表什麼意思嗎？」

那張照片拍的是B學長的房間內部，牆壁上寫著一排潦草的鮮紅色文字。

「沒開燈算你命大」

A子一看到照片，霎時臉色蒼白，當場昏厥了。那天夜裡，A子回到房間的時候，B學長已經慘遭殺害，而且凶手還躲在房間裡！如果當時A子打開電燈，想要把學長喚醒，一定會看見凶手的臉。如此一來，A子也會遭凶手殺害。

法月警視將雙手盤在胸前，沉吟起來。

「……你說這個都市傳說很有名？大部分年輕人都聽過嗎？」

「應該吧。最近網路上有很多介紹都市傳說的網站，從來沒聽過的人應該是極少數吧。當然會不會信以爲眞，又是另外一回事。對了，去年還上映過一部以都市傳說爲題材的電影呢。」

警視瞪大了眼睛，問道：

「有這樣的電影？」

「那是一部名叫《下一個就是你》的美國低成本驚悚電影，原文名稱是『Urban Legend』，直譯就是『都市傳說』。我記得後來好像還出了錄影帶吧。美國打從一九六〇年代起，年輕人之間就流傳著不少有名的都市傳說，例如『後座的殺人魔』『慘死的男朋友』及『保姆與二樓的男人』等等。《下一個就是你》這部電影就是描述一個連續殺人魔，每一次殺人都依照這些都市傳說的情節下手。雖然故事本身相當有趣，但推理的部分只是差強人意。對了，在這部電影裡，還包含了我剛剛說的那個都市傳說的改編版本呢。」

「改編版本？」

「相似類型的都市傳說通常被稱作『慘死的室友』，雖然說是改編版本，但其實電影裡的版本或許更接近原始版本。我剛剛說的那個版本應該也不是在日本自然產生的都市傳說，而是由美國的版本變化而來。事實上最近這些年的都市傳說，幾乎都是發祥於美國。民俗研究家詹．哈羅德．布朗凡德（Jan Harold Brunvand）在一九八一年所出版的著作《消失的搭車客》（*The Vanishing Hitchhiker*），更是掀起了一股都市傳說風潮……」

警視不耐煩地哼了一聲，說道：

「別賣弄知識了，快告訴我那部電影裡的都市傳說情節。」

「好啦……『慘死的室友』這個都市傳說似乎有好幾種版本，每種版本的細節設定都不太相同。電影裡使用的版本，大意是這樣的……場景是某鄉下大學的學生宿舍，女主角與一個品行不良的太妹學生住在同一個房間裡。某天晚上，女主角回到房間，發現室友的床上傳來呻吟聲。女主角以爲室友正在和男友辦事，因此沒有開燈，直接走到自己的床上，戴上了耳機，在音樂聲中沉沉睡去。隔天早上，當女主角醒來時，竟看見室友慘死在床上，凶手以鮮血在牆上寫著『AREN'T YOU GLAD YOU DIDN'T TURN ON THE LIGHT』。」

「『沒開燈算你命大』……原來如此，這可是重要的線索。既然這部電影曾在日本上映，凶手很可能也看過。既然還出了錄影帶，我得上錄影帶出租店找來看看，或許能發現一些有助於鎖定凶手身分的線索。」

法月警視掏出筆記本，記下了電影片名。綸太郎見父親寫得煞有其事，狐疑地問道：

「你是認眞的？不是飯後的閒聊打屁？眞的發生了這種莫名其妙的命案？」

「沒錯，我打從一開始就跟你說了。我們遇上了一起命案，幾乎和都市傳說的情節一模一樣。不過不是電影裡的版本，而是最初的A子的版本。目前我們沒有把凶手寫下血字的事情告訴媒體記者，以免在社會上引起騷動。」

綸太郎目不轉睛地凝視父親，眼睛連眨也沒眨一下。

「一模一樣的命案？你的意思是說，凶手模仿了都市傳說的情節……？」

警視面色凝重地皺眉說道：

「從你剛剛的說明聽來，似乎是如此。」

「……我想知道命案的詳情！」

2

「……受害者（B學長）叫松永俊樹，是M**大學理學部的二年級學生，住在松原一丁目的『貝曼松原』公寓的二〇六號室。這棟公寓距離京王線明大前站約徒步五分鐘，是一棟專爲學生族群設計的套房公寓，內部的設備相當簡陋，但房間的隔音效果做得很好。由於一樓的公寓大門並沒有採用自動上鎖系統，就算是不住在公寓裡的外人也可以自由進出公寓。星期二的下午，松永的屍體被人發現倒臥在自己房間的地板上。」

「發現者是誰？」

「山貓快遞的送貨員。剛好在前一天，也就是星期一，松永的家人從位於靜岡縣的老家寄了一些東西給松永。送貨員拿著包裹按了二〇六號室的門鈴，門內無人回應。但房門並沒有鎖上，送貨員因而猜想房間裡應該有人。如果房間裡的學生只是還在睡懶覺，爲了這種人而另外找時間遞送包裹，實在是浪費時間及汽油。」

警視的語氣中流露出了對送貨員的同情（？），接著說道：

「送貨員抱著姑且一試的心情，打開門朝房間裡望了一眼，沒想到竟看見受害者血淋淋地倒在八張榻榻米大的房間裡。送貨員急忙上前想要急救，但受害者已經死了好幾個小時。於是送貨員趕緊拿出手機報案，當時是下午一點四十五分。」

「我們該慶幸他認爲處理命案比送貨重要。行凶手法是什麼？死因呢？」

「死者的胸口遭人以尖銳的錐狀凶器刺入，導致大量失血，幾乎是當場死亡。但死者似乎並不是在睡夢中忽然遭到攻擊，因爲現場有扭打過的痕跡。可見得死者曾經一度醒來，而且試圖自我防衛。」

「尖銳的錐狀凶器是什麼？螺絲起子嗎？」

「不，我們在流理檯內發現了一把冰鑽，從附著在尖端的血跡及傷口特徵來研判，應該就是凶器。不過這把冰鑽不是凶手從外頭帶進來的東西。松永很愛喝酒，這把冰鑽是他自己的持有物。凶手將冰鑽的握柄清洗得乾乾淨淨，因此我們採集不到指紋。根據鑑識人員的說法，當時凶手應該連自己手上的死者鮮血也一併洗掉了。」

「原來如此，現場有扭打痕跡，而且凶器是原本就在房間裡的冰鑽，這意味著有可能是非預期的犯案。死亡推測時間大約是幾點？」

「根據監察醫的研判及法醫的驗屍報告，松永遭殺害的時間應該是在星期一的晚上十一點到隔天凌晨一點之間。但根據關係人的證詞，可以確定受害者在晚上十一點半左右已經死亡。」

「關係人是誰？」

對於綸太郎的連番提問，法月警視並沒有立即回答。或許他想要維持自己的說話步調，因此故意以緩慢的動作拿起香菸，慢條斯理地點了火。

「……當然是大學的社團朋友。我不是說過嗎？這案子跟A子的都市傳說一模一樣。松永俊樹是學校內的保齡球同好會的成員，從以前就經常邀約同好會的朋友，到自己的房間裡喝酒聊天。由於房間的隔音效果不錯，就算喝醉了大聲喧譁，也不用怕引來周圍鄰居抱怨。」

「原來如此，難怪松永的房間裡有冰鑽。」

「嗯，發生命案的星期一剛好是大學期中考的最後一天，保齡球同好會的成員在這天傍晚聚集在下北澤的酒館，舉辦了一場歡慶考試結束的聚會。聚會結束之後，同好會裡交情特別好的七個人，一如往常地前往『貝曼松原』公寓的松永學長房間。他們在途中的便利商店買了酒及下酒菜，在晚上九點左右抵達松永的房間，開始續攤。」

「哪七個人？」

「包含松永在內，共有四名男學生、三名女學生。你等等，我這裡有整理好的名單。」

警視翻開筆記本。關係人的名單上記載著每個人的學部、學年、性別，以及距離住處最近的車站。

×松永俊樹　理學部二年級．男（明大前）
野崎哲　理學部二年級．男（町田）
三好信彥　法學部二年級．男（用賀）
長島友梨加　文學部二年級．女（吉祥寺）
遠藤章明　經濟學部一年級．男（杜鵑丘）
廣谷亞紀　文學部一年級．女（代代木八幡）
關口玲子　經濟學部一年級．女（梅丘）

綸太郎一邊記住每個人的名字，一邊問道：

「一年級的女生有兩個，哪個是A子？」

「文學部的廣谷亞紀。你別急，讓我從頭開始說。這場星期一的聚會，剛開始時氣氛很歡樂，但後來發生了一點口角，這點跟你描述的都市傳說不同。爆發口角的人物，是松永跟同年級的三好信彥。原本只是爲了一點小事而僵持不下，後來演變成激烈的互相怒罵，周圍的人也勸解不了。」

「這群人不是死黨嗎？就只有這兩人合不來？」

「這兩人平常似乎也沒有什麼嫌隙。何況他們只是互罵，並沒有動粗。在旁觀者的眼裡，當時是松永較冷靜，他故意說一些譏諷的話來戲弄三好，讓三好氣得直跳腳。畢竟當時他們都喝醉了，平常清醒時只會一笑置之的風言風語，此時聽在三好的耳裡也異常刺耳。從以前到現在都一樣，學生只要聚集在一起就容易惹是生非。不過因爲從前的一些事情，三好對松永也算是有一點心結吧。」

「跟女人有關？」

綸太郎豎起小指。警視板著一張臉，點頭說道：

「沒錯，算是三角戀情引發的衝突吧。」

「跟在場三個女生中的某一個？」

「不，那已經是過去的事了。保齡球同好會本來有一個叫佐佐木惠的女會員，與松永、三好等人在同一年加入社團。惠還在社團裡的期間，與三好信彥是男女朋友關係。但松永相當不識相，竟然開始糾纏已經名花有主的惠。三人之間發生了一點糾紛，惠的立場變得尷尬，不久之後就不再參加同好會的聚會，成了幽靈會員。聽說後來三好與惠也分手了。」

「原來如此，眞是老套的情節。」

「嗯，其實這背後還有一些隱情，不過這個等等再說，我先把主要的案情說完。兩人發生爭吵的時間，大約是晚上十點多。到了十點半，三好忽然說喝得太多，有點不太舒服，想要先回家。實際上的理由，當然是不想繼續待在松永的房間。同伴也沒有阻止，於是三好就獨自離開了。」

「三好離開之後，剩下的人還是繼續喝酒？」

「還喝了一會。」警視說道，「但畢竟場面弄僵了，大家都開始有些心不在焉。聊了大約三十分鐘，氣氛炒不起來，大家心裡都有默契，就各自起身回家了。松永雖然是主人的身分，但由於前一晚熬夜準備考試，這時已是滿臉睏意，彷彿眼睛也快睜不開了。」

「這麼說來，松永挑釁三好也不是有什麼惡意，只是想找點事情來讓自己保持清醒？」

「這就不得而知了。總而言之，清理完菸蒂、空酒瓶及垃圾之後，松永以外的五人在晚上十一點多離開了房間。這五人分成了兩組，野崎哲、長島友梨加及遠藤章明三人前往明大前站，廣谷亞紀及關口玲子這兩個一年級女生則走向相反方向的梅丘站（小田急小田原線）。」

「等等……」

綸太郎打斷警視的話，看著名單說道：

「……長島友梨加住在吉祥寺，遠藤章明住在杜鵑丘，這兩個人前往京王線的明大前站很合理。但野崎哲的家不是在町田嗎？爲什麼沒有跟兩個學妹一起走向小田急線的梅丘站？」

法月警視泰然自若地說道：

「那是因爲野崎這天晚上沒有回到位於町田的住處，而是跟著友梨加一起到吉祥寺的公寓過夜了。我剛剛忘了說，野崎哲與長島友梨加是社團內公認的情侶。不過友梨加懇求我們保守這個祕密，別讓她的父母知道這件事。」

「原來是這麼回事，抱歉打斷了爸爸的話。關鍵人物不是那三人，而是走向梅丘的兩個女生，對吧？」

「沒錯。」

警視輕咳一聲，舔了舔嘴唇，暗示案情即將進入高潮。

「從松永住的公寓到梅丘站，徒步約十五分鐘。兩人走到車站，廣谷亞紀才察覺手機忘了拿。剛剛在聚會的途中，亞紀曾爲了接朋友打來的電話，而將手機從提包裡拿出來。沒想到手機竟然就這麼忘在松永的房間裡了。如果忘的是其他東西，那也就罷了，但手機可是比性命還重要的東西，絕對不能就這麼回家。於是亞紀只好趕緊返回松永的公寓。」

「她一個人？」

「沒錯，關口玲子並沒有與她同行。」

「這可有點奇怪。雖然那時候還在電車的營運時間內，但讓一個十九歲的少女獨自走夜路，實在是太沒有危機意識了。關口玲子怎麼沒有一起回去？難道其實她們兩人沒那麼深的交情？」

法月警視搖頭說道：

「不，廣谷亞紀與關口玲子是整個社團裡交情最好的兩個人。你的懷疑確實有道理，但是廣谷亞紀獨自返回松永的房間，其實有著正當理由，那就是她向玲子借了腳踏車。」

「……腳踏車？」

「沒錯，關口玲子所住的公寓，位在梅丘車站南邊的梅丘二丁目，她每天都是騎腳踏車到車站，因此當時她的腳踏車就停在車站旁的腳踏車停放區內。從車站到松永的公寓雖然步行要花十五分鐘，但如果是騎腳踏車，只要十分鐘就可以來回了。很合理的做法，對吧？所以玲子把腳踏車的鑰匙交給亞紀，自己進入車站前一家營業到深夜的甜甜圈店，等待亞紀歸來。」

「原來如此，以都市傳說的女主角而言，實在太聰明了。後來呢？」

「於是廣谷亞紀就騎著向玲子借來的腳踏車，回到了松永的公寓。聚會的解散時間大約是晚上十一點出頭，兩人走到梅丘車站花了十五分鐘，討論及商借腳踏車假設花了五分鐘，亞紀騎著腳踏車回到公寓也要花五分多鐘，因此當亞紀走到二〇六號室的門口時，應該是晚上十一點三十分左右。接下來就是本案最關鍵的時刻了。亞紀按了松永的房間門鈴，但沒有聽到回應，而且房間裡的電燈也已關了。就像我剛剛所說的，松永前一晚熬夜念書，這一晚又和朋友喝酒聚會，當大家準備要離開時，他看起來已是一副昏昏欲睡的模樣。因此當大家都離開後，他立即關燈上床睡覺，也是理所當然的事。亞紀在門外煩惱了一會，抱著死馬當活馬醫的心情轉動門把，沒想到門竟然開了，似乎是松永在入睡前忘了鎖門。亞紀探頭往房內一望，裡頭暗得伸手不見五指……」

「確實跟A子的都市傳說如出一轍。但換成了眞實的命案，頓時增添了幾分眞實感。」

「或許吧。亞紀打開門之後，在門外猶豫了一會。一來爲了自己的私事而將熟睡中的學長喚醒，實在有些過意不去，二來又擔心睡迷糊的學長可能會誤以爲自己對學長有意思，甚至是對自己霸王硬上弓。因此亞紀沒有開燈，只是小聲說了一句『我是廣谷，回來拿忘記帶走的手機』，連鞋也沒脫，以膝蓋著地的爬行姿勢摸黑前進。松永學長的房間已來過好幾次，早已記下了房間裡的大致格局與擺設。亞紀在自己剛剛坐過的地板附近伸手探摸，馬上就摸到了自己的手機。接著亞紀以相同姿勢倒退回到門口，沒有發出半點聲音，悄悄關上了門，快步離開松永的房間。臨去之際，亞紀曾一度擔心學長沒鎖門實在有點危險，但亞紀旋即以學長是男人所以很安全來說服自己。接著亞紀跨上玲子的腳踏車，以飛快的速度回到車站前，與等在甜甜圈店裡的玲子會合。」

「她在進入松永的房間時，沒有察覺任何異狀嗎？」

「完全沒有。或許她當時滿腦子只想著自己的手機吧。她滿心以爲學長正在床上熟睡，也沒聽見任何可疑的氣息或聲響。」

「好吧，這也不能怪她。假設她在松永的房間裡停留了數分鐘，騎腳踏車回到車站前也花五分多鐘，算起來當她到甜甜圈店與關口玲子會合時，時間大約是十一點四十分左右？」

「嗯，接受警方詢問時，她們各自出示了當時在店裡點飲料的收據。上頭所記錄的時間，關口玲子是晚上十一點二十六分，後來進入店內的廣谷亞紀是十一點四十一分。後來她們坐在甜甜圈店裡聊了一會天，順便醒醒酒。關於當晚松永與三好發生的爭執，她們也各自說出了自己的想法。亞紀的住處在代代木八幡，而開往新宿方向的最後一班電車是十二點三十三分，她們稍微提早了一點時間離開甜甜圈店，兩人在剪票口前道別。」

3

法月警視起身上廁所，綸太郎則到廚房準備冷飲。雖然時間已不早了，但案情的討論才正要進入重頭戲。綸太郎心想，這時父親應該會想喝一點酒吧。

「噢，你眞貼心。」

法月警視回到客廳，立刻端起酒杯喝了一口。綸太郎也陪著喝了一點，順便潤潤喉嚨。警視轉了轉脖子，姿勢宛如正在做伸展運動。

「……剛剛說到廣谷亞紀與關口玲子在梅丘道別，對吧？接下來會發生什麼事，你應該也猜到了。跟剛剛那個A子的都市傳說，幾乎一模一樣。」

「爲什麼說『幾乎』？」

「多少還是有一點差異。例如廣谷亞紀在案發的隔天並沒有前往松永的公寓，而且在接受警方詢問時，員警告訴她牆上的血字，她也沒有昏厥。不過她當時臉色慘白，而且身體不停發抖，看來這件事恐怕會對她造成心靈的創傷。」

「她受到的驚嚇應該不小吧。」

「那是當然的事。如果那漆黑的房間裡只有松永的屍體，那也還罷了，但連剛行凶的歹徒也跟她近在咫尺，任誰想起來都會毛骨悚然吧。爲了以防萬一，我特地派刑警護送亞紀離開，今後也會讓刑警跟在她的身邊，隨時保護她的安全。如果她能想起一些關於凶手的線索，當然是再好不過，但我想這可能性恐怕不大。『沒開燈算你命大』這句話，也算是凶手對她的一種警告吧。」

「從這串血字沒辦法得到什麼物證嗎？例如手指痕跡或筆跡什麼的。」

「凶手相當狡猾。」

法月警視無奈地凝視著桌上的菸灰缸。

「遭殺害的松永是個菸瘾很重的人。據鑑識人員研判，牆上的血字應該是以房間裡的菸蒂，也就是香菸的濾嘴部位沾血寫成的。但我們在房間裡並沒有找到沾著血跡的菸蒂，多半是被凶手扔進馬桶裡沖掉了。筆跡方面多半也難以作爲證據，因爲寫得歪歪斜斜，簡直像幼童寫的字。」

「爲了不被掌握筆跡，故意不以慣用手寫字？」

「多半是這麼回事，所以我才須要藉助你的知識。你剛剛說，A子的都市傳說有好幾種版本？有沒有哪一個版本提到了凶手的身分？」

剛剛才說不要賣弄知識，現在又說這種話，未免太任性了點。綸太郎心裡雖這麼抱怨，但沒有故意賣關子，老實說道：

「就算有，恐怕對破案也沒有任何幫助。這一類的都市傳說，凶手大多不是越獄的囚犯，就是喪心病狂的殺人魔。」

「我想也是。附帶一提，這個月沒有任何越獄的報告。」警視說道。

綸太郎點了點頭。

「『在凶案現場留下血字的殺人魔』這個概念，應該是受了美國的眞實犯罪案例所影響。例如一九六九年的『莎朗・蒂謀殺案』中，由查爾斯・曼森（Charles Manson）所率領的一群人殘殺包含好萊塢女星莎朗・蒂（Sharon Tate）在內的五名受害者，在凶案現場的牆上以死者的血寫下了『Helter Skelter』字樣。」

「這我也曾聽過。那是披頭四的曲名，對吧？」

「沒錯。繼續往前回溯，還有一九四五至四六年的『口紅殺手事件』，以殺人爲樂的威廉・赫倫斯（William Heirens）殺害了包含六歲女童在內的三名女性。當時赫倫斯年僅十七歲，就讀於芝加哥大學，他在犯案現場的牆上以受害者的口紅寫下『求求你們，在我殺更多人之前快抓住我，我控制不了我自己』。」

「嗯，的確是夠喪心病狂。」

「赫倫斯所用的雖然不是受害者的鮮血，但不難想像這種震驚社會的犯罪案例會對社會大眾的潛意識造成什麼樣的影響。正因爲這些案例，世人才會將『血字』與隨機殺人魔畫上等號。不過這指的是都市傳說的概念根源，至於這次發生的『公寓凶殺案』，我們沒有任何證據可以斷定凶手是隨機殺人魔。」

法月警視一邊摸著下巴一邊搖晃身體，似乎對綸太郎這番見解非常滿意。

「這點我也贊成。實際上以時間軸的角度來看，不太可能是非親非故的殺人魔突然侵入松永的房間，毫無理由地將他殺害。」

「時間軸？」

「我剛剛說過了，社團朋友們離開公寓的時間是晚上十一點出頭。廣谷亞紀回來拿手機，在黑暗中與凶手共處一室，則是十一點半左右。只因爲忘了鎖門，在這短短不到三十分鐘的時間裡，就有一個完全不認識的歹徒闖進松永的房間，將他殺死了？這麼異想天開的事情，實在不太可能發生在現實生活中。」

「確實有道理。這麼說來，凶手寫下『沒開燈算你命大』這句話，只是想讓警方誤以爲凶手是隨機殺人魔？」

「嗯，但這應該不是深思熟慮過的計畫，而是突然想到的點子。聽了你的描述之後，我對這個推論更有自信了。否則的話，凶手所寫的話不會跟著名的都市傳說裡的臺詞一模一樣。另外還有一點……」

警視將酒杯擱在桌上，趾高氣昂地說道：

「從整起案子的來龍去脈看來，殺害松永俊樹的凶手，很可能就在參加聚會的那些人之中。」

「聽你的口氣，你似乎已經鎖定凶手的身分了？靠的是不在場證明嗎？」綸太郎搶著說道。

警視揚起了嘴角。

「沒錯，根據廣谷亞紀的證詞及血字的內容來研判，我們可以肯定凶手在十一點半左右，正在松永的房間裡。因此每個人的不在場證明成了破案的關鍵……首先是廣谷亞紀及關口玲子，這兩人當然可以先排除。對了，我要補充一點，除了收據上的時間之外，甜甜圈店的店員也可以作證她們並沒有說謊。關口玲子在廣谷亞紀回來之前，一直坐在店員看得見的座位上，一步也沒有踏出店外。她們兩人走出甜甜圈店的時候，已經是十二點二十五分了。」

「非常完美的不在場證明。接下來是誰？」

「野崎哲與長島友梨加這對情侶，我剛剛也說明過了。他們兩人在明大前的車站月臺上，與打算回杜鵑丘的遠藤章明道別後，就搭乘井之頭線的電車前往吉祥寺，一同進入了友梨加的公寓房間。他們兩人一直到隔天早上都在一起，互相可以爲對方作證。」

「唔，但也不能排除共犯的可能……遠藤章明呢？與兩人分開後，有不在場證明嗎？」

「他聲稱自己當晚直接回到了位於杜鵑丘的住處，並沒有前往其他地方。雖然沒有任何直接證據能夠證明這一點，但當時剛好有個經濟學部的同學打電話至遠藤的手機。根據該同學的證詞，兩人從十一點二十五分起，在電話裡交談了約十分鐘，完全沒有中斷。」

「原來如此。」

綸太郎在膝頭一拍，說道：

「當時廣谷亞紀正在松永的房間裡。凶手就躲在漆黑的房裡，靜靜等著亞紀離開。如果遠藤是凶手，絕對不可能以手機和同學交談。」

「沒錯。最後就只剩下三好信彥了。這個人並沒有明確的不在場證明，根據他自己的證詞，他在十點半獨自離開松永的公寓後，由於剛和松永吵完架，心情很不好，所以跑到附近的電動遊樂場打電動。他逛了幾間不同的遊樂場，打了大約一小時的電動，最後搭上電車，回到位於用賀的自家。三好並不是在外頭租屋，而是住在自己的家裡，與父母、兄弟同住。根據家人的證詞，三好約在十二點出頭踏進家門。」

「在十二點出頭回到位於用賀的自家……就算十一點半之後才離開松永的房間，走到松原站搭東急世田谷線的電車，在三軒茶屋站轉田園都市線，要回到家可說是綽綽有餘。」

「沒錯。爲了保險起見，我們試著在電動遊樂場附近尋找目擊證人，但目前沒有任何人聲稱目擊疑似三好的人物在該時段出現在遊樂場附近。除了缺乏不在場證明之外，由於三好信彥在聚會過程中曾與受害者發生激烈爭執，所以從動機面來看，他的嫌疑也最大。」

法月警視說得斬釘截鐵，臉上充滿了自信。

根據到目前爲止的案情來研判，三好信彥的嫌疑確實最大。但在討論每個人的不在場證明時，綸太郎似乎總覺得有什麼事情不太對勁……那就像是心頭上的一個疙瘩，一時之間綸太郎也不明白其具體的意義。因此綸太郎決定暫時接納父親的論點，並沒有加以反駁。

「說起動機，剛剛爸爸在講到松永、三好與同好會前成員佐佐木惠發生三角糾紛的時候，曾提到背後有個隱情，那到底是什麼？」

「這個隱情涉及受害者的某個行爲。簡單來說，就是時下的年輕人很常見的藥物濫用問題。」

法月警視故意賣了個關子，又拿起一根菸。

「……松永俊樹有個大他八歲的表哥，是個精神內科醫生。這個表哥似乎從以前就一直有個把柄落在松永的手裡。所謂的把柄，其實也不是什麼天大的事情，大概就是在外頭偷腥被看到的程度而已。松永答應表哥不說出祕密，卻藉此向表哥勒索一般人難以取得的藥物。」

「違法的藥物嗎？」

「不，是一種名為『百憂解（Prozac）』的抗憂鬱藥物，由美國的製藥公司所販賣，單純持有並不算違法。我們在進行命案現場的搜查時，在衣櫥裡的一個紙箱內發現了一些白綠雙色膠囊的『百憂解』，數量約有五十顆。」

「我記得『百憂解』是一種幫助活化腦中血清素的藥物，對治療憂鬱症有極佳的效果。自從在美國販售之後迅速普及，儼然成為合法的快樂丸，一般人在日常生活中也經常服用……松永有憂鬱症的傾向？」

「不，他本人非常健康。或許他自己也服用過幾次，但是並沒有長期服用的跡象。他向表哥勒索這些『百憂解』，是為了轉賣給朋友，賺一點零用錢。」

這意料之外的隱情，讓綸太郎皺起了眉頭。

「等等……既然受害者是個藥頭，凶手的行凶動機很可能是交易上的糾紛。當然我的意思並不是濫用藥物的人都會變成心理變態，但這樣的案情內幕，勢必會影響整起案子的性質。」

「沒那麼誇張。根據我們在這方面的調查結果，松永的藥物買賣行為還不到可以稱為藥頭的地步。除了『百憂解』之外，他手上沒有其他藥物。而且他的賣藥手法相當隨興，既不使用帳簿，也沒有買家清單。」

警視駁斥了綸太郎的質疑後，氣定神閒地吐了一口煙霧，接著說道：

「『百憂解』是一種SSRI（選擇性血清素再攝取抑制劑）類藥物，我們國內的藥廠也生產相同機制的藥物，而且還是健康保險指定用藥。『百憂解』本身雖然還沒有獲得厚生勞動省的核可，但法律也不禁止專業醫師建議病患服用此藥，近年來甚至有不少民眾是透過外國的網站直接購得。」

「爸爸的意思是說，這種藥一點也不稀奇，松永的獲利也只是賺一點零用錢的程度？」

「沒錯，一來賣得太多可能會引起警方注意，二來遇上稍具藥物知識的人，反而會被瞧不起，畢竟這種藥實在是太容易取得了。除了拿來當作泡妞的祕密武器之外，頂多只能當成五月病（註）的特效藥，小量賣給沒有社會經驗的清純女學生。」

「這年頭已經沒什麼人會得五月病了。總而言之，佐佐木惠也曾經向松永買過『百憂解』？」

「沒錯，惠是個性格內向、愛鑽牛角尖的人，當然成了松永眼中的肥羊。據說她會定期向松永買藥，連她的男朋友三好信彥也不知情。如果只是這樣，那也沒什麼大不了，但松永卻一度以賣藥作爲威脅的手段，強迫惠與他發生關係。實際上松永似乎沒有得逞，但

註：五月病：日本社會特有的季節性憂鬱症狀。由於每年四月在日本是入學、畢業及就業的時期，許多人到了五月會因爲進入新環境而出現情緒低落、煩悶的症狀。

因為這件事的關係，惠陷入了更加嚴重的神經衰弱狀態。或許一來她覺得對不起男朋友三好，二來服用過一陣子的『百憂解』在停藥後出現了戒斷症狀。這讓她不僅退出了保齡球同好會，而且連大學也上不了，如今休學在家靜養。」

綸太郎聽了咋舌不已。

「真沒天良。難怪三好信彥會對松永懷恨在心。」

「對吧？三好不僅具有強烈的犯案動機，而且從下手的機會來看，只要把凶手認定為三好，本案最關鍵的時間軸問題就能獲得完美的解釋。」

「什麼意思？」

「我依序說明三好信彥當天的可能行動。首先三好與松永大吵一架後，在十點半離開了松永的公寓。但他並非如他自己所說的，前往了電動遊樂場。為了讓腦袋恢復冷靜，他可能到處閒晃了三、四十分鐘，但胸中一股怒火還是難以平息，於是他轉身返回松永的公寓，想要找松永把話說個清楚。沒想到走到二〇六號室門口一看，同伴似乎都已經散了，房間裡鴉雀無聲。三好原本想要放棄離開，但就在這個時候，他察覺門沒有上鎖……」

綸太郎將雙手盤在胸前，有些漫不經心地說道：

「原來如此，然後呢？」

「於是三好擅自闖進房內，連燈也沒開，就這麼將睡得正熟的松永喚醒，把他痛罵了一頓。當時大約是十一點十五分至二十分之間……這時三好信彥的心中還沒有明顯的殺意，但是對於從睡夢中被粗魯喚醒的松永來說，這口氣當然嚥不下。何況他睡得迷糊，或許還以爲是小偷闖進來，二話不說就朝對方揮拳。兩人於是扭打成一團，經過一陣混亂之後，其中一人抓起了放在房間角落的冰鑽。兩人在黑暗中爭奪冰鑽，可能一時失手，不鏽鋼的冰鑽尖端刺入了松永的胸口。那時的時間可能將近十一點半吧。三好整個人傻住了，愣愣地站在黑暗的房間裡，面對著松永的屍體。就在這時，毫不知情的廣谷亞紀進入房間拿忘記帶走的手機……」

法月警視形容得活靈活現，彷彿自己當時也在現場。他輕抬下巴，催促兒子說說自己的感想。綸太郎雙手插胸，怔怔地看著天花板，說道：

「以時間來看，確實剛剛好。而且這也能夠說明受害者爲何在短短三十分鐘的獨處時間內，就遭到殺害。但是……」

警視一愣，狐疑地瞪著綸太郎，問道：

「但是什麼？難道我的推論有什麼不合理之處？」

「當然有。如果整起命案到此結束，爸爸這番推論確實十分合理。但是這案子還有後續發展，那就是凶手在牆上寫了一排血字。假如三好信彥是凶手，他絕對不會那樣做。『沒開燈算你命大』這句話，絕對不可能是三好所寫的。」

4

「在討論聚會參加者的不在場證明時，我就覺得不太對勁了。」

綸太郎鬆開雙臂，開始向父親解釋。

「……現在才徹底想通這一點，實在是有些後知後覺。假如三好信彥是凶手，他留下血字的壞處，遠大於模仿都市傳說所帶來的好處。」

法月警視問道：

「壞處遠大於好處？」

「我們先來談談好處的部分。到目前為止，我們都認為凶手想要靠『沒開燈算你命大』這句話誤導辦案，讓警方以為殺害松永的凶手是個隨機找陌生人下手的殺人魔。但只要稍微想一下，任何人都知道這種騙小孩的伎倆不可能瞞得過偵辦的員警。畢竟這句話是將著名的都市傳說中的詞句原封不動地搬出來，就算我沒有提醒爸爸，遲早也會有員警察覺這一點。當辦案人員發現牆上的血字只是假線索，偵辦的方向還是會回到與受害者有怨恨過節的人物身上。任何人都想得到這一點，凶手沒理由想不到。尤其是三好信彥從前曾因三角關係而與受害者產生嫌隙，再加上發生命案的不久前，三好才與受害者發生過口角，辦案人員一定會懷疑到三好的頭上，這是無庸置疑的事情。換句話說，站在三好的立場來看，在牆上留下血字幾乎沒有任何好處。」

「你這番推論不無道理，但這是結果論，並不代表凶手在犯案當下也這麼想吧？」

「如果單從好處來看，確實說不準。但如果從壞處來看，不難發現這麼做的壞處大得嚇人。爸爸，你仔細想想，假設照你所說，三好信彥在晚上十一點半殺害了松永俊樹，卻差一點被廣谷亞紀撞見。還好房內太過陰暗，亞紀沒有察覺異狀就離開了，這可是求之不得的事，為什麼三好要故意留下『沒開燈算你命大』這個訊息，讓亞紀及警察都知道凶手那時候在松永房間裡？」

警視一驚，頓時啞口無言。綸太郎接著說道：

「照爸爸剛剛的描述，廣谷亞紀在聽到血字的內容之前，根本沒有察覺當時凶手就躲在松永的房間裡。因此只要沒有留下那排血字，就不會有人知道凶手在十一點半時正在犯案現場。同樣的論點，也可以套用在死亡推測時間上。只要沒有那排血字，警方根本無法鎖定確切的犯案時間。」

「……確實有道理。」

「我們應該以這一點為前提，重新檢討三好信彥的涉案可能性。如果依照最初的推論，三好在十一點半殺害了松永俊樹，他應該會非常害怕被警方鎖定確切的犯案時間才對。因為三好自從十點半離開松永房間後，就再也沒有強力的不在場證明了。他甚至沒有辦法臨時為自己安排下一些偽造的不在場證明，因此對他來說，最好的狀況就是警方無法掌握受害者的確切死亡時間。如此一來，殺人的嫌疑就會分散到當晚曾經參加聚會的所有人身上。說得更明白點，死亡推測時間的誤差範圍愈廣，對三好來說愈有利。就算三好在殺害松永之後心中慌張，但只要冷靜想一想，一定能明白怎麼做對自己最好。所以三好絕對不可能故意寫下那排血字……」

「等等！你這麼武斷地下結論，會不會太草率了？」

法月警視回過神來，試圖反駁綸太郎的推論。

「三好信彥當時不見得能夠冷靜地評估好處與壞處。或許他滿腦子只想到那個成功機率不高的好處，一時衝動就寫下了血字。」

「這可能性非常低。爸爸剛剛也說過，凶手是個相當狡猾的人物。如果當時三好信彥已經失去冷靜，怎麼能在黑暗中屏住呼吸等待廣谷亞紀離開？」

警視張口結舌，一時說不出話來。但他並沒有完全信服，依然疑神疑鬼地說道：

「你的推論雖然表面上說得通，但是在我看來，這些論點的說服力都不夠。別的不說，光看死亡推測時間這點，就算誤差範圍再大，也不能改變三好沒有不在場證明這個事實。如果三好認爲這樣就能迴避警方的懷疑，那未免太天眞了。」

綸太郎露出虛心接納的表情，點了點頭，接著卻又反駁道：

「我早就猜到爸爸會這麼說。但是請你回想一下我們最初的前提，就會發現有個非常強而有力的理由，能夠說明假如三好信彥是凶手，他絕對不會寫下血字。」

「什麼強而有力的理由？」

「當廣谷亞紀為了取回手機而在晚上十一點半進入松永的房間時，凶手就在漆黑一片的房間裡。但如果沒有牆上的血字，我們根本不會知道當時房間裡還有亞紀及受害者以外的第三個人。這一點，我剛剛已經提過了。換句話說，假如沒有血字，亞紀就會成為在死亡推測時間裡唯一進入受害者房間的人物。如此一來，警方最先懷疑的對象，當然也會是亞紀。說得更明白點，如果沒有血字，警方會百分之百相信她的證詞嗎？我想應該不會吧。如果三好信彥當時在場，心裡一定也會產生這樣的想法……自己確實具備殺人的動機，而且沒有不在場證明，但只要默默離去，或許就能將殺人罪嫌轉嫁到不小心闖入犯案現場的廣谷亞紀身上。這是很自然就能想到的事情，不是嗎？因此三好絕對不會寫下『沒開燈算你命大』這句話，特別強調自己當時也在房間裡。」

綸太郎不再說下去，靜靜等著父親的回應。三好信彥是眞凶的推論，如今已有如風中殘燭。但警視還是固執地想要自圓其說，抬起了下巴反駁道：

「會不會是因為三好信彥暗戀著廣谷亞紀？一邊是讓亞紀遭警方懷疑，另一邊則是讓警方發現自己的犯行，兩相衡量之下，他決定寫出那串對自己不利的血字。」

綸太郎堅定地搖頭說道：

「絕對不可能。如果三好暗戀著亞紀，絕對不會寫出那種令人頭皮發麻的恫嚇之語。倘若亞紀因此而遭受嚴重的心理創傷，搞不好會步上佐佐木惠的後塵。爸爸，你別再掙扎了。三好信彥是眞凶的推論已經完全站不住腳，他絕對不會是殺害松永俊樹的凶手。」

「唔……」

警視像洩了氣的皮球一樣發出投降的低吟聲，尷尬地點了一根菸。他默默地呑雲吐霧了好一會，才重新打起精神，輕拍自己的額頭，說道：

「好吧，那就排除三好信彥的嫌疑吧。但是這麼一來，搜查行動又退回了起點。如果三好不是凶手，到底是誰殺了松永？」

「沒有必要退回起點。」綸太郎說道。

警視揚起眉毛，問道：

「你已經看出眞凶是誰了？」

「沒錯，只要依我剛剛的推論，往相反方向去想就行了。寫下血字的壞處，會在什麼樣的條件下變成好處？說得更明白點，『沒開燈算你命大』這排血字的存在，對誰最有利？」

法月警視瞪大了雙眼，以叼著菸的嘴說道：

「廣谷亞紀嗎？你剛剛說過，如果沒有那排血字，她會是第一個遭懷疑的人物。」

「沒錯。我們對亞紀的證詞深信不疑，是因爲有了那排血字。但反過來想，如果她撒了謊呢？當她爲了拿手機而回到松永的房間時，會不會其實松永俊樹還活著，而且漆黑的房間裡並沒有第三者？」

「如果是這樣，那排『沒開燈算你命大』的血字又是怎麼來的？」

「當然是廣谷亞紀寫的。」

「這怎麼可能？」

警視露出難以置信的表情。綸太郎搖頭說道：

「我從頭說明好了。當廣谷亞紀回到松永的房間時，電燈眞的已經關了嗎？除了亞紀自己的證詞之外，沒有任何證據可以證明這一點。而且對於當時她不開燈的理由，她的說法是『擔心睡迷糊的學長可能會誤以爲自己對學長有意思，甚至是對自己霸王硬上弓』。如果這不是假設的情況，而是眞實發生的事情呢？如果亞紀說出這句話，其實是不小心說出了眞相呢？」

「眞實發生的事情？你的意思是說，松永想對亞紀霸王硬上弓？」

「這並非不可能，畢竟松永過去曾有過企圖染指同伴女友的不良紀錄。當時的情況或許是這樣……聚會結束後，亞紀爲了拿手機而獨自返回，她發現門沒上鎖，於是走進房間裡。她打開電燈，把熟睡中的學長叫了起來。當時松永不僅喝醉了，而且還是半睡半醒的狀態。他看學妹一個人進入自己的房間，或許對她產生了非分之想。亞紀當然會試圖反抗，剛剛聚會時使用過的冰鑽就在身旁，她爲了保護自己，不管三七二十一地拿起冰鑽刺向松永的胸口。亞紀當然沒有殺害松永的意圖，但這一擊卻造成致命傷，松永就這麼斷了氣。」

「最後的情節，跟剛剛三好的情節簡直一模一樣。」

「再怎麼不服輸，也不必雞蛋裡挑骨頭。」

綸太郎露出賊兮兮的笑容，接著說道：

「剛開始的時候，廣谷亞紀當然慌了手腳。但是恢復冷靜之後，她開始思考如何才能逃避法律的制裁。最大的問題，就在於關口玲子還在車站前的甜甜圈店裡等著自己。玲子一定會告訴警察，亞紀曾經爲了拿回手機而獨自返回松永的房間。如此一來，自己一定會成爲第一個遭警察懷疑的對象。有沒有什麼辦法能夠扭轉這個局面？亞紀左思右想，忽然靈機一動，想到了從前曾經聽過的那個『凶手在犯案現場留下血字』的都市傳說。自己只要扮演那個在黑暗中差點看見凶手，最後平安逃過一劫的A子，或許就能騙過警察。亞紀想到這個點子，立刻依照都市傳說裡的做法，以受害者的鮮血寫下『沒開燈算你命大』，接著關掉電燈，走出房間，跨上向關口玲子借來的腳踏車，裝出若無其事的表情回到甜甜圈店。」

法月警視皺起眉頭，狐疑地說道：

「如果是這樣的話，她在接受警方詢問時，一聽到血字的內容，怎麼會嚇成那樣？」

「當然都是演出來的。」

「在我看來那實在不像演戲。」

「一定是因爲爸爸有了先入爲主的觀念。」

「是嗎？你可別小看我長年在偵訊室裡練就出的好眼力。如果廣谷亞紀像A子一樣當場昏厥，或許眞的是在演戲，但她當時那個反應，我認爲應該假不了。何況就算撇開我的主觀判斷，你這個假設還是有瑕疵。」

法月警視的口氣並不像是雞蛋裡挑骨頭，甚至可以說是完全相反。綸太郎挺直了腰桿，準備迎接父親的反擊。

「什麼樣的瑕疵？」

「時間的問題。根據甜甜圈店的收據上的時間紀錄，廣谷亞紀與關口玲子分開之後，獨自行動的時間只有大約十五分鐘左右。其中的十分鐘必須騎著腳踏車往返於梅丘站與松永的公寓之間，因此能夠待在房間裡的時間，最多不過五分鐘。你想想看，五分鐘不過是三百秒，如果照你這個假設，廣谷亞紀必須在這麼短的時間裡，從反抗意圖不軌的松永開始……」

警視每說一件事，就折彎一根手指。

「拿起冰鑽刺入松永的胸口，發現松永斷了氣，因防衛過當致人於死而嚇得手足無措，想到僞裝成都市傳說的妙計，拿起菸蒂在牆上寫下血字，把菸蒂丟到馬桶裡沖掉，把冰鑽握柄及自己雙手上的血跡洗得乾乾淨淨，確認現場沒有遺留任何物品，接著才能快速離開命案現場。不，還不止這樣。爲了抵抗受害者的侵犯，頭髮及衣服一定都亂了。爲了不讓關口玲子起疑，還必須花一些時間整理儀容。又不是你的小說，現實中怎麼可能有人能在五分鐘之內做完這些事？何況廣谷亞紀只是個十九歲的女大學生，可不是什麼膽識過人的職業殺手。在失手殺了人之後，怎麼可能平心靜氣地採取行動？」

局勢瞬間逆轉。綸太郎難得尷尬得滿臉通紅，搔了搔腦袋。

「以時間來看，確實相當緊迫……廣谷亞紀有沒有可能利用某種錯覺手法，誤導關口玲子的時間感，爲自己爭取超過五分鐘的時間？」

「這怎麼可能？甜甜圈店的收據上的時間紀錄，你要怎麼解釋？」

「搞不好是偷了其他客人的收據，換掉自己與玲子的收據。」

「你別胡說八道了。」

法月警視一臉不屑地哼了一聲，說道：

「關於廣谷亞紀及關口玲子的不在場證明，還有甜甜圈店的店員可以作證呢。收據上的時間紀錄，我們也已經向甜甜圈店求證過了。她們兩人的證詞沒有任何破綻，廣谷亞紀絕對不可能是殺害松永的凶手。」

5

綸太郎還是不肯放棄以廣谷亞紀爲凶手的假設。在遭到警視駁斥之後，綸太郎依然不斷在腦海裡思考各種可能的情況。亞紀一定是利用了某種縮短時間的方法，克服了時間不夠的問題……

想了半晌之後，綸太郎說道：

「那如果是這樣的情況呢？星期一晚上的這場命案，打從一開始就不是過失殺人，而是經過縝密安排的謀殺……」

「你說廣谷亞紀是蓄意殺死松永？她有什麼理由要這麼做？」

「或許就和佐佐木惠一樣，因藥物買賣而產生了糾紛。搞不好亞紀也定期向松永購買『百憂解』，兩人因買賣上的爭執而結下梁子，亞紀決定殺死松永。」

「就爲了『百憂解』的買賣糾紛而殺人？」

法月警視顯得有些不以爲然，說道：

「聽起來有些小題大作，不過倒也不是不可能……然後呢？」

「亞紀在構思謀殺計畫時，想到可以利用『殺人魔在現場留下血字』的都市傳說。只要自己扮演A子的角色，就可以避免遭到警方懷疑。換句話說，星期一晚上的聚會，亞紀把手機放在松永的房間裡，並不是忘了，而是刻意沒有帶走。如此一來，在聚會結束之後，她就有冠冕堂皇的理由可以回到松永的房間。搞不好早在這個時候，她就已經把冰鑽暗藏在身上了。關口玲子在梅丘站前將腳踏車借給亞紀，應該也是由亞紀主動提議。因爲如果玲子跟在旁邊，亞紀就沒有下手的機會。而且讓玲子待在甜甜圈店裡，也可以成爲亞紀的不在場證明。」

「如果是這樣的話，當亞紀回到松永的房間時，爲什麼房門沒有上鎖？倘若只是偶然，未免太巧了一點。」

「當然不是偶然。在聚會開始之前，亞紀就悄悄告訴松永，自己會在所有人都離開後獨自回來。至於她用了什麼樣的理由，就不得而知了。總之松永並沒有睡覺，一直在房間裡等著亞紀，完全沒察覺亞紀的心中已抱持著殺意。亞紀以最快的速度騎著腳踏車回到公寓，一踏進二〇六號室，松永迎面走來，亞紀立刻掏出預藏的冰鑽，刺入松永的胸口，沒有半分遲疑。」

「等等，松永的屍體有著遭刺死之前與凶手扭打的痕跡。」

「那當然是亞紀在事後偽造的痕跡。接著亞紀依照預定計畫，拿起菸蒂沾上鮮血，在牆上寫下『沒開燈算你命大』，然後將爸爸剛剛說的那些善後工作迅速做完，快步離開房間。如果是早已預謀好的計畫，要在五分鐘之內全部做完並非不可能。而且沒有抵抗侵犯的過程，當然頭髮及衣服也沒亂。接著亞紀又以最快的速度騎著腳踏車回到車站前，若無其事地走進甜甜圈店，與關口玲子會合……爸爸，如果是這種情況，廣谷亞紀要在五分鐘之內殺死松永，應該沒那麼難吧？」

然而警視的反應並不如綸太郎的預期。他吸了一大口菸，噴在綸太郎的臉上，不耐煩地說道：

「單就理論而言，確實有可能做得到。但你這個假設有著致命的矛盾。」

「什麼致命的矛盾？」

「這個矛盾就藏在亞紀的謀殺計畫之中。」

警視以辛辣的口吻說道：

「假如亞紀打從一開始就預謀殺害松永，爲什麼她要刻意僞裝成都市傳說的情節？如果是非預期的失手殺人，還可以解釋成亞紀的偶然行爲剛好與都市傳說中的A子雷同，因此臨時想到了寫下血字這個點子。但如果是圖謀已久的謀殺計畫，她根本沒有必要在計畫中加入都市傳說的要素。她大可以安排出更加巧妙的計畫，沒必要搞得這麼複雜又麻煩。換句話說，這種本末倒置的手法，缺乏犯罪行爲上的必然性。」

「……」

面對父親這一針見血的反駁，綸太郎瞠目結舌，好一會說不出話來。

「看來到目前爲止是平分秋色。」

法月警視爲一臉沮喪的綸太郎加油打氣。他從廚房拿著兩杯新的飲料走回客廳，將杯子放在桌上，豪邁地朝著沙發一坐，繼續開口說道：

「你也不用氣餒，夜晚還長得很，讓我們回到最初的前提，重新把案情好好想過一遍。以廣谷亞紀爲凶手的假設雖然站不住腳，但我認爲你的大方向並沒有錯。就像你所說的，殺死松永俊樹的凶手，一定就是留下『沒開燈算你命大』這排血字後能夠得到好處的人物。」

綸太郎端起杯子，深深嘆了口氣。

「問題就在於我們不知道那是什麼樣的好處。」

「沒錯。既然想不出什麼頭緒，不如把參加聚會的名單拿出來再仔細瞧一瞧。在一場賽馬比賽裡，如果最強馬與次強馬都失蹄了，最後往往會竄出一匹原本沒有人注意到的黑馬。」

警視取出筆記本，將名單中不可能是凶手的人物劃掉。

×~~松永俊樹　理學部二年級・男（明大前）~~

野崎哲　理學部二年級・男（町田）

~~三好信彥　法學部二年級・男（用賀）~~

長島友梨加　文學部二年級・女（吉祥寺）

遠藤章明　經濟學部一年級・男（杜鵑丘）

~~廣谷亞紀　文學部一年級・女（代代木八幡）~~

關口玲子　經濟學部一年級・女（梅丘）

「剩下的四人中，在晚上十一點半擁有強力不在場證明的遠藤章明及關口玲子，應該可以先排除吧？這麼一來，就只剩下野崎哲與長島友梨加這對情侶了。就像你剛剛說的，這兩人只要串供，就可以捏造出不在場證明……咦？綸太郎，你怎麼了？」

警視說到一半，綸太郎忽然張著大口，抬頭仰望天花板。

「強力不在場證明……」

綸太郎的嘴裡如此呢喃，接著好一會不再說話，身體連動也不動，雙眼卻逐漸綻放出異樣的神采。驀然間，綸太郎伸出雙手在桌上一拍，大喊：

「原來如此！一定是這麼回事！我眞是個笨蛋！」

法月警視錯愕地看著彷彿著了魔的綸太郎，問道：

「喂，你沒事吧？」

「我沒事，爸爸。我只是突然清醒了。答案打從一開始就在我的眼前，我竟然視而不見。」

「打從一開始就在眼前？」

「沒錯，在討論三好信彥是不是凶手時，我自己早已說出了破解案情的關鍵提示。『只要沒有那排血字，警方根本無法鎖定確切的犯案時間』……我不是這麼說過嗎？」

「嗯，我記得。」

「這正是留下血字能爲凶手帶來的最大好處。說穿了就是種捏造不在場證明的手法，雖然單純但效果十足。爸爸，你不是說過嗎？根據法醫學的鑑定，受害者的死亡時間大約是在星期一的晚上十一點至隔天的凌晨一點之間，比我們所認定的時間範圍要大得多。換句話說，凶手眞正的犯案時間或許是在十一點半之前，或是更晚得多。但是凶手卻利用廣谷亞紀的證詞，搭配上『沒開燈算你命大』這排血字，讓我們產生了犯案時間爲十一點半這個先入爲主的觀念……實際上在十一點半的當下，凶手根本不在松永的房間裡！既然能夠靠這個手法得到好處的人，就是殺害松永俊樹的眞凶，這意味著眞凶必定是在晚上十一點半擁有強力不在場證明的人物。」

綸太郎滔滔不絕地說出了自己的推論。法月警視也感染了綸太郎的亢奮感，將身體湊了過來，說道：

「原來如此！利用了先入爲主觀念的障眼法！這麼說來，眞正的不在場證明的時間不能局限在十一點半。野崎哲與長島友梨加這對情侶反倒不符合眞凶的條件了。在晚上十一點半擁有強力不在場證明的人物，只有遠藤章明及關口玲子……」

「這兩人之中，遠藤章明絕對不可能是眞凶。因爲要在命案現場留下血字，還必須具備另一個條件，但遠藤章明並不符合這個條件。」

「另一個條件是什麼？」

「要在命案現場留下血字，凶手必須知道廣谷亞紀曾一度爲了拿手機而返回松永的房間，而且必須知道亞紀在房間裡並沒有開燈，一拿到手機就直接離開了。如果沒有這兩點事實，凶手就算寫下『沒開燈算你命大』這種話，也會變得毫無意義。但是遠藤章明不可能在犯案前鉅細靡遺地知道廣谷亞紀的行爲過程，所以他絕對不會是凶手。」

法月警視一臉嚴肅地點頭說道：

「這麼一來，最後就只剩下……」

「關口玲子。」

綸太郎說道：

「……她完全符合我剛剛所說的兩個條件。⑴晚上十一點半，玲子正在梅丘站前的甜甜圈店內，擁有完美的不在場證明。⑵廣谷亞紀離開松永的房間後，到甜甜圈店內與玲子會合，玲子有很大的機會在閒談中問出亞紀在松永房間內做了什麼事。」

「嗯，這一定會成為兩人最初的閒談話題吧。兩人離開甜甜圈店的時間，是十二點二十五分左右。這麼說來，玲子在車站的剪票口前與亞紀道別後，獨自前往了松永的公寓。但是她為什麼要這麼做？」

「多半還是跟松永所持有的『百憂解』有關吧。以下只是我的揣測……或許關口玲子也是定期向松永買藥的一人。松永以遠高於市場行情的價格將『百憂解』賣給玲子，導致玲子逐漸付不出買藥的錢。剛好就在這天，玲子從亞紀的口中得知松永已經熟睡，而且房門沒鎖。」

法月警視撫摸著自己的下巴，謹慎地說道：

「原來如此。根據我對關口玲子這個女孩子的印象，若說她有吃『百憂解』的習慣，我也不會感到驚訝。她看起來有點神經質，十足是個剛從鄉下來到大都市的好學生。像這樣的乖孩子，往往會因為一時心生歹念而做出令人驚訝的犯罪行為。這麼說來，玲子溜進松永的房間，是想趁松永睡覺的時候，偷取松永藏在房間裡的『百憂解』？」

「在這樣的假設下，全部的案情都能解釋得通。玲子騎著自己的腳踏車，從車站前往松永的公寓，只要五分鐘的時間。因此她在進入二〇六號室時，應該是晚上十二點半左右。爲了避免驚醒松永，她不敢開燈，摸著黑在房間裡翻找。但或許房間裡太暗，她可能絆了一跤，發出了聲響。松永一醒來，登時明白玲子溜進自己房間是爲了偷取『百憂解』。松永勃然大怒地撲向玲子，兩人扭打成一團。按照老規矩，冰鑽再度登場。最晚應該在十二點四十五分左右，玲子刺死了松永。」

「勉強在死亡推測時間的範圍內。後來呢？」

「玲子看著松永的屍體，當然是嚇傻了，一時之間不知如何是好。原本想要偷取『百憂解』的念頭，此時也拋到了九霄雲外。但是她有非常多的時間可以恢復冷靜，以及處理善後事宜。因爲她只須騎腳踏車就能回到位於梅丘的住處，並不須要趕最後一班電車。她在黑暗中調勻呼吸，凝視著松永的屍體，忽然想起聚會剛結束時，廣谷亞紀曾爲了拿手機而返回松永的房間。於是玲子靈機一動，想到可以利用從前曾經聽過的都市傳說。這樣的聯想可說是合情合理，一點也不牽強。只要僞裝成廣谷亞紀差點在黑暗的房間裡遇上剛殺了人的凶手……當然實際上亞紀進入房間的時候，毫不知情的松永依然睡得正熟，並沒有遭到殺害。但只要僞造出當時松永已遭到殺害且凶手躲在房內的情境，當時正在車站前甜甜圈店內的自己就擁有完美的不在場證明。關口玲子想到這裡，一定不由得暗自竊笑吧。」

於是她慢慢起身，先找出松永的打火機，以打火機的火光拿起一根菸蒂，沾了一些從死者傷口汩汩流出的鮮血，以非慣用手在牆上寫下了血字……『沒開燈算你命大』。」

❖

過了一段日子之後，A子每星期都會收到一枚相同內容的明信片。寄信人C子不僅是從前的社團同伴，而且還是A子最要好的朋友。明信片上記載的寄信人地址，是位於八王子的一間醫療監獄。A子搬家之後，有一陣子沒再收到明信片，但不久之後又有明信片寄到新的地址來，彷彿有人偷偷爲C子查出了A子的新地址。翻開至明信片的背面，必定是一行以紅色鉛筆寫成的字。筆跡不僅粗魯潦草，而且歪歪斜斜。

「爲什麼不開燈？」

每當A子看到這行字，必定會感覺一股寒意竄上背脊。除此之外，心頭還會湧起一股強烈的懊悔。那天晚上，當A子走進房間時，如果打開電燈並且把B學長喚醒，B學長就不會送命了！不僅如此，而且最要好的朋友C子，也不會因爲承受不了殺人的良心苛責而變成了瘋子！

縊心傳心

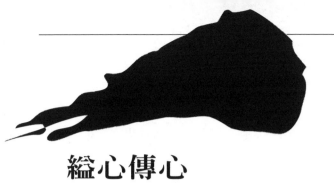

1

「有個獨居的上班女郎，跟某個有妻小的男人發生婚外情關係。有一天女方打電話給男人，聲稱要自殺。一個小時後，男人趕到女人的公寓房間時，女人已經上吊死了。女人的脖子上綁著一條捆包用的塑膠繩，繩子的另一端吊在高架床的鐵桿上。」

「聽起來讓人心裡發毛。現在又不是夏天，講什麼鬼故事？還是這其實是成人版的心理測驗？」

綸太郎回答得興致索然。法月警視搖了搖頭，菸頭冒出的煙霧跟著往左右兩側飄散。他以故弄玄虛的口吻說道：

「都不是，而是我現在正在辦的一件案子。」

「既然女人早已預告要自殺，應該沒你們搜查一課的事吧？」

「如果不是案情有疑點，我們也不會跳出來蹚渾水。」

警視皺著眉頭回答。他接著轉頭望向電視，甩了甩下巴。

這時是星期五的晚上。綸太郎拿起遙控器，關掉了正在播出《艾莉的異想世界》（*Ally McBeal*）的畫面。進入新一季之後，這部影集的品質實在是每況愈下。綸太郎依然持續收看，單純只是基於改不掉的習慣。這一集的劇情也是鬆散毫無張力，令綸太郎不禁懷念起比利還活著的那段時期。

「……什麼樣的疑點？」

「男人立刻報了警。但員警解開繩索並檢查屍體，發現死因並不是縊死，而是後腦杓遭到嚴重撞擊。」

「後腦杓遭受撞擊？會不會是上吊的時候，身體擺盪得太激烈，腦袋撞上了高架床的床柱，剛好成爲致命傷……？」

「她撞上的不是床柱，而是衣櫥的邊角。」

警視粗魯地打斷綸太郎的話。

「雖然沒有明顯血跡，但衣櫥的邊角凹了下去，與頭蓋骨的凹陷形狀一致。衣櫥的位置距離上吊地點超過兩公尺。」

「就算再怎麼擺盪，也不可能撞上。」

「沒錯。而且根據傷口研判，撞擊的力道非常強。如果只是滑倒不小心撞上，絕對不可能那麼嚴重。再加上死者沒有做出防護的動作，應該是突然被人從前方用力推了一把，後腦杓剛好撞上衣櫥的邊角。只能說運氣不好，這一下成了致命傷，死者幾乎是當場死亡。」

警視說得頭頭是道。綸太郎皺起了眉頭。

「被人推了一把？現場有打鬥痕跡嗎？」

「女人的衣服上有著明顯因與人扭打而造成的皺褶，可惜我們沒有辦法採集布面上的指紋……女人還活著的時候，一定遭受過暴力攻擊。只是施暴者可能也沒想到女人竟然就這麼死了。」

「原來如此。以高架床上吊，只是那個凶手隱瞞犯行的手法？」

「可以這麼說。」

「這案情聽起來相當單純。」

綸太郎手掌拄著臉頰，一邊避開香菸的煙霧，一邊看著父親說道：

「女人在電話裡聲稱要自殺，只是強迫男人前來與自己相見的謊言。我猜男方應該是想要結束這段婚外情關係吧。兩人就在要不要分手的爭執中愈吵愈凶，最後男人失去理智，用力推了女人一把。女人癱倒在地上，就這麼斷了氣，男人心中害怕，決定將房間內布置成女人獨自上吊的場面。接著他僞裝成剛剛才抵達房間的屍體發現者，打電話報了警。說穿了就是一起因感情糾紛而失手殺人的平凡命案。」

「因感情糾紛而失手殺人……如果屍體發現者跟凶手能夠輕易畫上等號，我也不會一個頭兩個大。」

警視搖了搖頭，無奈地說道：

「你剛剛那些推論，難道你以爲我們想不出來嗎？剛開始的時候，我們根本不相信男人的供詞。畢竟以現場的狀況來研判，男人的嫌疑最大……但是死亡推測時間一出爐，我們發現男人擁有不在場證明。搜查本部雖然錯愕，但也只能接受男人不是凶手的事實。」

「不在場證明？」

「沒錯，而且還是非常完美的不在場證明。」

警視緩緩吐出最後一口煙，將菸蒂像插圖釘一樣釘在菸灰缸裡。

由警視那愁眉苦臉的表情看來，調查顯然遇上了瓶頸。或許這意味著這起案子不像表面上看起來這麼單純。綸太郎放下拄著臉頰的手掌，改以中指抵住下巴的前端。

「能不能說得再具體一點？只知道這些，給不出什麼建議。」

「呵呵，你終於感興趣了，這才是我的乖兒子。」

警視喜形於色，露出了彷彿奸計得逞的表情。

「爸爸，你故意捧我，也得不到什麼好處的。我最近要交一篇雜誌的短篇作品，剛好需要一些點子，至於追查案情真相，可不關我的事。」

「聽聽你那副不可一世的口氣。好吧，只要你能對搜查行動提供一點幫助，你愛怎麼運用這案子的案情，我就睜隻眼閉隻眼吧。」

法月警視一如往昔故意表現出寬宏大量的態度，緩緩端正了坐姿。綸太郎見狀，也不由自主地挺直腰桿。

「這案子發生在本週的星期一，也就是二月十八日。死亡的女人名叫落合聰美，聰是聰明的聰，美是美麗的美。年紀二十五歲，職業是某中等規模服飾品牌的助理設計師，上班的地點在新宿，居住的地點則是練馬區富士見台的『夏曼葵』。那是一棟七層樓的公寓，女人的房間在最頂樓。」

「富士見台？是西武池袋線的北邊，還是南邊？」

「北邊，屬光丘警署的管轄範圍。」

說完這句話之後，警視又想到另一件事，接著說道：

「對了，這棟『夏曼葵』公寓是聽美的父親所持有的眾多公寓之一。聽美的雙親就住在同一町內，距離聽美的房間只有四百公尺左右。但就跟其他公寓一樣，這棟公寓的管理業務全是交由租賃業者負責。除了公寓之外，聽美的父親還在車站前的精華地段擁有出租商業大樓，租金收入合計起來相當可觀。」

「原來是有錢人家的大小姐。她有兄弟姊妹嗎？」

「沒有，她是獨生女。據說她從小一直和雙親同住，直到從服飾相關專門學校畢業，進入現在的公司工作之後，才搬出來一個人住。由於家裡有著嚴格的門禁，她一直想要離家獨居。趁著就職的機會，她才終於說服父母，實現了一個人生活的心願。不過房租一毛錢也不必付，說到底還是在依賴父母。」

「這個大小姐一離開父母的視線，馬上就被有妻室的男人勾搭上，父母知道後一定氣得直跳腳吧。」

「畢竟是從小呵護長大的獨生女，當然沒那麼容易釋懷。我見過了她的父母，兩人看起來都非常悲傷。尤其是母親，不僅面容憔悴而且一副失魂落魄的神情，不管問什麼都彷彿沒聽見，恐怕後半輩子很難重新振作了。」

「眞是可憐。聰美的婚外情對象是職場同事嗎？」

綸太郎搶著問道。警視露出一副理所當然的表情，說道：

「諏訪祥一，三十七歲。諏訪神社的諏訪，不祥之兆的祥，數字的一。諏訪是企劃部的設計課課長，在職務上是聰美的上司。這個男人在公司內是相當有能力的實力派人物，將來可望進入公司高層擔任要職。住家是位於小金井市的分售公寓，家裡除了年紀小三歲的妻子之外，還有一個就讀小學的兒子。」

「他跟落合聰美的婚外情關係，是從什麼時候開始的？」

「根據諏訪的供詞，他從以前就對聰美另眼看待，但實際發生關係是從去年夏天開始……或許在那之前，他身邊還有其他女人吧。自從發生關係之後，他們兩人每隔一段日子就會私下幽會，但不僅是雙方家人，就連公司同事也沒有發現。他們的主要幽會場所是東京都內的飯店，但諏訪前來聰美公寓的次數也不少，聰美甚至還交給諏訪一把房間的備份鑰匙。」

「聰美的父母就住在附近，他們也未免太大膽了。」

「雖然是同一町內，也不會一天到晚遇上。」

「這麼說也對。」

「當然諏訪每次前往聰美的房間，總是相當謹慎小心，就連看見公寓管理員及鄰居也會躲開。不過畢竟紙包不住火，他們的婚外情還是露了餡。就在上個月，位於小金井的諏訪家突然收到一封匿名信，諏訪的妻子因而得知了丈夫與聰美的關係。」

「……匿名信？」

綸太郎聽到這耐人尋味的字眼，忍不住將身體湊了過去。

「聽起來有人要遭殃了。信是誰寄的，已經查出來了嗎？」

「還沒有。」

警視搖搖頭，又點了一根菸。就在這時，空氣清淨機的風扇開始運轉。

「目前還無法鎖定寄信者的身分，我們甚至無法肯定匿名信與這次的命案有沒有關聯性。為了保險起見，我們詢問了當初收到信的諏訪妻子，但她說信早就丟了，並沒有保存下來。」

「這種信沒人會想留在身邊吧。知道信裡的詳細內容嗎？」

「聽說信裡寫著落合聰美的姓名、住址、公司職銜，並且直截了當地說明了她與諏訪的關係。總共只有一張信紙，沒有其他具體描述。雖然是手寫的字跡，但故意寫得潦草難看。」

「應該是要隱藏筆跡吧。信封上寫了些什麼字？」

「信封上寫的是諏訪妻子的姓名。不過寫法是『諏訪ケイコ（KEIKO）』，也就是名的部分使用了片假名。」

「片假名是ケイコ……那如果寫成漢字，應該是什麼字？」

「應該是慶應的慶，諏訪慶子。諏訪的妻子一收到這封信，立刻打電話向公司的人事部詢問是否眞的有這名女職員。這件事就發生在上個月的下旬左右。除了諏訪家之外，公司的人事部似乎也收到了相同的匿名信。公司的人事部不肯明白承認，因此我們無法斷定是否確有其事，但諏訪認爲一定是這樣沒錯。」

「從職場和家庭兩頭夾擊？看來寄信的人眞是下手毫不留情。搞出婚外情的兩個人都不知道告密的人是誰？」

「諏訪說他也是一頭霧水。他承認公司裡有一些人看他不順眼，與聰美的婚外情曝光之後，他也曾對其中幾個人當面質問，但對方的反應都不像是洩密者。另一方面也是因爲那陣子每天家裡都像打仗一樣，諏訪累得精疲力竭，根本沒有多餘的心思認眞尋找告密的人物。」

「後來家裡恢復平靜了？」

「勉強算是吧。聽說原本妻子堅持要帶著孩子回娘家去住，但諏訪連續數天跪著向妻子道歉。諏訪聲淚俱下地發誓會立即與外遇對象分手，而且從今以後絕不再犯，最後終於獲得了妻子的原諒。」

「公司方面呢？遭到了什麼樣的懲處？」綸太郎問道。

警視將香菸的灰彈進菸灰缸裡，彷彿想要強調自己接下來的話。

「問題就在這裡。雖然兩人的婚外情關係在公司內鬧得沸沸揚揚，但就像我剛剛所說的，諏訪是個相當有能力的職員，而且是重要的海外計畫的核心成員之一，因此公司董事只是對他作出形式上的警告，除此之外既沒有調職也沒有懲處。相較之下，聰美可就沒那麼好運了。人事部在表面上以心身症（註）療養爲由，讓她放了一個月的長假。」

「受害者原本正在放長假？辦公室婚外情的曝光對她造成了那麼大的精神打擊？」

「這當然也是原因之一，但是站在公司的立場，只是不希望開除得太明顯，所以先找個藉口讓她停職一陣子。等到她復職之後，就會以自願請辭的方式讓她走人。」

警視皺起眉頭，粗聲粗氣地說道：

「聽說在這間公司的設計課內，女性助理的離職率本來就偏高。如果是單方面的性騷擾，公司在處置上想必會更加棘手得多。但在這次的停職事件裡，聰美與有婦之夫搞婚外情，本身也有不對之處，而且公司相當聰明地取得了聰美父母的共識，因此沒有引起什麼風波。」

「爲了聰美好，應該早點讓她回到父母身邊，努力相親挑個好女婿，將來繼承家業？」

「大概就是這一類的說詞吧。」

「唉……」

綸太郎無奈地聳肩說道：

「聰美同意了？」

「勉強算是吧。據說她在諏訪的面前哭鬧過一、兩次之後，就毅然決然要斬斷關係了。但是沒到公司上班的期間，她並沒有回到父母的身邊，而是一直把自己關在『夏曼葵』公寓的房間裡。這段期間她唯獨和同樣身爲設計課助理的唐澤實依然保持著聯絡，那是她在公司裡最要好的同事。她在打給唐澤實的電話裡，一方面聲稱諏訪那翻臉不認人的態度令她徹底絕望，一方面也非常在意到底是誰告了密。」

「唔……如果說聰美已經對諏訪徹底絕望，星期一晚上怎麼又突然打電話說要自殺？這未免太突兀了點，果然還是隨口說說的成分居多吧。」

綸太郎雙手插胸，仰望著天花板。

2

「你不口渴嗎？我總覺得空氣好乾。」

法月警視一面嘀咕，一面站了起來。他走到廚房打開冰箱，拿出了罐裝啤酒。

註：心身症（Psychosomatic disorder）：基於心理及環境因素而引發各種不適症狀的心理疾病。

「喝不喝？」

「我想喝熱咖啡。」

「別這麼難相處，陪我喝一杯吧。」

警視兩手各提著一罐啤酒走回客廳。綸太郎心想這也算是盡孝道，也就不再拒絕。拉開拉環的時候，綸太郎的腦中忽然萌生了一個奇妙的想法。如果自己像落合聰美一樣，聲稱想要離家過獨居生活，不曉得即將退休的鰥夫老爸會有什麼反應？

想著想著，綸太郎又想到父親每當聊起關於老人看護的問題，必定會這麼告訴綸太郎：

「等我退休之後，可能馬上就會變成暮氣沉沉的老人。萬一我要是臥病在床，或是出現失智的徵兆，你一定要立刻將我送進安養院。需要的費用，我都已經存好了。你可別妄想要親自爲我把屎把尿，要是被你寫進小說裡，那可是奇恥大辱。」

當然現在的父親還是威風八面的現役高階警官，綸太郎甚至無法想像父親將來有一天會臥病在床或失智。但沒有人知道一個人的命運會如何發展，如果這種事眞的在未來化爲現實……

綸太郎試著想像那副景象，但可笑的是綸太郎想來想去，浮現在腦海的景象竟然與現在並沒有什麼不同。「我最近正在辦的一件案子有點古怪……」一個已經喪失時間判斷能力的老人，或許會像這樣對著獨生子描述起了從前偵辦過的懸案的詳細案情。

每一件懸案都已過了法律追溯期，絕大部分的關係人都已作古。但是即將邁入老年的兒子還是會煞有其事地回應父親，一針見血地說出搜查行動上的盲點。父子倆將會一同揭開覆蓋在眞相之上的歲月面紗，宛如品嘗著窖藏多年的葡萄美酒。

即使破了案，也不會有人遭受法律制裁。在遭到社會遺忘的角落裡，一對父子努力爲每一件懸案找出眞相，而且不求回報……這樣的日子不也挺刺激有趣？

驀然間，綸太郎的心頭產生了一個懷疑。有沒有可能今年是二〇三〇年，自己與父親其實早已失智？

這裡搞不好是安養院裡的房間，父子倆早已成了白髮蒼蒼的退休警察及老邁推理作家。但兩人對此毫不知情，就好像在腦海裡上演著一齣時光倒轉的滑稽喜劇。如果要勉強打個比方，或許正與克莉絲汀安娜·布蘭德（Christianna Brand）的小說有幾分相似。雖然異想天開，卻並非荒誕不經。人類的大腦往往會做出令人類感到驚訝的事情。

「……你一個人在傻笑什麼？」

警視的話將綸太郎從幻想世界拉回了現實。父親正一臉詫異地看著自己，嘴唇還沾著白色泡沫。

「沒什麼。」

綸太郎揮揮手，說道：

「只是想到了一些有趣的事情。」

「你明明還沒有喝酒，怎麼好像已經醉了？也罷，喝了酒之後，我整個精神都來了，可以繼續說下去了。剛剛說了那麼多，都還只是人物介紹而已，接下來才是眞正的案情重點。」

警視將話題拉回案情上，綸太郎也跟著斂起了原本暗自竊笑（？）的表情。

「首先是關於諏訪祥一在星期天晚上的不在場證明？」

「嗯，諏訪運氣不錯，在案發的前一週，他和三名同事到外國出差。停職中的聰美打電話向諏訪聲稱要自殺，剛好是諏訪回到國內的當天晚上。」

「到外國出差？哪一國？」

「中國。我剛剛也稍微提到了一點，諏訪的公司為了降低生產成本，正計畫將商品的生產線轉移至廣東省的工廠。」

「說穿了就是模仿UNIQLO的策略？」

「服飾業界近年來不景氣，競爭非常激烈。細節我就不說了，總之諏訪從去年開始，就會以總公司設計部門代表的身分，定期前往廣東省的工廠視察。發生婚外情事件後，公司對諏訪的懲處相當輕微，主要也是因為擔心工廠遷移計畫遭到延誤。諏訪這次出差，主要目的是整合契約條件及視察新會的工廠。一行人結束了五天四夜的行程後，在星期一的下午踏上歸途。他們搭乘國泰航空的當天最後一班飛機，由香港飛抵日本成田。」

「抵達時間是幾點？」

「你等等，我應該記下來了。」

警視取出隨身攜帶的寶貝筆記本，找起了老花眼鏡。綸太郎搶先一步找到了，拿起來遞給父親。警視戴上眼鏡，翻開筆記本。

「……抵達成田機場的時間是二十一點〇五分，當天的航班並沒有誤點。諏訪一行人完成入境手續後離開機場，坐上JR的成田特快車（Narita Express）。這是當天的末班車，在二十一點四十三分由成田出發，在二十三點整抵達新宿。但是在列車抵達新宿站的三十分鐘前，也就是在即將抵達東京站的二十二點三十分，諏訪的手機響了起來。」

「那就是晚上十點半……知道電話的具體內容嗎？」

「據說還是那幾句話。『我覺得活著好累，我打算一個人結束生命』……雖然聰美說得很激動，但諏訪認為聰美只是想要胡鬧，根本不當一回事。諏訪對她說，『好聚好散是我們理性討論後的結果，現在妳說這種話，我也幫不上妳的忙。妳又不是三歲孩童，我勸妳別做傻事，好好冷靜一下。』沒想到在掛斷電話的前一刻，聰美突然說出了驚人之語，讓諏訪嚇得臉色發白。」

「驚人之語？」

「『我懷了你的孩子。』」

「是眞的嗎？」

綸太郎狐疑地問道。警視毫不遲疑地搖了搖頭。

「沒有。根據驗屍報告，聰美根本沒有懷孕。但是諏訪在那時候當然不會知道聰美說了謊。諏訪接著回撥了好幾通電話，聰美都不肯接。或許諏訪早就擔心聰美會懷孕吧。這樣的擔憂，讓他開始認爲聰美是眞的想自殺。他頓時急得像熱鍋上的螞蟻，決定趕到聰美的公寓去看看狀況。」

「眞會捉弄人。如果這些對話都是事實，自殺也只是隨口說說的可能性就更高了……」

綸太郎左思右想，總覺得這案情有些蹊蹺。

「電話的內容已經求證過了嗎？」綸太郎接著問。

「我們查到了通話紀錄。撥出的一方不是聰美的手機，而是聰美房間裡的傳統電話。通話時間爲晚上十點三十分至三十五分。關於具體的對話內容，我們只能相信諏訪的供詞。但是根據當時也在成田特快車上的同事所描述，諏訪的手機響起之後，他一察覺來電者的身分，立刻壓低了聲音說話，一面悄悄起身，走到車廂連結區去了。當他走回來的時候，每個人都看得出他臉色蒼白。列車一抵達新宿站，他立刻向同事道別，而且在那之前，他一句話也沒說，一副坐立不安的神情。」

「勉強算是證明了一半。後來諏訪的行動呢？」

警視舔舔指尖，翻開筆記本的另一頁。

「諏訪原本的計畫是在新宿站轉搭中央線電車，直接返回自己的家。但他這時改變了計畫，在新宿的車站前攔了一輛計程車，抱著惴惴不安的心情趕往聰美的公寓。一路上遇到塞車，花了將近三十分鐘的時間才抵達目的地。十一點半，他帶著行李箱，在富士見台的『夏曼葵』公寓前下了計程車。我們找到他當時搭乘的計程車，取得了司機的證詞及當時的營業紀錄資料。上下車的時間確實如同諏訪的供述，沒有任何可疑之處。」

「這麼說來，從接到電話到抵達命案現場的一小時裡，諏訪的行動清清楚楚，沒有任何空檔？」

「我剛剛說過了，他的不在場證明非常完美。根據諏訪的供詞，『夏曼葵』公寓的一樓大門採用自動門鎖，外人無法自由進出。但解除門鎖的方式是在號碼盤上輸入密碼，而且晚上九點之後管理員室就沒有人了。諏訪以聰美從前告知的密碼打開門鎖，搭電梯上了七樓。」

「就算進入一樓大門不是問題，但他怎麼會有聰美的房間鑰匙？雖然聰美曾經交給他備用鑰匙，但兩人協議分手之後，一般來說不是會歸還鑰匙嗎？」

「當然，諏訪早已把備用鑰匙還給了聰美。但是諏訪在十一點半來到聰美的房間門口時，房門並沒有上鎖。剛開始的時候，諏訪按了門鈴，但沒有得到回應。一轉門把，才發現門沒有鎖。」

「唔，這可有點古怪……沒關係，繼續說吧。」

綸太郎催促道。警視一面拆開新的香菸盒，一面說道：

「我先說明聰美房間的格局。那原本是一房兩廳的公寓住家，但除了門口附近的衛浴間之外，其他隔間全部都拆掉了，變成一大間房間。地上鋪了木頭地板，南邊有一座陽臺。我剛剛提到的高架床，位於房間的東南側角落。房間裡開著燈，整個房間可以一覽無遺。諏訪將行李箱放在門口，戰戰兢兢地踏入房內，馬上就看見了垂吊在高架床旁邊的屍體。聽美雖然腳跟著地，整個身體呈現く字形，但一看就知道已經斷氣。因此諏訪沒有搶救，對屍體連碰也沒碰，直接打電話報警。」

「報警的精確時間是幾點幾分？」

「十一點三十三分。諏訪使用的是聰美房間裡的傳統電話。巡邏中的兩名員警在接獲無線電通知後，立刻趕往現場保全證據。當時距離報案只隔了五分鐘，諏訪還特地走到一樓門口，爲員警開門。」

「他不想跟女人的屍體待在同一個房間裡？」

「如果是這樣的話，未免太無情了些。後來監察醫抵達現場，對屍體進行鑑定，發現死因並非縊死，而是有他殺嫌疑。關於這點，我在一開始就說明過了。幸好屍體發現得早，死亡推測時間的判定較爲容易。」

警視雖然嘴上說幸好，表情卻充滿無奈。

「我直接說結論吧。落合聰美撞擊衣櫥的邊角而死亡的時間，必定是在那晚的十一點之前，絕不可能在十一點之後。隔天由法醫進行驗屍，也證實了這個結論。」

「十一點之前，諏訪搭乘的列車恐怕還沒有抵達新宿站呢。根據同事及計程車司機等人的證詞，諏訪絕對不可能在那個時刻進入富士見台的公寓殺害聰美。確實就像爸爸所說的，諏訪的不在場證明非常完美，不過……」

綸太郎故意欲言又止，朝父親輕瞥了一眼。警視一愣，問道：

「難道有什麼盲點？」

「倒也稱不上盲點，我只是想到一件事，那就是諏訪或許無法殺死聰美，但如果只是將屍體僞裝成上吊自殺，應該能做得到吧？諏訪說他對屍體連碰也沒碰，但眞相如何沒有人知道。從他下計程車到員警接獲通報抵達公寓，大約有十分鐘的空檔。只要充分利用這段時間，移動倒在衣櫥邊的聰美屍體，套上捆包繩，僞裝成上吊自殺的狀況，應該是勉強能做得到才對。」

綸太郎一口氣說完了自己的想法，警視輕哼一聲，問道：

「就算做得到，諏訪爲什麼要做出這種冒險的舉動？」

「或許他知道殺害聰美的凶手是誰，這麼做是爲了包庇凶手。而且對諏訪來說，這個舉動一點也不冒險。因爲他打從一開始，就確信自己擁有完美的不在場證明。」

綸太郎一邊說得振振有詞，一邊以手指比成手槍的形狀，輕抵著自己的下顎。

「……搞不好諏訪在成田特快車裡接到的那通電話，來電者根本不是聰美，而是殺害了聽美的凶手。自殺、懷孕什麼的，全部都是捏造的內容。那通電話的眞正內容，其實是凶手向諏訪求助。不過在同事眼裡，諏訪接到電話後顯得驚惶失措，或許並不是演戲。任何人在得知身邊的親近之人不小心殺了人，一定都會表現出徬徨無助的態度，在旁人的眼裡自然是臉色蒼白且坐立不安，諏訪當然也不例外，不是嗎？」

「聽你的口氣，你似乎已經猜到凶手的身分了？」

警視事先點出了綸太郎心中的念頭。他以試探性的口吻說道：

「眞有意思，沒有明確證據也沒關係，你就說說看吧。那個諏訪身邊的親近之人到底是誰？」

「目前線索還太少，我不敢保證這就是眞相。但如果要從剛剛提到的所有人物中挑出一人，應該就是諏訪的妻子吧。」

「諏訪慶子？她爲什麼要殺害聽美？」

「當然是爲了守護家庭。」

綸太郎感慨萬千地嘆了口氣，呑呑吐吐地說道：

「聽美落得這樣的下場，當然會懷恨在心，不希望讓諏訪一家人有好日子過。而且她最大的攻擊目標，當然就是諏訪的妻子。假如『肚子裡有了孩子』這句帶有恫嚇意味的謊言不是對諏訪本人，而是對妻子說的話，這起命案的案情就相當明顯了。妻子在聽了聽美這麼威脅之後，剛好又遇上丈夫到外國出差，聯絡不上，內心愈來愈不安，終於決定獨自闖進聰美的公寓，與聰美直接談判。兩人愈吵愈凶，忍不住動起手來，終於鬧出了人命……你們調查過諏訪慶子的不在場證明嗎？」

3

法月警視半晌沒有答話，只是深吸了一口香菸，將煙霧吐向天花板，眼神中帶著若有似無的笑意。

「眞不好意思，這個假設也出局了。」

警視故弄玄虛了一會，老實說道：

「搜查本部一確認諏訪祥一擁有不在場證明，立刻就把他的妻子慶子列爲下一個懷疑的目標。就算丈夫跟聰美的婚外情關係已經結束，慶子一定還是會對聰美抱持著敵意。」

「這麼說來，你們早就把她查得一清二楚了？」

「當然，慶子在星期一晚上的不在場證明，我們也都確認過了。就跟她的丈夫一樣，完全沒有任何破綻。她一直待在小金井的自家，等待著丈夫歸來，一步也沒有外出。」

「……誰能作證？難不成是讀小學的兒子？」

「當然不是那麼不具說服力的證人。那天晚上十點，兒子上床睡覺後，諏訪慶子就打電話給嫁到橫濱的親姊姊，兩人在電話裡聊了將近兩小時。據說慶子在電話裡不斷向姊姊抱怨著丈夫外遇的事情。通話紀錄及聽妹妹發牢騷兩小時的姊姊，都能證明慶子並沒有說謊。」

警視的臉上表情，彷彿在說著「別小看警察的辦案能力」，只是沒有說出口。綸太郎以誇張的動作聳了聳肩，說道：

「既然是這樣，確實毫無嫌疑。但就算妻子不是凶手，也不代表上吊的偽裝行動是出自諏訪之手的可能性完全遭到否定。我建議你們從這個方向下手，再次把諏訪祥一周邊的人物好好清查一遍。」

「眞是不好意思，這個方向打從一開始就是死胡同。」

警視搖了搖頭，斬釘截鐵地說道：

「監察醫在鑑定屍體的時候，研判死者在斷氣之後遭人布置成上吊的模樣，大約維持了三十分鐘至一小時左右的時間。從頸部血管遭繩索壓迫所形成的瘀血狀況及屍斑的分布狀況來看，上吊的僞裝行動幾乎不可能是在諏訪抵達現場的十一點半之後才開始進行。而且根據法醫學的專業判斷，屍體的脖子遭人吊起的時間，是在聰美因後腦杓遭受撞擊而死亡的不久後，可見得害死聰美的人與布置上吊現場的人，應該是同一人物。」

「……好吧，我收回諏訪布置現場的假設。但是這麼重要的判斷線索，爸爸竟然沒有先說，眞是太狡猾了。」

綸太郎不甘心地嘟嘴抗議。警視板起臉說道：

「我還來不及說，你就搶著說出假設，怎麼能怪我狡猾？」

「但你明明可以阻止我，爲什麼故意放任我繼續說下去？今天是爸爸拜託我幫忙提供搜查上的建議，如果有什麼重要的驗屍結果或現場特殊狀況，不是應該先告訴我嗎？到底還有什麼其他線索，快趁現在說一說吧。」

警視面對綸太郎的埋怨，一面嘴裡嘀咕，一面翻開筆記本。

「案情的細節多如牛毛，就算想說也說不完。這就是組織辦案的垂直管理模式所帶來的最大弊端。不過比較重要的線索，我應該都說完了……不，等等。」

警視突然以手掌抵住額頭，露出了遲疑不決的表情。指縫之間的香菸因爲這個動作而掉落了一些菸灰在桌上，他卻完全沒有察覺。

「被你這麼一問，我想起了一件古怪的事。但這件事不僅一點也不重要，而且很可能跟案情無關。爲了保險起見，我就先告訴你吧。這是負責鑑識的人員在進行現場勘驗時所發現的怪事，但是當時我並不在現場，只是在搜查本部裡聽人提起過。」

「什麼樣的怪事？」

「唔，說明起來有點複雜，你仔細聽好了。聽說聰美生前有手腳容易冰冷的毛病，尤其是在冬天，她很討厭踩在冰涼地板上的感覺，所以她在房間裡的木頭地板上鋪了一塊電熱地毯。這塊電熱地毯是當初在搬家時，她從老家帶過來的東西，大約有兩張榻榻米那麼大。但是光靠電熱地毯，保暖效果並不好，所以她又在地毯上擺放了一張木紋電暖桌，藉此提高保溫效果。她嫌電暖桌底下的暖爐礙事，因此拆掉了，僅靠電熱地毯的發熱來保持溫度。」

「我也看過有人這麼做。雖然日本人的生活型態愈來愈洋化，卻還是離不開電暖桌，或許這就是日本人的本性吧。」

「或許吧。那是一張長方形的電暖桌，約一張榻榻米大。但是聰美並不是將電暖桌放在地毯的正中央，而是靠向其中一側，並且在另一側放置了一張矮沙發。若以電熱地毯的控制器所在位置爲上方，則電暖桌占據了地毯的上半面，而矮沙發占據了地毯的下半面。電熱地毯的控制器可以依照需要加熱的區域，選擇『上半面』、『下半面』或是『全面』……你聽得懂我所要表達的意思嗎？」

警視愈說愈是煩躁。綸太郎在腦海裡畫出了平面圖。所謂的「上」跟「下」，指的並非垂直於地面的上下關係。

「我大概明白。所謂的怪事，指的是什麼？」

「搜查班的第一組人馬進行現場勘驗時，確認電熱地毯的電源是處於關閉的狀態。但是鑑識人員仔細檢查控制器，卻發現加熱的區域爲地毯的『下半面』。」

「這確實有點奇怪。地毯的下半面放了一張沙發，加熱這個區域沒有任何意義。照理來說，控制器應該切換至擺放電暖桌的『上半面』才對。」

「對吧？但是地毯的上頭清楚殘留著電暖桌的桌腳及沙發底面的痕跡，因此兩者的擺放位置不可能被人更動過。爲了保險起見，我們詢問了諏訪祥一，他也證實電暖桌及沙發

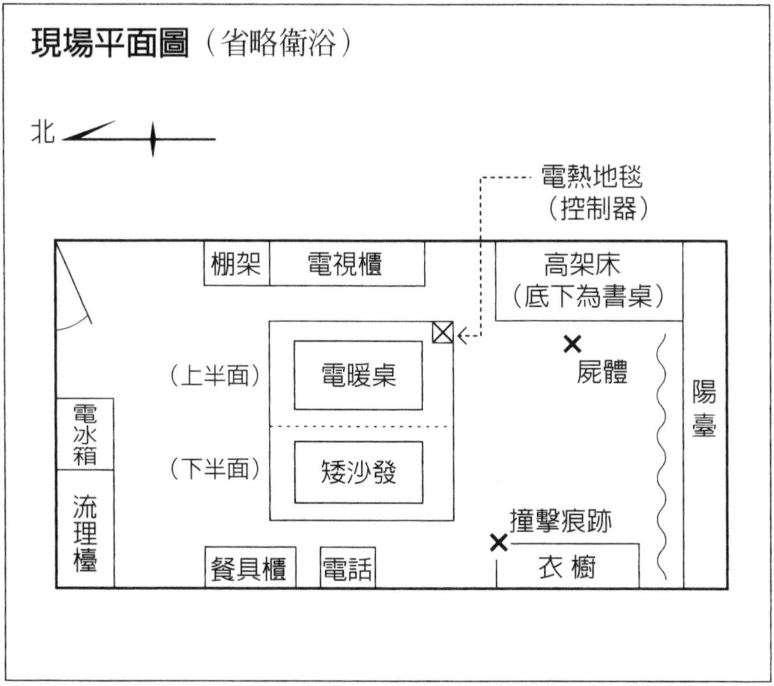

的位置並沒有遭人更動。而且他還說，當初發現屍體的時候，他完全沒有碰觸電熱地毯的控制器。或許只是進行現場勘驗的時候，有人不小心踢到控制器，改變了切換位置吧……」

「電熱地毯的控制器與衣櫥分別在房間內的哪個方位？會不會是凶手在搬運聽美的屍體時，身體不小心碰到了控制器？」

「不，衣櫥的位置靠近陽臺，就在高架床的正對面。電熱地毯的位置則是在房間的中央，距離衣櫥與高架床的連結線很遠，搬運屍體時絕對不可能碰觸到控制器。」

「如果不是有人不經意碰觸，那就是凶手刻意切換了控制器的位置。但是凶手爲什麼要這麼做？」

綸太郎將雙手交握在腦後，整個人仰靠在椅背上。雖然腦中想到了數種可能，但每種可能都過於牽強附會，不符合本案的實際情況。

牽強附會的點，還不止是這控制器的問題。包含揭發婚外情的匿名信、聲稱想要自殺的電話，以及遭僞裝成上吊自殺的屍體……每個環節似乎都有個說得通的理由，結合在一起卻給人一種牽強附會的鬆散感。就好像一具缺少重要零件的機器，運轉起來總有點不太自然。

綸太郎不禁嘆了口氣。如果大腦上頭也有控制器，能夠選擇「開左邊」、「開右邊」或「全開」就好了。

法月警視也不發一語，只是不停抽著菸。半晌之後，或許是兒子一籌莫展的表情讓他看不下去，他忽然起身說道：

「我們休息一下吧。」

綸太郎隨口應了一聲。警視自顧自地伸了個懶腰，起身清掉菸灰缸裡的菸蒂，正要打開冰箱時，忽然改變了心意。

「你剛剛不是想喝熱咖啡嗎？現在我也想喝了。既然麻煩你幫我想案情，這杯咖啡就讓我幫你泡吧。」

警視一面說，一面磨起咖啡豆。綸太郎拿起電視遙控器，將每一臺都轉了一遍，馬上又興味索然地關掉了電視。不一會，咖啡機開始冒出熱氣，剛磨好的咖啡豆香氣瀰漫在室內。

綸太郎走回書房，取來自己的咖啡杯。警視拿起咖啡壺，倒入桌上的咖啡杯裡。兩人喝的都是黑咖啡。

「……已經這麼晚了。」

警視一邊輕搖杯子一邊呢喃。時間已將近星期六的凌晨一點。綸太郎搖頭說道：

「還早得很。週末的夜晚可是很長的。」

「你說得對，在光丘警署的搜查本部裡，今天也有員警不眠不休地值著大夜班。電熱地毯的問題，我們就暫時拋到一邊，先整理一下這個案子的重點吧。最令人在意的部分，當然還是諏訪家及公司收到的匿名信。關於寄信者的身分，你有沒有什麼想法？」

「這個嘛……有沒有可能是當事人自導自演？或許是諏訪想要快刀斬亂麻，結束與聰美的關係，才要了這種小手段。」

綸太郎雖然作出了這樣的假設，但自己也有些沒把握。警視一聽，果然皺起了眉頭，說道：

「總覺得有點說不通。就算諏訪想要將聰美趕出公司，也不太可能寄匿名信，畢竟如果這麼做，他自己也必須承擔極大的風險。何況我剛剛也說過，諏訪的妻子得知丈夫外遇後暴跳如雷，諏訪費了九牛二虎之力才安撫了妻子。如果只是要與聰美斷絕關係，大可以使用更簡單的方法。」

「要不然，就是聰美自己寄了匿名信……」

「爲了報復諏訪？如果是在遭到男人拋棄之後，女人確實有可能幹出這種事。但在這個案子裡，順序反過來了。在諏訪家及公司收到匿名信之前，兩人還維持著良好的婚外情關係，聰美有什麼必要把自己逼上絕路？而且根據同事的證詞，聰美本人也非常想知道匿名信到底是誰寄的。」

「唔……那個跟聰美感情最好的同事，叫什麼名字來著……唐澤實？」

「沒錯，我們也曾問她知不知道寄信人的身分。畢竟這方面的小道消息，女方的閨密往往比男方當事人掌握得更加透徹。」

「結果呢？」

「毫無斬獲。根據她的說法，聰美有些傻裡傻氣，與女同事相處從來不曾遭到忌妒或怨恨。此外聰美在工作上相當盡責，但應對進退上有些不夠機靈，常有同事故意把工作推給她，害她留下來加班。或許正因爲這樣的個性，才吸引了諏訪的目光。」

「聰美與諏訪的關係，在女同事之間會不會已經是公開的祕密？」

「似乎不是。他們隱藏得天衣無縫，就連唐澤實在得知這件事時，也嚇了一大跳，其他女同事當然更不用說。」

「愈來愈棘手了。」

綸太郎咕噥道。

「諏訪在和聰美交往之前，是否曾和公司內其他女同事發生過關係？舊情人的眼睛比誰都犀利，爲了報復男人而寄匿名信也不是什麼奇事。」

「根據唐澤實的說法，業務部裡有個跟諏訪同時期進公司的女同事，從前也跟諏訪傳出過緋聞。但那名女同事對聰美的遭遇相當同情，常批評公司將聰美停職的做法實在太不公平。就算她心中對諏訪有所怨恚，應該也不至於做出這種陷害聰美的事。」

「爸爸，你好像對唐澤實的證詞相當信任？這個女人眞的可靠嗎？搞不好她正是揭發婚外情的幕後黑手呢。不，或許正是她殺了自己的閨密，卻裝出一副什麼也不知道的態度。」

綸太郎的語氣中帶了幾分調侃的意味。警視皺起眉頭，說道：

「根據我對她的印象，她應該不是個那麼有心機的女人。問話的過程中，她看起來相當沮喪，直說很後悔沒有好好開導聰美。在我看來，那實在不像是演戲……當然我們基於辦案的立場，還是詢問了她的不在場證明。星期一的晚上，她一直和男朋友在一起，我們已經確認過了，沒有任何疑點。」

綸太郎不禁佩服父親辦案的嚴謹與縝密。

「既然公司方面沒有可疑人物，接下來就只剩下異性關係及不正常的仰慕者這些老套的追查方向。除了諏訪祥一之外，聰美身邊有沒有其他特別親近的男人？」

「我們查不到任何關於聰美腳踏兩條船的跡象。與諏訪發生婚外情之前，她雖然也曾跟男人交往過，但那時候的她還像是溫室裡的花朵，每天必須遵守嚴格的門禁，與交往對象的感情沒有深到必須吵個你死我活的程度。」

「那她有沒有遭到仰慕者跟蹤的跡象？或許是仰慕者將婚外情的對象視爲眼中釘，暗中寄送匿名信給本人或周遭人物，這樣的例子可也不少。」

「這個方向也是希望不大。」

警視搖頭說道：

「聰美從不曾向任何人提起過自己遭人跟蹤。當然遭跟蹤的當事人完全沒有察覺的例子也不罕見，聰美所住的公寓一樓大門採用自動門鎖，但無法排除仰慕者或跟蹤狂也是公寓居民的可能性。我們賭上了這一線希望，正在對所有公寓居民進行徹底的清查作業。但這棟公寓的居住者大多是女性，雖然少有單身男性，但都是些擁有正當社經身分的人物，沒有什麼可疑分子。更何況聰美可是房東的女兒，誰敢冒著遭逐出公寓的風險，對她動歪腦筋？」

「好吧，關於寄匿名信的幕後黑手，我是完全沒有頭緒了。我們換個話題吧。聰美在電話中聲稱想要自殺，應該只是說說而已吧？這點爸爸怎麼看？」

綸太郎問道。警視露出「多此一問」的表情，說道：

「畢竟她聲稱自己懷孕卻根本沒有懷孕，自殺云云多半也只是想要吸引男方關懷而已。」

「但就算是這樣，還是有一點讓我想不通。」

「哪一點？」

「聰美打電話給諏訪的時機點。諏訪剛從外國出差回來，正坐在回家的列車上，就接到聰美的電話，這時機會不會太巧了？這表示聰美一定知道諏訪的出差行程。」

「應該吧。或許是唐澤實在電話裡告訴了她。不過這也合情合理，沒什麼可疑之處吧？難不成你認爲諏訪的不在場證明太巧了，有造假的嫌疑？」

「不，我只是認爲諏訪當時剛從中國回來，一定正感到疲累不堪。除非是遇上什麼天大的事情，否則他絕對不會拖著疲憊的身子前往另一個地方，這是任何人都想得到的事。聰美如果是眞心想要見諏訪，大可以挑別的日子，何必刻意選在這一天？」

「這一點應該是你想太多了。」

警視皺起眉頭，不以爲然地說道：

「或許聰美只是想知道自己在諏訪心中的分量。所以她才故意挑選一般人一定會拒絕的時機，提出不合理的要求。幹這種事是女人的看家本領，不需要什麼特別的理由。」

4

法月警視又點燃了一根菸。光是今晚的一席話，他已不知抽了多少根。綸太郎剛開始還偷偷數著，但後來也懶得數了。

「……聰美的自殺聲明應該只是隨口說說，這點姑且不提，但在凶手的行動上，另外還有一個疑點，那就是爲什麼凶手要刻意將現場布置成上吊自殺的樣子？屍體雖然看不出明顯的出血及外傷，但警察只要稍加調查，馬上就會發現死因是後腦杓遭受撞擊。這年頭連小學生也能作出這樣的判斷，凶手不可能想不到。如果眞的想要瞞過警察的眼睛，應該偽裝成死者在家裡意外跌倒暴斃才對。要不然，就是以倒栽蔥的方式將屍體從七樓陽臺丟下去，偽裝成跳樓自殺，或許還有機會騙過警察。」

「嗯，這點也讓我一直想不透。」

警視立即附和。

「如果是接到自殺聲明電話的諏訪不小心害死了聰美，一時六神無主，匆匆忙忙將現場布置成了那副模樣，或許還說得通。但諏訪是眞凶的可能性很低，如此一來，眞凶的意圖就讓人一頭霧水了。」

「嗯，所以我試著從相反的角度來思考……」

綸太郎頓了一下，一面以拇指按摩太陽穴，一面說道：

「聽美打電話給諏訪，聲稱要自殺，有沒有可能並非出於自由意志，而是受凶手唆使？」

「受凶手唆使？」

「例如遭到脅迫。總而言之，凶手打從一開始就想要將聽美的死僞裝成上吊自殺，所以逼迫聽美打了自殺聲明的電話。有了聽美本人的自殺聲明之後，警察將本案認定爲自殺的可能性就會大幅提升，而且就算警方找到疑似他殺的線索，凶手也可以將罪嫌嫁禍給接到電話後匆忙趕到現場的諏訪祥一，這可以說是一石二鳥的計畫。」

警視將雙手交叉在胸前，沉吟了起來，顯得並不十分贊成。

「原來如此，聽起來頗像一回事。但如果凶手是能夠安排下這種縝密計畫的狠角色，卻在緊要關頭不小心將聽美推向衣櫥撞死，這不是挺怪的嗎？」

「我承認這點確實有些說不通。」

「失手殺人實在與周詳的殺人計畫有些格格不入。而且在這樣的假設裡，凶手同樣沒有必要拘泥於上吊自殺。如果凶手是那麼精明的人物，在失手殺人之後應該會按照你的說法，將屍體從陽臺扔下去，僞裝成跳樓自殺。」

「好吧，這個假設也被推翻了……不管走哪一條路，都是死胡同，我只能舉雙手投降了。」

綸太郎擺出投降的動作，警視露出一臉宛如遭到背叛的表情。

「喂，你是當眞的嗎？對你來說，這樣的挫折應該是家常便飯吧？我剛剛提到聰美的房間鑰匙時，你不是說有點古怪嗎？這問題你也還沒釐清，怎麼就放棄了？」

「唔……那其實也不是什麼大不了的問題。我只是感到很好奇，諏訪抵達房間時，爲什麼房門沒有上鎖？不管死者遭殺害的理由爲何，既然凶手想要僞裝成上吊自殺的樣子，不是應該把房門鎖上嗎？站在凶手的角度來想，這應該是理所當然的事情吧？就只是這一點，讓我有些難以釋懷。」

「你這麼說當然有道理，但如果凶手的手上根本沒有備份鑰匙，想上鎖也做不到。要是凶手拿死者的鑰匙上鎖，就只能把鑰匙帶走，如此一來警察可能會發現鑰匙不見了，反而弄巧成拙。」

「這麼說也對……那個鎖應該是普通的門鎖，是嗎？」

綸太郎只是隨口一問，沒想到警視竟露出尷尬的表情，呑呑吐吐地說道：

「……大約半年前，聰美曾親自委託鎖匠，把門鎖換掉了。聽你這麼一問，我才想起這件事。」

「什麼？我剛剛才再三提醒不能漏掉任何線索，看來爸爸眞的老了，腦袋不中用了。」

「別這麼說嘛。那鎖根本沒有鎖上，所以我以爲換鎖的事情跟案情無關，這不能怪我。」

警視厚著臉皮爲自己辯解了幾句，接著輕咳一聲，說道：

「聽美將鎖換掉，表面上的理由是想要換安全性更高的鎖，但實際上當時正是她開始和諏訪發生婚外情關係的時期，眞正的理由應該是爲了防止父母擅自闖入房間吧。」

「不愧是房東的女兒，簡直像擁有治外法權。就算擅自換掉門鎖，也只是房東家的家務事，不必擔心遭解除租賃契約。」

「就另一層意義上而言，這確實也算是家務事。根據唐澤實的證詞，在聽美換掉門鎖之前，母親常常趁聽美不在家的時候，拿萬能鑰匙進出房間。表面上的藉口是幫女兒打掃，其實是檢查女兒的私人物品，這樣的行爲長期造成聽美的極大不滿。」

「有這樣的母親，就算沒發生婚外情，任誰都會氣得想要把鎖換掉吧。」

「或許母親沒有惡意，只是放心不下女兒而已，但據說聽美想要離家獨居的最主要理由之一，就是母親的過度干涉。在這樣的母女關係之下，聽美爲了保護個人隱私而擅自更換門鎖，不讓母親進入房間，也算是無可厚非。不過聽美換掉門鎖之後，母女的關係並沒有徹底決裂。唯一的變化，就只是母親得到了教訓，要前往女兒的房間一定會事先聯絡女兒。根據唐澤實的描述，聽美在去年年底得了流行性感冒而臥病不起，母親還一度陪在她身邊照顧她。」

綸太郎聽到這裡，腦中彷彿有一團小小的火花炸了開來。

在那微弱火光的照耀之下，原本說什麼也找不到的一小枚黑色拼圖碎片，突然懸浮在漆黑的舞臺正中央。雖然那拼圖碎片在下一秒又隱沒在黑暗之中，但意識的相機鏡頭早已將碎片上的圖案拍得一清二楚。

「……咦？等等……」

綸太郎趕緊以雙手摀住了臉，彷彿想要將剛剛拍下的黑色底片浸入腦中的顯像液內。浮現在上頭的負像圖案，就像是一種打從一開始就不存在的負面線索，能夠讓消失的證據無所遁形。

「喂，你怎麼了？我說了什麼話，讓你這麼驚訝？」

綸太郎沒有回答，只是以肢體動作阻止父親繼續說下去。腦海中的拼圖作業，正進入最緊要的關頭。以最後一枚黑色碎片爲中心，原本格格不入又雜亂無章的案情碎片慢慢嵌入了正確的位置……

半晌之後，綸太郎睜大了眼睛。

警視正隔著桌子將上半身湊過來，凝視著自己。那呆滯的表情上交雜著期待與不安。

「看你這模樣，一定是想到了什麼吧？是不是猜到凶手的身分了？更換過的門鎖是關鍵線索？」

綸太郎默默點頭，接著卻又立即搖頭。

「不，就算沒聽到更換門鎖的事情，我也應該早點察覺才對。這不全是爸爸的錯，眞正腦袋不中用的人是我。在我聽到電熱地毯控制器的疑點時，我就應該要看出眞相了。」

「電熱地毯？這麼說來，那不是有人誤觸，而是凶手刻意切換了控制器？」

「不，凶手沒有刻意切換控制器。」

綸太郎微微抬起下巴，沒有正面回答父親的問題，只是說道：

「在說明我的想法之前，我想確認兩、三件事。爸爸，你剛剛說過，你們在進行現場勘驗時，電熱地毯的電源是處於關閉的狀態。那插頭呢？有沒有插在插座上？」

「插頭？你說電熱地毯的插頭嗎？」

警視聽了這莫名其妙的問題，歪著腦袋說道：

「我記得好像是插著……嗯，沒錯。我想起來了，但不是直接插在牆壁上，而是插在電源延長線上。」

「延長線？幾孔的延長線？」

「我記得是四孔，但其他三孔也插滿了。呃……好像是一臺電視機、一臺錄放影機，以及一臺附DVD播放功能的遊戲機吧。若以電暖桌爲中心，矮沙發的正對面是東側牆壁，我記得那裡有一座電視櫃。」

「原來如此。那另一個方向呢？西側牆壁附近是什麼樣的情況？」

「西側牆壁附近？什麼什麼樣的情況？我不明白你想問什麼。」

「我想問的當然是牆上的插座。大致的位置應該是……呃，假設這裡是電熱地毯的控制器，從這裡往地毯的斜對角方向看過去，應該還有另一個插座才對。」

「斜對角方向？我愈來愈不懂你想要知道什麼了。我記得那裡好像有餐具櫃及放置電話機的檯座。」

「餐具櫃及電話機……什麼樣的電話機？」

「具傳眞機能的多功能電話機。聰美就是用這臺電話機，打電話到諏訪的手機。」

「既然是這種電話機，一定會有插頭，就插在附近的插座上。我想知道的是那個插座上還有沒有空的插孔。」

警視努力回想房間裡的景象，但不久之後就捧著頭說道：

「這可難倒我了。我不記得那附近的牆上有沒有插座，或許藏在餐具櫃的後頭也不一定。這件事那麼重要嗎？」

「沒錯，只要能確認這件事，之前我們想不透的所有疑點都能獲得解答。爸爸如果記不得的話……對了，位於光丘警署的搜查本部，今天晚上不是也有值大夜班的刑警嗎？」

綸太郎興奮地說道。警視不由得癟起了嘴。

「你的意思是打電話到搜查本部詢問？等等，現在可是半夜兩點。就算值大夜班，也有可能正在休息……」

但綸太郎不肯妥協，說什麼也要父親打這通電話。法月警視嘆了口氣，起身走向電話機，縮起了肩膀，一臉內疚地撥打了光丘警署搜查本部的內線直通電話。

「……喂？我是本廳的法月。抱歉這麼晚打電話來打擾。關於富士見台公寓的命案，有件事想要確認。還不是老樣子，我兒子突然提出了莫名其妙的要求……什麼？啊，我知道了。你先去吧，不用在意。」

警視以手掌摀住話筒上的傳話口，轉頭朝綸太郎說道：

「案情好像有了新的進展，現在搜查本部忙成了一團，對方叫我稍等一下。」

「眞的嗎？該不會是睡到一半被爸爸吵醒，所以故意拖拖拉拉吧？」

「就算是這樣，那也是你的錯。啊，好像回來了……喂？沒錯，『夏曼葵』公寓的落合聰美命案。搜查資料裡，不是有命案現場的照片嗎？你能不能幫我確認一下？房間的西側牆壁，擺放著餐具櫃及電話機的附近，有沒有插座？啊，有嗎？確定有插座？有幾孔？兩孔？上頭都插著插頭嗎？一邊是電話機，那另一邊是……啊，餐具櫃？以延長線連接到餐具櫃中段的家電收納格？裡頭有餐具櫃的專用插座？好，我明白了。謝謝你，抱歉這麼晚來打擾。你們那邊好像很忙，是不是有什麼新的進展……？」

警視一聽到對方的回答，忽然揚起了肩膀，接著猛點了幾次頭。他不再說話，只是專心聽著，不時發出「嗯」的回應聲。持續了好一會之後，警視才說道：

「我明白了，明天我會過去支援。今晚你們應該還會有很多事要忙，要麻煩你們多費心了。」

警視說完了幾句慰勞之語，才放下話筒，吁了一口長氣。他微低著頭回到座位，默默點了一根菸。

「發生什麼事了？」綸太郎問道。

警視並沒有抬頭，臉上的表情凝重而複雜。

「……就在剛剛，凶手到光丘警署自首了。整個搜查本部的人都嚇了一跳，現在他們正忙著處理後續的作業，等到確認詳情之後才會向我回報。」

「原來如此。但其實我一點也不驚訝。只要想想她的心情，就不難猜出她遲早會自首。」

警視拿起香菸，抬頭凝視著綸太郎。

「她的心情？你已經知道凶手的身分了？」

「嗯，我也是剛剛才想通。到光丘警署自首的人，是落合聰美的母親，對吧？」

「沒錯。」

5

法月警視說道。明明破了案，他臉上的表情卻依然憂鬱。而且長時間累積的疲勞感，彷彿都在此時爆發了出來。

「爸爸明天應該一大早就要出門了吧？今天我們就先談到這裡，你早點睡如何？」

「那可不行。雖然凶手已經自首，但是對於具體的案情真相，我還是毫無頭緒。據說她是在丈夫的陪同下到警署自首，但因爲承受太大壓力，現在情緒非常激動，沒有辦法保持冷靜。所以今晚應該只是先將她拘留，明天才會開始進行正式偵訊。在此之前，我最好能夠稍微理解案情的梗概。而且因爲凶手自首而讓你做白工，我也有些過意不去。」

聽了父親的貼心之語，綸太郎心懷感激地說道：

「能聽爸爸這麼說，我絞盡腦汁想案情也算是有了回報。好吧，該從哪一點開始說起？」

「當然是電熱地毯的疑點。剛剛的電話內容，你應該也聽見了吧？應該不需我多費唇舌，總之你猜得沒錯，餐具櫃及電話檯座的中間牆面上確實有插座，上頭有兩個孔，分別插著餐具櫃內部的廚房家電專用插座的延長線插頭，以及多功能電話機的插頭。」

「正如我的預期，沒有空的插孔？」

「但我還是一頭霧水。電熱地毯的控制器被切換到了相反的位置，這跟西側牆壁上的插座有什麼關係？等等，你剛剛還說過，凶手沒有刻意切換控制器。那又是什麼意思？」

「就是字面上的意思。聰美遭殺害之後，沒有任何人碰觸過控制器。打從一開始，控制器就是在加熱『下半面』的位置。」

「爲什麼？這麼一來，電熱地毯的加熱區域，就不是電暖桌的放置區域了。矮沙發的底部暖烘烘，擺在『上半面』的電暖桌裡頭卻依然冰涼，這有什麼意義？」

「這確實是個矛盾。但有一個通盤考量下的假設，能夠化解這個矛盾。而且既不必更動控制器的切換位置，也不必移動電暖桌及矮沙發。」

「什麼通盤考量下的假設？你倒是說說看。」

「非常簡單，只要把電熱地毯旋轉一百八十度就行了。這麼一來，加熱區域也會上下顛倒，放置電暖桌的位置會變成『下半面』。聰美死亡之前，這才是原本的狀態，是凶手將地毯轉了過來……沒有將控制器也切換到正確的位置，應該是凶手過於緊張而疏忽了。」

綸太郎說得充滿自信，警視狐疑地吐了一口煙霧，說道：

「等等，你這番推論完全不符合邏輯。別的不說，光是電暖桌及矮沙發在地毯上殘留的放置痕跡，你要怎麼解釋？如果凶手將電熱地毯的方向轉了半圈，電暖桌及矮沙發的放置痕跡及實際放置位置怎麼會相符？難道你認爲凶手除了翻轉電熱地毯之外，還將電暖桌及矮沙發的位置對調了？但我剛剛已說過，從諏訪祥一的證詞可得知房間內的家具擺放位置並沒有遭到更動。」

「放置痕跡的問題完全不影響我的推論。電熱地毯的結構其實分爲兩層，也就是上方的地毯，以及下方的電熱墊。凶手只要把下方的電熱墊轉向就行了，上方的地毯及地毯上的東西都不必改變方向及位置。」

警視驚愕地張大了口，黏在嘴唇上的香菸宛如對著綸太郎低頭鞠躬。

「只翻轉地毯底下的電熱墊？原來是這麼回事……難怪鑑識人員跟諏訪都沒有察覺異

狀……但就算是這樣，那還是說不通。」

「哪一點說不通？」

「凶手沒有理由幹這種莫名其妙的事情，這部分就先擱在一邊。最讓我感覺說不通的一點，正是你剛剛再三追問的西側牆壁插座的問題。你仔細聽好了……如果將電熱地毯翻轉一百八十度，控制器的位置就會跑到斜對角的另一頭，也就是餐具櫃及電話檯座的前方。這麼一來，電熱地毯的插頭根本沒有地方可以插。距離最近的牆壁插座，兩個插孔已插著餐具櫃的專用延長線插頭及電話機的插頭，沒有多餘的插孔可以提供給電熱地毯。而且餐具櫃內部的插座在中段的位置，如果把電熱地毯的插頭插在這裡，電線就會懸掛在半空中，造成通行上的阻礙。當然現場附近也沒有其他延長線或雙孔式的擴充插座。換句話說，你爲了解決控制器切換位置的矛盾，將電熱地毯轉了一百八十度，不是會造成電熱地毯因爲找不到插座而無法使用的矛盾嗎？」

警視激動得臉色泛紅。綸太郎露出賊兮兮的笑容，說道：

「爸爸眞厲害，能夠想到這點，距離眞相只差一步了。」

「……只差一步？什麼意思？你別賣關子了，快說個明白。」

「同樣的推論，只要站在凶手的角度往回逆推就行了。爸爸，你仔細想想，凶手在殺害了聰美之後，因爲某種理由，而必須翻轉電熱地毯的方向。這當然是凶手爲了隱藏某種有可能幫助警方查出眞相的線索，而臨時想出來的下下之策。因爲是臨時想出來的辦法，所以凶手才會忘記把控制器切換至正確的位置。問題就在於凶手極力想要隱藏的線索到底是什麼？唯一的可能，正與爸爸剛剛指出的矛盾有關。」

「跟我剛剛指出的矛盾有關？你指的是西側的插座沒有空的插孔這件事嗎？」

「沒錯，如果凶手沒有改變電熱地毯的方向，電熱地毯的電源線插頭就會找不到插孔可以插，只能就這麼擱置在地上，看起來非常醒目。凶手擔心這點引起警察的注意，因此甘願冒著風險逗留在犯罪現場，做出『將地毯底下的電熱墊翻轉一百八十度』這個荒唐的舉動。要做到這點，必須先將電暖桌及矮沙發移到一旁，掀開地毯，翻轉底下的電熱墊，接著蓋上地毯，最後將電暖桌及矮沙發放回原本的位置。凶手除了做這件事之外，還必須將聰美的屍體布置成上吊的模樣，時間應該是相當緊迫才對。搞不好凶手才剛離開房間不久，諏訪祥一就踏進了房間。不過凶手還算是相當幸運，剛好電視櫃旁邊的延長線上還有空的插孔。否則的話，凶手要隱藏線索，勢必得想出更加稀奇古怪的辦法。」

「你愈說我愈迷糊了。照你這個說法，難道是凶手在犯案之後，西側牆壁插座上的插孔突然少了一個？不管是電話機，還是餐具櫃，都是原本就擺在那裡的東西，而且日常生活中都須要用到，不可能平常拔掉插頭。若再加上電熱地毯，那裡至少應該要有三個插孔。」

「沒錯。換句話說，凶手在犯案之前，那裡一定有三個插孔。凶手寧願大費周章地移開電暖桌及矮沙發，也要改變地毯底下的電熱墊的方向，那正是因爲這麼做比移動餐具櫃或電話檯座簡單，而且不會被人發現家具換了位置。那麼問題來了，原本插著電熱地毯的插頭的那第三個插孔，到底跑到哪裡去了？」

警視聽到這裡，終於明白了綸太郎的言下之意。他撫摸著自己的下巴，說道：

「噢……西側牆壁的插座上原本有個雙孔式的擴充插座，對吧？凶手擔心自己的犯行曝光，因此取下這個擴充插座，並且帶走了。但是這麼一來，插孔就不夠一個。為了隱藏這件事，所以凶手改變了電熱墊的方向。」

「沒錯。凶手花了那麼多力氣，無論如何也要藏匿那一小顆不起眼的雙孔擴充插座，正是因為那個擴充插座足以成為破案的關鍵證據。當我們把雙孔擴充插座與犯罪聯想在一起，最可能的情況就是……」

「竊聽器。」

警視低聲呢喃。

「……偽裝成雙孔式擴充插座的竊聽器，如今在市面上可是熱門商品，甚至不必前往秋葉原的電器街，在網路上就能輕易購得。」

像這種遊走於法律邊緣的商品，竟然在市面上如此氾濫。法月警視對這樣的社會現象不禁大為感嘆。

「室內竊聽器大多使用乾電池作為動力來源，因此有限的電力成了最大的缺點。但是僞裝成擴充插座的竊聽器是以來自插座的交流電作爲動力來源，所以能夠半永久地持續運轉。而且擴充插座是每個家庭都會用到的東西，不容易遭人起疑，再加上門外漢也能輕易安裝，以及能夠利用電線作爲天線傳送電波等等優點，可說是一石三鳥的產品。」

「這麼好用的東西，平常帶著當然是有備無患。」

綸太郎拐彎抹角地酸了父親一酸。警視板起臉說道：

「你可別小看我。雖然我身爲警察的一分子，對於警界的弊端不能完全推卸責任，但至少我這輩子辦案從來不曾使用過違法的竊聽手段。以這種方式辦案的傢伙，就跟齷齪的偷窺狂沒什麼兩樣，我不承認那種人是專業的警察。」

「我也有同感，立下那種惡法只會讓這個社會愈來愈糟。」

「嗯，話題扯遠了。總之只要假設聽美的房間被人裝了竊聽器，原本怎麼想都不對勁的案情就豁然開朗了。例如關於那封揭發諏訪與聽美外遇關係的匿名信……」

警視朝綸太郎甩甩下巴，示意讓綸太郎接下去。綸太郎於是說道：

「只要把寄信者與竊聽器的安裝者認定爲同一人，所有的疑點都能迎刃而解。既然諏訪曾好幾次造訪聽美的房間，不管他們在外人面前再怎麼保持距離，竊聽者還是能把他們的私密關係摸得一清二楚。還有一點，寄到諏訪家的匿名信，信封上所寫的收信人爲『諏訪ケイコ』，這部分也可以得到合理的解釋。竊聽者藉由諏訪與聽美的對話，得知了諏訪妻子的名字發音，卻不知道那是什麼漢字，所以只能寫片假名。」

「我完全沒想到還有這一層理由，算你厲害。」

「更厲害的還在後頭。本案的第二個關鍵線索，是聽美打給諏訪的那通自殺聲明的電話。自殺聲明本身只是一句謊言，這點當然無庸置疑，但最大的問題點，在於聽美這句謊言是對誰說的？」

警視吐出了一縷細煙，以宛如想要搶走表現機會的凝重口吻說道：

「聽美眞正想要欺騙的對象，並不是諏訪祥一。對聽美來說，諏訪在這場戲裡只是配角而已。掛斷了電話之後，諏訪的戲份就結束了。聽美要的只是諏訪的聲音，諏訪的人根本不必到場。」

警視一針見血地說中了問題的核心。綸太郎點頭說道：

「聽美在諏訪剛從國外出差回來的那天晚上打電話，正足以證明聽美根本不期望諏訪會來見自己。根據我的推測，在爆發匿名信風波之後，聽美就已開始懷疑自己的房間遭人裝了竊聽器。最近電視上的時事節目，有不少正是探討竊聽器的氾濫所造成的問題。對這種與個人隱私有關的話題最感興趣的民眾，正是像聽美這種獨居的平凡上班女郎。因此聽美想要揪出這個躲藏在黑暗中的竊聽者，使其爲自己的卑劣行爲付出代價，才不惜上演了一齣謊稱想要自殺的戲碼。」

「……聽美是否已發現那個雙孔擴充插座就是竊聽器？」

警視突然問道。綸太郎以拇指的指背輕觸牙齒，搖頭說道：

「聽美到底察覺到什麼樣的地步，如今已不得而知。但是據我推測，聽美很可能只是懷疑房間裡有竊聽器，卻不知道竊聽器藏在何處。理由就在於聽美是以房間裡的傳統電話打給諏訪，而不是使用手機。」

「你的意思是說，聽美認爲是房間裡的電話線遭到竊聽？」

「嗯，不過市面上任何竊聽防範手冊，都會提醒讀者『歹徒所裝設的竊聽器可能不止一個』，因此聽美也有可能是在發現了僞裝成擴充插座的竊聽器之後，才懷疑電話也遭到了竊聽。」

「不論實際狀況如何，聽美的意圖可說是相當明確。她向諏訪聲稱自己要自殺，其實是因爲知道有人在竊聽，而且可以預期那個人在聽到自殺聲明之後會立即採取某種行動。在掛斷電話前，聽美又謊稱自己懷孕，或許也是因爲諏訪剛開始的反應太冷淡，聽美擔心竊聽者察覺自殺云云只是一派謊言。」

「沒錯，不過我還想強調兩個重點。第一，失手殺害聽美並且將屍體布置成上吊自殺的凶手，與安裝竊聽器的人物必定是同一人，這點爸爸應該能夠理解吧？」

「那當然。凶手正是因爲不想被警察發現自己在房間裡裝了竊聽器，才會大費周章地把電熱地毯翻轉了一百八十度。而且凶手將現場布置成自殺而非意外死亡，也是因爲竊聽了自殺聲明的電話。由此可知，凶手與竊聽者顯然是同一人。」

「沒錯，另外一個重點，則是聽美在謊稱想要自殺的當下，很可能已經猜到了竊聽者的身分。而且根據後來的案情發展，可以得知聰美的猜測並沒有錯。」

「唔，你是根據什麼理由作出這樣的推論？」

「理由有好幾點。第一，聰美以謊言誘出竊聽者的計畫，有一個大前提，那就是竊聽者誤以爲聰美想要自殺，一定會爲了阻止聰美而採取某種行動。假如竊聽者只是以竊聽爲樂的變態，對聰美的死活漠不關心，聽了自殺聲明很可能只會暗自竊笑。再者，假如竊聽者是對聰美抱持恨意的人物，聰美自殺對這個人而言是求之不得的事情，絕對不可能設法阻止。由此可知，聰美心裡非常清楚，竊聽者極度關心自己的生命安危，聽到自殺聲明之後絕對不可能袖手旁觀。」

「原來如此，還有呢？」

「第二，則是時間點的問題。就像爸爸剛剛所說的，聰美心裡預期竊聽者在聽到自殺聲明之後會立即採取某種行動。所謂的某種行動，說得更明白點，就是那個人會立刻趕到聰美的房間，勸聰美打消自殺的念頭。但是竊聽者要做到這種立即性的反應行動，有一個條件，那就是竊聽者必須正待在竊聽器接收機的旁邊，以即時的方式聽著聰美的說話聲。假如竊聽者採用的是長時間錄音的方式，將竊聽器接收機接上錄音機，過了一段時間才來回收錄音帶，從聰美說出自殺聲明到竊聽者聽見自殺聲明，中間必定會有一段時間誤差。如此一來，聰美的計畫就會變得毫無意義。然而實際的案情發展，至少到中途爲止確實如同聰美的預期。竊聽者最晚必定是在十一點之前抵達了聰美的房間，而且失手殺了聰美。

由此可知，凶手必定是以即時的方式竊聽了自殺聲明的電話。」

警視在聆聽綸太郎解釋的過程中，一次又一次點頭同意。

「按照你這個推論，竊聽者……也就是殺害聰美的凶手，必定是在『夏曼葵』公寓的不遠處，竊聽著諏訪與聰美的對話。」

「我們甚至可以推測出更具體的範圍。市面上販售的無線式竊聽器，電波頻率及強度皆受到《電波法》限制，沒辦法將電波遞送到太遠的地方。聰美的房間位在公寓的頂樓，電波傳遞條件較爲良好，但即使如此，能夠接收到電波的範圍頂多四百公尺。換句話說，殺害聰美的凶手所使用的竊聽器接收機，必定在以『夏曼葵』公寓爲中心的半徑四百公尺範圍之內。而且在犯案當晚的十點半左右，凶手正竊聽著聰美的說話聲。」

「……聰美的老家，正是在距離約四百公尺的同一町內。」

警視暗自嘀咕，接著問道：

「因爲這幾點，你才猜測聰美的母親是凶手？」

「這當然也是理由之一。家人之間互相竊聽的案例，近年來也不算罕見。但除此之外，還有許多條件因素可作爲佐證。」

「什麼樣的條件因素？」

「我剛剛說過，聰美在訂定計畫的時候，並沒有預期諏訪祥一會來到自己的房間。換句話說，聰美打算獨自應付這個竊聽者，並不打算尋求其他人的協助。如果竊聽者是個惡質的跟蹤狂，或是力氣比自己大的男人，聰美怎麼敢冒這樣的風險？假如對方得知竊聽行徑曝光，一時惱羞成怒，誰知道會做出什麼事……由此可知，聰美打從一開始就認定自己在肉體上及精神上都能贏得了竊聽者。」

「確實有道理。光是從聰美敢擅自換掉門鎖，便不難看出她平日對母親並不懼怕。」

「殺害聰美的凶手，必須能夠輕易打開『夏曼葵』公寓一樓的自動門鎖。聰美的母親是這棟公寓的房東太太，要做到這點當然不是問題。可以想得到的條件因素，還不止這樣。竊聽者既然能在聰美的房間裡放置擴充插座型竊聽器，代表這個人一定曾經進入過聰美的房間，聰美的母親也符合這個條件。最後還有一點，倘若不是家庭主婦，恐怕很難想到將電熱地毯底下的電熱墊換個方向的手法。因此當爸爸提到聰美的母親以前常常擅自溜進女兒的房間裡打掃，我才終於恍然大悟，原來是這麼一回事。」

「……聰美的母親到底是從什麼時候開始，在女兒的房間裡安裝竊聽器？」

「聰美與諏訪的外遇關係維持了半年的時間，但是直到今年過完年之後，才爆發了匿名信風波。因此以時機點來看，應該就在去年年底吧。當時聰美曾經罹患流行性感冒，母親一直陪在身邊照顧她。多半是母親看見牆壁的插座上有一個雙孔擴充插座，於是買了外觀相同的竊聽器，趁女兒不注意時偷偷換掉了。」

綸太郎嘆了口氣。法月警視再度搖了搖頭，以充滿同情的口吻說道：

「我不是想要爲凶手辯解，但我相信母親並沒有惡意。女兒不許她進入房間，肯定讓她相當難過吧。女兒離家過起獨居生活，她必定是無時無刻不在爲女兒擔心。女兒有沒有好好吃飯？工作上是否太過勞累？跟上司及同事相處得好不好？有沒有遭壞男人欺騙感情？是否在夜裡偷偷啼哭？這些擔憂不斷膨脹，再也無法壓抑，一時衝動而裝設了竊聽器。她寄出匿名信，也全是基於一片好意。身爲母親當然不忍心看著女兒遭壞男人玩弄，只好出此下策。」

「爸爸認爲是女兒太不會想了？」

綸太郎以無奈的口吻說道：

「但是站在女兒的立場，母親的過度保護肯定是她長年以來的痛苦根源吧。自己明明已經是獨當一面的大人了，母親卻依然肆無忌憚地闖入自己的生活。甚至還偷偷裝設竊聽器，監視自己的隱私。與諏訪關係決裂，當然也是母親的錯。不論何時何地，『母親』都如影隨形地跟著自己，絲毫沒有喘息的機會……聰美打從懂事以來，心中肯定一直有著這樣的感受吧。長期累積的這股怨恚，終於在那星期一的夜晚，在那『夏曼葵』公寓的七樓房間裡，對著親生母親一口氣噴發了出來。就這樣，兩人發生了扭打……」

「即使如此，我還是不禁爲她感到同情……失手害死自己的寶貝女兒，那是多麼悲慘的事情。」

警視將吸到一半的香菸拿到菸灰缸裡，小心謹慎地捻熄。半晌之後，他突然停下動作，露出恍然大悟的表情，看著綸太郎說道：

「原來如此，我終於明白她爲什麼要把女兒的遺體布置成上吊自殺了。」

綸太郎也面色凝重地點了點頭。

「我正好也想提這一點。將現場布置成自殺的樣子，當然是因爲害怕東窗事發，想要隱匿自己的罪行。不久前聰美打電話給諏訪聲稱要自殺一事，想必在母親的心中留下了深刻的印象。但是她沒有辦法把女兒的遺體從七樓陽臺扔下去，僞裝成跳樓自殺。即使這麼做就能高枕無憂，她還是做不到。因爲身爲一個母親，她承受不了那個景象……」

綸太郎緊咬雙唇。法月警視閉上雙眼，微低著頭細語呢喃：

「——心愛的孩子墜落地面，化成一片血肉模糊的景象。」

解說

異昌章

（本文涉及謎底，請務必先閱讀正文。）

歡迎來到法月的世界

本書收錄了以神探法月綸太郎與法月警視爲主角的六篇短篇作品。綸太郎是與本書作者同名同姓的推理作家，法月警視則是他的父親，父子兩人組成了最佳拍檔，破解了一樁又一樁撲朔迷離的奇案。偶爾圖書館員澤田穗波也會來軋一腳，與綸太郎針對案情上演唇槍舌劍。

或許你心裡會想：這不是艾勒里·昆恩（Ellery Queen）的翻版嗎？沒錯，這樣的想法非常正確。作者法月不僅是所謂新本格推理時代的開拓者之一，同時也是現代評論古往今來各大推理名家的著名評論家。法月所創作出的綸太郎系列作品，正是以繼承他最敬愛的艾勒里·昆恩的衣缽爲目標，在故事中徹底追求推理解謎的極致。

然而法月世界所帶給讀者的印象，卻是如此深邃而靜謐。雖然文中充斥著宛如將外國的推理小說原封不動搬到日本的人物設定、略顯做作的華麗文采，以及瑣碎嘮叨的幽默感，然而讀完之後卻有一股宛如放空一切的惆悵感油然而生。這就是法月綸太郎的作品世界。讀者會有這樣的感受，是因爲比起駭人聽聞的案情鋪陳及大陣仗的詭謎設計，作者更著重於條理分明的邏輯分析與推敲的過程？抑或，是因爲作者的文筆簡潔有力，讓人聯想到他所尊崇景仰的鬼才作家都筑道夫？

答案爲兩者皆是，而且隱藏在作品中的元素還不止這些，以下就讓我們一一探討。

第一篇作品〈過往的玫瑰……〉與其他收錄作品頗有不同，劇情中並沒有任何人死亡，屬於爲日常瑣事找出眞相的「日常推理」。但透過綸太郎與穗波的輕鬆討論逐漸抽絲剝繭找出眞相的步調，以及籠罩著整篇作品的靜謐氛圍，都將法月世界表現得淋漓盡致，正適合當作本系列作品的導讀之作。

除此之外，這篇作品更隱含了法月在某個時期相當重視的核心主題。《那些人》（一九八九年）、《爲了賴子》（一九九〇年）、《一的悲劇》（一九九一年）、《紅色惡夢再臨》（一九九二年）這些長篇作品，以及非系列作的短篇傑作〈Cut out〉（一九九五年）等等，全都圍繞著這個重要的主題。綸太郎與穗波原本只是想要追查一樁發生在圖書館內的怪事，沒想到最後卻看見了一個悲愴而扭曲的「失落的故事」。當失去了摯愛之人時，我們往往無法面對現實，藉由在腦中創造出一些牽強附會的邏輯，來逃避正眼面對那股空虛感。這就是事件的眞相。然而這帶出了另一個更加根本的問題，那就是摯愛之人是否眞的存在於我們的眼中？例如當我們說「我深愛我的家人」時，我們的眼裡眞的看見了每個家人嗎？抑或，我們只是想要以「有心愛的家人陪伴」這個背景來襯托出自己的形象？這個懷疑正是《那些人》、《爲了賴子》這些作品中揭發的那些奇妙案件背後的機制及概念。〈過往的玫瑰……〉這部作品之所以能夠醞釀出幽深而微苦的滋味，正是因爲綸太郎與穗波所見證的是諸如此類的人間悲劇。

找出昆恩

下一篇傑作〈背信的交點〉，也同樣是以探討愛的意義爲主軸，而且嘗試從解謎小說所獨有的觀點進行切入。故事一開始，綸太郎與穗波所搭乘的特快列車「梓68號」上，突然有乘客暴斃。乍看之下只是一起平凡無奇的猝死案件，綸太郎卻藉由發現某種「交點」的存在，揭開了一樁奇案的神祕面紗。而且隨著推理的過程，案情可說是峰迴路轉，令人拍案驚奇。在詭譎多變的案情背後，到底有著什麼樣匪夷所思的愛恨情仇？

我剛剛說過，法月是繼承了昆恩衣缽的作家。綸太郎的推理風格，是否與這位大前輩有幾分神似？昆恩的所有創作之中，尤其以第二次世界大戰前的作品最具解謎特色。例如國名系列、悲劇四部曲等等，是以各種瑣碎的線索組合成龐大的案情結構，或是針對單一的證物進行徹底的推理與分析。然而這樣的推理風格，卻與綸太郎截然不同。像〈背信的交點〉這樣先爲登場人物建立起一套關係，再隨著劇情將這套關係翻轉或重組的手法，在昆恩的諸作品中，雖然在戰前也有《埃及十字架之謎》這樣的例子，但主要還是出現在《災難之城》之後的戰後作品之中。

說起昆恩的後期作品，讓我聯想到了「後期昆恩問題」。這句話曾有一段時期幾乎成爲法月的代名詞。我舉個例子，有一名神探根據某些線索，推理出了案情的眞相。但是這些線索，萬一是眞凶爲了誤導神探而刻意布置的假線索，該如何是好？我們不知道哪些是假線索，也不知道神探會不會被眞凶玩弄在掌心……在一個籠罩著如此不安的世界裡，偵探有沒有辦法找出眞正的眞相，本身就是一件値得商榷的事。既然如此，偵探又有什麼特權可以審判或批判他人？

法月受了昆恩的《十日驚奇》（一九四八年）等作品影響，也開始探討、研究起了這個問題。從《爲了賴子》的驚人結局、《一的悲劇》的懊惱與省思、《紅色惡夢再臨》的摸索與一縷希望，不難看出法月在大約九二年之前的作品確實圍繞著這個主題。因爲這個緣故，綸太郎得到了「煩惱偵探」這個綽號。但是不知從何時開始，「後期昆恩問題」的探討明顯從檯面上銷聲匿跡。爲什麼會這樣？難道法月已經克服了這個問題？抑或，只是單純因爲退了流行，所以不再拿出來炒冷飯？

我必須先聲明，以上兩者皆非。首先我們必須理解一個重點，那就是對法月而言，「後期昆恩問題」並不足以成為推理界的危機。他當初探討「後期昆恩問題」的理由，並不是因為這個問題會危及神探的推理立場，導致本格推理小說無法存活，所以必須另外找出活路。關於這一點，只要讀了剛剛列舉的長篇作品，或是法月所寫的評論，尤其是關於昆恩的一些論述或是中上健次論（！），就可以輕易得到印證。法月在探討這個問題的時候，其本質並非擔心推理步上滅亡之途的危機感，而是一種懷疑我們是否能藉由推理評斷他人的不安感，以及一股即使如此還是想要正面剖析他人的決心。透過探討「後期昆恩問題」，他想要驗證我們能否藉由推理這種危險的手段，在眞實意義上理解他人（說得更明白點，是理解我們所愛之人）。

靠推理揪出凶手的過程，說穿了就像是自周圍環境勾勒出凶手輪廓的行為。例如從線索可以看出凶手必定擁有某某特徵，或是凶手必定是基於某某動機而下手行凶……換句話說，推理是從外界指出凶手的特質，藉由這樣的過程讓凶手的眞面目攤在陽光下。解謎小說直到最後一刻才會公布凶手的身分，因此無法「從內側」直接描寫凶手的動機及犯罪行為。在這樣的限制之下，自然而然成為了一種專門由外而內定義一個人的小說類型。但是仔細想一想，我們對自己的家人、朋友，以及環繞著自己的整個世界，不也是只能「從外側」藉由推敲及摸索來加以理解？畢竟我們都沒有讀心術。因此對推理的懷疑，正等同於對「自己與他人的關係」的懷疑。

〈背信的交點〉這篇作品，就跟《爲了賴子》一樣，有著相當奇妙的小說定位。既是最冷僻的解謎小說，同時也是異類的戀愛小說。那正是因爲在法月的心中，對推理的懷疑，就像是在探討我們與心愛之人的關係，亦可說是探討人與世界的關係。「從外側」觀察他人的言行舉止，找出人與人之間的網狀關係結構，是否就能夠定義出隱藏於人心之中的愛恨情仇？這才是法月繼承自昆恩的問題本質。

背負世界矛盾的男人

〈世界靈異現象終結者〉的靈感來自於約翰·狄克森·卡爾（John Dickson Carr）的作品。作者能將滑稽可笑的題材寫成了煞有其事的解謎小說，實在令人不得不佩服其高明的寫作技巧。從這篇作品裡，我們可以看出作者對怪誕、荒唐事物的偏愛，是塑造出法月綸太郎的重要養分。作者以自虐的筆法，描寫大眾媒體盲目追逐靈異現象，而綸太郎卻深陷其中，差一點就必須以荒唐可笑的形象在電視節目中登場。不過說起自虐，法月的世界可以說打從一開始就充滿了自虐的要素。「與作者同名的神探，和父親法月警視組成搭檔一同破解懸案」這種人物設定，必定會引來「這年頭還有人模仿神探昆恩」的揶揄。換句話說，法月的作品早已有著上演自虐戲碼的覺悟。甚至在神探法月尚未登場的處女作《密閉教室》之中，作者就已嘗試讓高中生模仿神探昆恩，以自詡爲神探的做作態度進行推理解謎。

自虐對法月而言，可以與評論畫上等號。法月同時也是一個見解精闢的評論家。在他的心裡，或許神探及詭謎設定的荒誕不經及滑稽可笑，正是想像力的泉源。就算描寫得再怎麼煞有其事，就算劇情安排再怎麼感人肺腑，到頭來詭謎本身的設計還是源自於一些幼稚的點子。但是法月從不打算放棄幼稚的詭謎，讓自己變成成熟的「大人」。唯有不斷以自虐的形式提出「爲什麼推理小說要包含這麼幼稚的要素」這種問題，才能爲推理小說開創出嶄新的視野。因此法月的做法是停下腳步反覆思量：推理小說是什麼？推理小說的存在意義是什麼？

另一方面，法月也積極學習第二次世界大戰後外國推理小說所展現出的多樣性、洗鍊風格，以及結合社會時事的手法。他這麼做並不只因爲他是一名作家，更是因爲他原本就喜歡及關心海外作品。但他並沒有因爲這樣，而不敢表達自己深愛本格推理小說及昆恩的立場。他全心全意地愛著神探角色，同時也全心全意地提出「這年頭怎麼還有人寫神探這種老哏故事」的自虐性疑問。他一方面寫出昆恩式的本格推理小說，一方面也致力於網羅那些揶揄「昆恩是舊時代產物」的讀者所喜歡的小說。例如他曾多次提到他對派克．昆狄（Patrick Quentin）、新冷硬派、詹姆士．艾洛伊（James Ellroy）及中上健次的喜愛。不管是哪一邊，他都投入了眞感情。而兩者之間的矛盾所產生的煩惱糾葛，正是他的活力來源。

換句話說，作家法月綸太郎的創作就像是懸浮在兩股互相排斥的力量之間，從中誕生的作品都有著具備兩個焦點的橢圓形輪廓。除了法月之外，同一時期自京大推理小說研究會出道的作家們，或多或少也具備相同的特質。例如綾辻行人是有名的恐怖小說愛好者，我孫子武丸則深愛冒險小說及節奏輕快的美國浮誇故事。但他們都沒有爲了寫本格推理小說而拋棄了原本的喜好。例如綾辻的本格推理作品中的「館系列」及《霧越邸殺人事件》都帶有恐怖小說的色彩，而《殺人鬼》及《Another》也像是擁有推理小說骨架的恐怖小說。除了上述的例子之外，只要是屬於新本格推理小說的作家，創作的過程中大多會產生類似的矛盾。評論家兼作家的法月，正是最清楚意識到這個問題的代表性人物。

二次元的悲劇

〈Return the gift〉同樣擁有相當洗鍊的解謎手法，可與〈都市傳說解謎遊戲〉並列爲本書的兩大佳作。故事一開始，便帶出了凶案嫌犯密謀交換殺人的疑雲。所謂的交換殺人，就是A與B互相交換想要殺死的對象，執行殺害計畫的同時，在自己想殺死的人物遭殺害的時刻安排好不在場證明。如此一來，A及B都不會遭到警方懷疑。這就是交換殺人的基本概念，如今在推理小說界已成爲古典詭謎手法之一。不過法月在本作品裡並非眞的以交換殺人爲詭謎手法，只是拿這個手法作爲推論的出發點而已。

在一場交換殺人的計畫裡，凶手A跟B各會有一名殺害的對象，這四人會形成獨特的四角關係。這四角關係要如何調動重組，重新建立起新的關係，成了破案的關鍵。我在前文已經提過，先爲涉案人物建立起一套關係，再隨著劇情將這套關係不斷翻轉重組，正是法月的拿手好戲。另一部長篇作品《找出國王》（二〇一一年）也是以交換殺人爲題材，同樣獲得極高的評價。

對了，在這篇作品裡，穗波也登場了。綸太郎與穗波到底能不能有情人終成眷屬？不，或許應該問的是這兩人到底算不算情侶？這個疑問若要追根究柢，其實跟本格推理小說的本質有著極大的關係。據說世界上大部分的神探都是孑然一身。金田一耕助、神津恭介、鬼貫警部、御手洗潔、矢吹驅、火村副教授、夏洛克·福爾摩斯（Sherlock Holmes）、赫丘勒·白羅（Hercule Poirot）、布朗神父（Father Brown）……例子多得不勝枚舉。至於昆恩，小說裡雖然描述他晚年結了婚，但每次登場辦案時都是單身狀態。因此在女孩子面前好像吃得開又好像吃不開的綸太郎，其曖昧的人際關係也可說是承襲了本格推理小說的傳統。

話說回來，爲什麼神探一定是獨行俠？我認爲那是因爲這些神探在作品中都肩負一個職責，那就是爲作品中的每件事情賦予一個抽象化的定義，並且將所有人物的人際關係結合成一張相互關係圖。推理小說與人物相互關係圖可說是有著無法切割的關係。想要以犀利的推理找出令人跌破眼鏡的眞相，在某種程度上勢必得爲人際關係賦予抽象化的意義，這是非常淺顯易懂的道理。即使那是一群有血有肉的人，相互之間有著愛恨情仇與悲歡離合，神探還是必須與他們保持相同的距離，將作品中的整個世界簡化壓縮至一個畫面上。唯有這麼做，才能以清晰的影像呈現出案件的眞相。但是當一個人必須與所有人、事、物保持相同距離，客觀審視其所交織而成的關係結構，這意味著這個人物本身也必須具備抽象的性質，不能與任何人產生特別的交集。我想這或許正是神探大多未婚的理由。

不過値得注意的是，靠著人物關係圖來定義他人其實是一種相當通俗的人世觀，並不是什麼獨樹一格的手法。當我們說到「三角關係」或是「人倫悲劇」這類常見的詞彙時，我們正是以這樣的方式來定義他人。或者應該說，我們對他人的理解，本身就帶著這樣的枷鎖。因此刻意以人物相互關係圖來理解他人的推理小說，或許能夠給予我們重新省思這個理解方式的機會，甚至能將我們帶到一個完全不同的境界。這正是法月綸太郎的迷人之處。例如在《紅色惡夢再臨》這部作品裡，我們可以看見綸太郎如何對抗寫出了「人倫悲劇」這種聳動新聞標題的大眾媒體。換句話說，法月非常清楚「以人際關係圖來理解他人」這個手法的效用與弊害，並且試圖從中糅合出一套屬於自己的解謎故事手法。

愛與死與指南針

〈都市傳說解謎遊戲〉是獲得二〇〇二年日本推理作家協會獎的名作，以人際關係的模式爲出發點的推理手法在這篇作品裡發揮得淋漓盡致。故事中的一起凶殺案，模仿了社會上著名的殺人魔都市傳說。但是法月並沒有將故事往殘酷血腥的方向推進，而是讓案情的眞相從讀者的刻板印象往完全意想不到的方向扭曲變化，藉此吸引讀者的興致。

他在這篇作品裡建立起了更加徹底的辯論小說模式，文體也更加精純，讓人聯想到他所尊敬的都筑道夫的《退休刑警》系列作品。但除此之外，我們也可看出法月的這個手法深受英美推理小說影響。法月是現代解謎小說家如麥可・康納利（Michael Connelly）、傑克・凱利（Jack Kerley）的熱心推廣者。如果將時代稍微往前回溯，冷硬派名家羅斯・麥唐諾（Ross Macdonald）、柯林・德克斯特（Colin Dexter）也是他深愛的作家。這些深受法月喜愛的英美作家，習慣使用的手法是讓偵探追蹤一些錯綜複雜的人際關係。揭發眞相的線索就隱藏在這些人際關係之中，當偵探發現了這些線索，原本的人際關係結構也會遭到徹底推翻。然而日本的本格推理小說，在傳統上是以「詭謎的設計」與「令人跌破眼鏡的眞凶」作爲故事的核心價值，與英美作家的風格頗不相同。法月一方面使用了外國推理小說的洗鍊手法，另一方面卻又融合了日本本格推理迷的偏好，以「解謎遊戲」作爲標題，向讀者提出挑戰。這樣的創作風格，可說只有法月才做得到。

然而〈都市傳說解謎遊戲〉這部作品就算成功解開了謎題，得到的也不會是舒暢感，而是一種難以言喻的餘韻。本書最後一篇作品〈縊心傳心〉也是一樣，明明是一則單純而冷酷的故事，最後卻流露出了一種單靠推理所無法傳達的意念。請試著回想我在本文的一開頭說過的一個概念。法月綸太郎的小說之所以蘊含著某種宛如放空一切的靜謐感，正是因爲他在推理的過程中，不斷思考著能否理解他人這個問題。

所謂的新本格推理小說，絕對不是換湯不換藥的古典推理小說，更不是只會自我滿足的解謎遊戲。包含法月在內的新本格推理小說作家，心中都抱持著一種不安。他們擔心解謎空間的某處可能會出現裂縫，可能會有某種令人捉摸不透的物體自裂縫中探出頭來。有栖川有栖、綾辻行人、北村薰、山口雅也等作家都各自有一套自己的手法可以對付這股不安，並且反映在自己的作品風格上。

在這所有作家之中，法月綸太郎可說是對此不安狀態異常敏感的一位。解謎遊戲的邏輯有可能出現破綻，靜謐的空間有可能裂開一個大洞，裡頭或許有某種可怕的東西正在虎視眈眈。但是從另一個角度來看，這樣的不安或許正是放棄以推理揣摩他人的絕望感之中的一縷希望。推理唯有捨棄活生生的肉體及充塞著愛恨情仇、喜怒哀樂的時間這些表象，將一切擠壓成平面的關係圖，才能夠發揮力量。然而這世上如果有一些東西無法靠推理傳達，那麼當推理的網狀結構出現縫隙，解謎遊戲的空間裂了大縫，那些東西會不會反而能夠從縫隙中探出頭來？這正是法月所追求的目標之一。但這絕對不會是法月的終點。綸太郎在未來還會做出什麼樣的精采推理？那會爲這個世界的景色帶來什麼樣的變化？就讓我們拭目以待。

（完）

本文作者介紹

巽昌章

日本推理小說評論家、律師，關西學院大學大學院司法研究科教授。

京都大學法學部畢業，曾爲京都大學推理小說研究社社員。

二〇〇六年以推理小說評論集《在邏輯的蜘蛛網中》獲得日本推理作家協會獎以及本格推理小說大獎。

日本推理名家傑作選 59

世界靈異現象終結者：法月綸太郎短篇傑作集

家圖書館出版品預行編目資料

世界靈異現象終結者：法月綸太郎短篇傑作集 / 法月綸太郎著 ; 李彥樺譯. -- 初版.--.臺北市：獨步文化, 城邦文化出版：家庭傳媒城邦分公司發行, 民109.05
面； 公分. --（日本推理名家傑作選；59）

譯自：名探偵傑作短篇集法月綸太郎篇

ISBN 978-957-9447-69-0（平裝）

861.57 109004421

SBN 978-957-9447-69-0
rinted in Taiwan

城邦讀書花園
ww.cite.com.tw

原著書名／名探偵傑作短篇集法月綸太郎篇
原出版社／講談社
作者／法月綸太郎
翻譯／李彥樺
責任編輯／張麗嫺
編輯總監／劉麗真
總經理／陳逸瑛
榮譽社長／詹宏志
發行人／凃玉雲
出版／獨步文化
城邦文化事業股份有限公司
台北市中山區 104 民生東路二段 141 號 5 樓
電話：(02) 2500-7696
傳真：(02) 2500-1967
發行／英屬蓋曼群島商家庭傳媒股份有限公司
城邦分公司
台北市中山區 104 民生東路二段 141 號 2 樓
讀者服務專線／(02)2500-7718; 2500-7719
24 小時傳真服務／(02)2500-1990; 2500-1991
服務時間／週一至週五：09:30～12:00
13:30～17:00
讀者服務信箱／service@readingclub.com.tw
劃撥帳號／19863813 戶名／書虫股份有限公司
香港發行所／城邦（香港）出版集團有限公司
香港灣仔駱克道 193 號東超商業中心 1 樓
電話／(852) 2508-6231 傳真／(852) 2578-9337
E-mail／hkcite@biznetvigator.com
馬新發行所／城邦（馬新）出版集團
Cite (M) Sdn Bhd
41, Jalan Radin Anum, Bandar Baru Sri Petaling,
57000 Kuala Lumpur, Malaysia
E-mail／cite@cite.com.my
電話：(603) 90578822 傳真：(603) 90576622

封面設計／高偉哲
印刷／中原造像股份有限公司
排版／陳瑜安
□2020 年（民 109）5 月初版
定價／440 元